KB187116

自鞏洛舟行入
黃河即事寄府縣僚友

풍현의 낙수에서 배로 황하로 들어가며
즉흥시를 지어 부현의 벗들에게 부치다

강물 긴 푸른 산 뱃길은 동쪽을 향하고

동남쪽 사이 활짝 열려 드넓은 황하로 통하네

겨울 나무는 먼 하늘 끝에 닿아 희미하고

석양은 물결 속에서 사라져 간다

來水蒼山路向東

東南山豁大河通

寒樹依微遠天外

夕陽明滅亂流中

Fantastic Oriental Heroes

녹림투왕

녹림투왕 5

초우 新무협 판타지 소설

초판 1쇄 찍은 날 § 2005년 11월 29일
초판 1쇄 펴낸 날 § 2005년 12월 9일

지은이 § 초우
펴낸이 § 서경석

편집장 § 문혜영
편집책임 § 장상수
편집 § 서지현 · 최하나

펴낸곳 § 도서출판 청어람
등록번호 § 제1081-1-89호
등록일자 § 1999. 5. 31
어람번호 § 제2-0755호

주소 § 경기도 부천시 원미구 심곡1동 350-1 남성B/D 3F (우) 420-011
전화 § 032-656-4452   팩스 § 032-656-4453
http://www.chungeoram.com
E-mail § eoram99@chollian.net

ⓒ 초우, 2005

ISBN 89-5831-843-0 04810
ISBN 89-5831-402-8 (세트)

Fantastic Oriental Heroes

녹림투왕 5

|목차|

第一章
전륜살가림의 음모

주인인 공관이 먼저 술을 마심으로 인해 술 안에 독 같은 물질이 없음을 증명하자, 다른 두령들도 술을 마시기 시작했다. 하지만 관표의 수하들은 술잔을 들고 아직 마시지 못하고 있었다.

그들은 상관인 관표가 먼저 마시기를 기다리고 있었던 것이다.

최소한 첫잔은 그것이 예의라고 할 수 있었다.

관표는 가볍게 한 모금 마신 다음, 그 맛에 반한 듯 단숨에 들이키기 시작했다.

지금까지 관표가 마셔본 술 중 단연 최고라 할 수 있었다.

한데 술을 마시던 관표는 건곤태극신공과 대력철마신공이 저절로 모이면서 술기운에 저항하는 것을 느끼고 깜짝 놀랐다.

두 신공이 술기운에 대항하면서 모이던 신공이 희미하게 흩어질 듯하다가 다시 모여들었다. 그리고 두 신공은 서로 협조하여 술기운 가운데 일부를 태워 밖으로 내보내는 것이 아닌가.

'지독한 산공독이다.'

관표는 술에 산공독이 들었음을 알 수 있었다.

다행히 건곤태극신공과 대력철마신공으로 인해 자신은 무사할 수 있었다.

관표는 얼른 좌중을 둘러보니 이미 경고를 하기엔 늦었다.

녹림의 인물들이라면 누구나 술을 좋아한다.

더군다나 명주라고 하자 너도나도 빠르게 술을 들이키고 있었던 것이다.

다행이라면 자신의 수하들은 아직 마시기 전이라는 점이었다.

또한 밖의 사정을 귀동냥으로 들어보니 일반 수하들에게 가는 술은 양이 많은 만큼 조금 늦어지고 있는 것 같았다.

관표는 마시던 술을 그냥 마셔 버렸다.

누가 봐도 시원하게 마시는 모습이다. 그러나 관표가 술을 마실 때 그의 수하들은 관표의 전음을 듣고 있었다.

"이 술엔 독이 들었다. 장 단주는 밖으로 나가서 수하들을 챙겨라. 일단 적황에게는 전음을 보냈다."

장칠고는 들고 있던 술잔을 한 번에 털어 입 안에 넣은 후 빈 잔을 흔들어 보이더니 가볍게 묵례를 하고 밖으로 나갔다.

그의 표정은 태연했고 행동은 침착했다.

무엇인가 볼일이 있어서 밖으로 나가는 것처럼 자연스러웠다.

관표를 비롯한 천문의 두령들을 제외하곤 그 누구도 장칠고가 술을 마시지 않고 입에 물고 있으리란 생각은 하지 않았다.

왕단과 과문 역시 술잔을 들어 한 모금씩 마시는 척한 다음 조용히

잔을 내려놓았다.

장칠고가 밖으로 나가자 관표는 좌중을 둘러보았다.

오대곤과 진천을 비롯한 녹림의 채주들과 좌중의 모든 두령급들 인물들은 이미 술을 마셨거나 마시고 있었다.

어차피 경고를 주기엔 이미 늦었다. 그리고 그들 중 누가 이번 음모에 가세했는지도 중요했다.

이럴 땐 차라리 직설적인 것이 나을 것 같다는 생각이 들었다.

관표는 두령들을 둘러보면서 말했다.

"송화주라… 아주 좋은 술입니다. 하지만 술 안에 무엇인가 더 들어간 것 같습니다."

술을 마시던 두령들이 모두 잔을 내려놓으며 관표를 바라보았다.

공관은 찔끔하는 표정으로 관표를 바라본다.

말을 한 다음 내공을 끌어올려 본 관표는 술을 가져온 공관과 공대성을 정면으로 바라보았다.

공대성의 표정을 본 관표는 이 일에 공대성은 관련이 없다는 것을 알았다.

관표는 공관을 보면서 말했다.

"술꾼은 술에다가 장난을 치지 않는다. 자네는 술꾼이 아니군."

공관이 당황한 표정으로 말했다.

"그게 무슨 말이냐?"

"술에다가 탄 산공독을 말하는 것이다."

관표의 말에 채주들과 두령들이 대경질색해서 내공을 끌어올렸다. 그들의 표정이 딱딱하게 굳어졌다. 특히 성질이 불같은 오대곤이 도끼를 집어 들면서 공대성을 보고 고함을 내질렀다.

"이놈 공가 아새끼야! 이게 네놈의 뜻이냐?"

채주들과 두령들의 시선이 살기를 담고 공대성 일가족을 노려보고 있었다. 그러나 공대성 역시 분노한 표정으로 오대곤을 마주 보면서 고함을 지른다.

"나를 어떻게 보고 하는 소리요!"

일단 자신을 변명한 공대성이 공관을 보면서 물었다.

"이게 어떻게 된 일이냐? 정말 네가 한 짓이 맞느냐?"

공대성의 말을 들은 오대곤과 두령들은 모두 놀란 시선으로 공관을 바라보았다.

공화량 또한 놀라서 공관을 바라보고 있었다.

처음엔 당황하던 공관이 점차 침착한 모습으로 아버지인 공대성 보았다가 다시 관표를 노려보며 말했다.

"생긴 것 답지 않게 눈치 빠른 놈이군. 무색무취의 약인데 어떻게 알았는지 궁금하다. 뭐, 어차피 상관없겠지. 이렇게 된 거 이제 숨길 필요도 없을 테니. 흐흐."

공관의 말을 들은 두령들의 표정이 모두 일그러졌다.

특히 공대성의 표정은 더욱 심했다.

아들이 자신도 모르게 함부로 일을 저질렀다고 생각하자 더욱 수치 스러웠던 것이다.

녹림엔 녹림의 법도가 있다.

아무리 도둑질을 하고 살지만, 그들에겐 그들 나름의 규칙이 있는 것이다.

그들에게도 절대 해서는 안 되는 일이 있다.

특히 그중에 하나가 집 안으로 사람을 불러놓고 독을 쓰는 것이다.

이런 식의 암수는 소인배나 하는 짓이다.

비록 협객은 아니지만 스스로 호걸이라고 자칭하는 녹림이다 보니 이런 일은 절대로 용납하지 않았다.

나중에라도 이 일이 소문나면 공가의 사람들은 고개를 들고 다니지 못할 것이다. 그뿐만 아니라 자칫하면 녹림에서 완전히 매장당할 수 있는 상황이었다.

공대성은 공관을 노려보며 말했다.

"네놈은 대체 무슨 짓을 한 것이냐?"

공대성의 물음에 대답을 한 것은 공관이 아니었다.

"너무 아들을 나무라지 말게. 그렇게 진즉 자식 교육을 잘 시켜야지, 이젠 너무 늦은 것 아닌가?"

모든 시선이 소리가 난 곳으로 모아졌다.

문이 열리며 약 십여 명의 인물이 들어서고 있었다.

나이를 짐작할 수 없는 노인과 십여 명의 장년 무사들이었는데, 그들 중 두 명의 남자는 특이하게 무표정한 얼굴이었다.

마치 희로애락의 감정을 제거한 듯한 모습이었다.

하지만 그 두 사람의 몸에선 아무런 기운도 감지되지 않았다.

마치 무공을 익히지 않은 평범한 사람처럼.

그러나 관표는 달랐다.

관표는 두 사람을 보는 순간 그들에게서 익숙한 기운을 느끼고 그들을 더욱 자세히 살펴보았다.

'혈강시. 이건 내가 혈강시에서 느꼈던 기운이다.'

관표는 두 장년의 남자에게서 혈강시의 기운을 느끼면서 완성된 혈강시일지도 모른다고 짐작하였다.

실제 관표가 대적했던 혈강시와 지금의 혈강시는 많이 다르지만 그의 건곤태극신공은 그 기운 가운데 혈강시의 독특한 기세를 정확하게 기억하고 있었던 것이다.

두 사람이 혈강시라면 나타난 무리는 전륜살가림의 인물들이 분명할 것이다. 그리고 그들의 목표는 분명히 자신일 것이다.

관표의 시선이 두 혈강시를 지나 노인에게 닿았다.

'위험하다. 저 두 명의 혈강시만 해도 얼마나 강한지 모르는데, 저 노인의 무공은 염제와 비슷한 수준인 것 같다. 그리고 지금 상황으로 보아 이들이 전부는 아닐 것 같다.'

관표는 상황을 판단하고 나자 더욱 자세하게 노인을 바라보았다. 아무래도 지금 나타난 무리 중에 노인의 무공이 가장 강해 보였고, 그 무공 수위가 상상 이상이었다.

이들이 자신을 상대하기 위해 왔다면 노인은 전륜살가림의 오제 중한 명일 것이다.

노인은 언뜻 보았을 때, 무척 평범하게 생긴 모습이었다. 하지만 예리한 눈빛과 탄탄한 근육은 노인이 내가의 고수라는 것을 보여주고 있었다.

노인 옆에는 약 사십대의 남자가 있었는데, 처음 안으로 들어오면서 한 말은 바로 이 남자가 한 말이었다.

일단 이번 일의 지휘자는 이 남자인 것 같았다.

전륜살가림의 십이전사 중 한 명인 누한이 바로 그였다.

공대성이 노한 표정으로 노인과 나타난 인물들을 보면서 공관에게 다시 한 번 물었다.

"저들은 네놈이 초청한 고수들이 아니더냐? 대체 저들이 누구인지

말해라!'

공관이 냉정한 목소리로 대답하였다.

"아버님, 별일 아닙니다. 이분들의 말에만 잘 따르면 큰 해는 없을 것입니다."

"그걸 말이라고 하느냐? 우선 해약부터 가져오너라!"

공관이 대답하려 할 때 누한이 끼어들었다.

"아직도 상황 판단을 못하는군. 간단하게 말하겠다. 나는 전륜살가림의 십이대전사 중 한 명인 누한이다. 나는 녹림왕을 제외한 다른 자들에겐 별로 볼일이 없다. 그러니 죽고 싶지 않은 자들은 무기를 내려놓은 다음, 살가림에 충성을 맹세하고 한쪽으로 비켜서라! 그렇다면 그 다음부터는 온갖 부귀영화와 권세를 누릴 수 있을 것이다. 그렇지 않고 시간 안에 해독약을 먹지 않으면 너희들은 전부 내공을 상실하고 말 것이며, 단전이 파괴돼 다시는 축기를 할 수 없을 것이다."

축기를 할 수 없다면 다시는 내가의 무공을 익힐 수 없다는 말이고, 이는 무인에게 바로 사형선고나 마찬가지였다.

누한의 말에 오대곤이 몸을 부르르 떨며 말했다.

"이 개 같은 놈들! 비겁하게 독을 쓰고 사람을 협박하다니!"

그 말을 들은 누한이 가볍게 웃으면서 말했다.

"독을 쓰지 않아도 네놈들은 한주먹감도 안 된다. 단지 녹림왕이란 어린아이가 조금 걸렸을 뿐이다."

"이······."

오대곤이 분을 참지 못하고 도끼를 들고 달려들려 하자, 진천이 얼른 그의 한 손을 잡고 말했다.

"오가야, 지금은 참아야 한다. 괜히 개죽음당할 필요는 없다."

진천의 말에 오대곤이 이를 악물고 공대성을 보면서 말했다.

"추후 이 일에 대해서 분명한 답을 주어야 할 것이다."

공대성의 얼굴이 검게 죽어갔다.

차후라도 공가채의 인물들은 녹림의 형제들에게 고개를 들지 못할 것이다.

그는 원망 서린 눈으로 자신의 둘째 아들을 보면서 물었다.

"대체 네놈이 왜?"

"별거 아닙니다, 아버님. 나는 능력도 없으면서 먼저 태어났다는 하나만으로 채주가 되는 형이 싫었을 뿐입니다. 아무리 생각해도 내가 공가채의 채주가 되어야만 공가채가 발전할 것이라 판단했기 때문입니다."

그 말을 들은 공화량이 고함을 질렀다.

"이놈, 그걸 말이라고 하느냐!"

"말이 되지. 형은 무공이나 인품이나 나의 상대가 되지 못하오."

그 말을 들은 공대성이 노해서 말했다.

"이런, 네놈이 정말 죽고 싶은 거구나. 여봐라! 밖에 누가 있으면 전 수하들을 당장 모아서 데려오너라!!"

"시끄럽군. 백 날을 떠들어봐야 환제님의 통제로 인해 여기서 한 말은 밖에선 전혀 들을 수 없다. 그리고 밖엔 이미 나의 수하들이 행동을 개시하고 있을 것이다. 그리고 이 일을 하는 데 공가채에서 공관 혼자 했다고 생각하는 것은 아니겠지."

누한의 말에 공대성의 표정이 더욱 처량하게 변하였다.

"이 개 같은 놈."

공화량이 이를 갈며 말하자 누한이 인상을 찌푸리며 말했다.

"정말 시끄러운 종자들이군."

차가운 목소리와 함께 누한은 도 한 자루를 뽑아 들었다.

크게 원을 그리고 휘어진 곡도인데, 상당히 긴 편이었다.

누한은 망설이지 않고 도를 휘둘렀다. 순간 공화량의 목이 반듯하게 잘라진 채 땅에 떨어졌다.

숫구친 피가 천장을 적시고 다시 바닥으로 떨어지며 공대성의 몸을 적셨다.

누가 말리고 자시고 할 사이도 없이 벌어진 일이었다.

공대성이 몸을 부들부들 떨며 죽은 자신의 아들을 바라보았다.

형의 죽음 앞에서 공관 역시 몸을 부르르 떨었지만, 빠르게 침착해진다.

어차피 죽이려 했던 형이다.

자신의 손을 거치지 않고 누한이 죽여준 것이 오히려 다행이라 할 수 있었다.

공대성은 큰아들의 죽음 앞에 절망한 표정이었다.

만약 산공독만 아니었으면 당장이라도 누한에게 달려들고 싶었다.

더군다나 큰아들을 죽인 원흉이 자신의 둘째 아들이라고 할 수 있으니 그의 비통함은 배가될 수밖에 없었다.

물론 직접 죽인 것은 누한이지만, 실제 이들 사이엔 어떤 언약이 되어 있었다는 것을 바보가 아닌 다음엔 누구나 알 수 있는 일이었다.

공대성은 공관을 노려보며 말했다.

"네놈이, 네놈이… 어떻게 이럴 수가! 어떤 일이 있어도 네놈이 공가채를 물려받는 일은 없을 것이다."

그 말에 공관이 사악하게 웃으면서 말했다.

"아버님은 나로 하여금 자꾸 막다른 선택을 하게 하시는군요."

"대체 네놈은 어쩌겠다는 것이냐? 나마저도 죽일 참이냐?"

공관이 흰 이를 드러내고 차갑게 웃으면서 대답하였다.

"이렇게 된 것 어쩌겠습니까?"

약간은 비정정상적인 모습이었다.

그 역시 형을 죽이고 아버지를 죽여야 하는 상황에 닥치자, 약간은 정신적인 타격을 입고 있는 것 같았다. 그러나 어쩔 수 없는 일이었다. 이미 넘어올 수 없는 강을 넘었고, 여기서 멈추면 자신이 죽어야 하는 상황이었다.

막상 말은 하였지만 조금 불안한 듯, 공관이 누한을 바라보았다.

누한은 공관의 시선이 무엇을 말하는지 알 수 있었다.

'패륜아, 개 같은 놈 같으니라고. 비록 지금은 널 돕지만 언제고 내 손에 죽을 것이다.'

누한은 속으로 욕을 하면서 슬쩍 환제를 바라보았다.

누한의 뒤에 서 있던 환제는 그저 묵묵히 관표를 바라보고 있을 뿐이었다.

관표 역시 환제의 시선을 피하지 않았다.

그들의 결투는 이미 시작되고 있었던 것이다.

'아쉽다. 혈강시가 아니라 내가 겨뤄보고 싶은데.'

환제는 혈강시를 내세우지 않고 자신이 겨루고 싶은 마음이 간절했다. 그러나 그럴 수는 없었다.

자칫해서 자신에게 문제라도 생긴다면 전륜혈가림에 큰 피해가 갈 수 있었다. 이미 오기 전에 불가피한 상황이 아니라면 절대로 손을 쓰지 않겠다고 약속을 했던 것이다. 그래서 오늘의 지휘관은 자신이 아니라 누한이었다.

물론 아무리 누한이 지휘를 하고 있지만 역시 마지막 결론은 환제의 몫일 수밖에 없었다.

　누한은 대충 상황을 짐작하자, 더 이상 환제의 눈치를 보지 않기로 작정하였다.

　그는 공대성을 노려보면서 차가운 목소리로 말했다.

　"공가채는 네놈의 둘째 아들이 물려받을 것이다. 오늘 이 자리에서 공가는 둘째만 빼고 씨가 마를 것이기 때문이다."

　"뭐라고! 그럼 네놈은?"

　"당연하지, 네놈과 네놈의 셋째 아들도 여기서 죽는다."

　"이 잔인한 놈들."

　"원래 큰일엔 피가 흐르게 마련이다."

　"이런 개 후래 자식이……."

　누한의 말을 듣고 있던 오대곤이 불같이 화를 내며 공관을 공격하려고 하자, 다시 진천이 그의 손을 잡아채며 누한을 보고 말했다.

　"전륜살가림이 어떤 곳인지 모르지만, 지금 행실을 보면 대충 알 것도 같군. 그래, 이젠 어떻게 할 참인가?"

　진천의 물음에 누한은 다시 한 번 강조하며 말했다.

　"살가림의 명령에 따르겠다는 자는 살 수 있다. 단, 내가 주는 약을 먹어야 한다. 흐흐, 그 약이 무엇인지는 잘 알 테고… 빨리 결정해라. 그렇지 않으면 여기서 다 죽을 것이다. 그냥 살려주어도 아까 말했듯이 내공을 상실하고 영원히 무공을 배우지 못하게 된다. 너희들이 먹은 산공독은 일시적으로 내공을 상실시키는 어설픈 산공독이 아니다. 흐흐."

　협박이었다.

　그것도 상대방의 자존심이나 입장을 전혀 고려하지 않은 협박이라 누구라도 반발심을 가질 수밖에 없을 것이다.

정말 목숨에 연연하는 자가 아니라면 말이다.

오대곤이 이를 악물고 말했다.

"이 씹어 먹을 놈의 새끼, 내가 여기서 죽을지언정 절대로 네놈들의 개가 되진 않겠다!"

진천 역시 싸늘한 눈으로 누한을 노려보면서 말했다.

"내가 녹림의 도둑에 불과하지만, 결코 협박에 고개를 숙이지 않는다. 설혹 내가 여기서 죽더라도 진가채는 영원히 살가림을 적으로 삼을 것이다."

황하의 유대순과 문가채의 문정 역시 전륜살가림과 뜻을 같이할 생각이 없다는 듯 무기를 뽑아 들었다.

문정이 분한 표정으로 말했다.

"오늘 내가 여기서 죽을지 모르지만, 네놈들은 그만한 대가를 치러야 할 것이다!"

누한은 문정을 노려보며 빈정거렸다.

"그 몸으로 말이냐? 웃기는 늙은이군. 공가는 모두 처리하고 나머지는 일단 생포하라! 천천히 내 말을 듣게 할 것이다."

누한의 명령이 떨어지자 그의 뒤에 있던 수하들 중 두 명의 혈강시를 뺀 여섯 명의 사내가 몸을 날렸다.

그들은 조금도 망설이지 않고 공가의 인물들을 도륙해 버렸다.

녹림의 영웅 중 한 명이라는 공대성의 최후는 너무 허무했다.

아들 한 명 잘못 둔 덕에 그는 죽어서도 눈을 감지 못하고 있었다.

공관은 고개를 돌려 버렸다.

그 모습을 누한은 비웃는 눈으로 바라본 다음 천천히 관표를 향해 다가갔다.

그의 양옆으로는 두 명의 혈강시가 따르고 있었다.

누한의 뒤에는 환제가 흥미진진한 표정으로 지켜본다.

다른 한쪽에서는 여섯 명의 전륜살가림 무사가 이미 내공을 잃은 녹림의 두령들을 쉽게 제압해 버렸다.

내공이 없다고 해도 결코 만만치 않은 인물들인 것을 감안하면 이들 무사들의 무공도 상당한 경지라는 것을 알 수 있었다.

일단 채주들과 두령들을 제압한 후, 함부로 움직이지 못하게 마혈을 점혈한 살가림의 전사들이 관표 일행을 천천히 포위하며 다가왔다.

관표는 무심한 시선으로 누한을 바라보았다.

그의 양옆에 있는 왕단이나 과문 역시 긴장한 표정으로 자신들에게 다가오는 살가림의 무사들과 누한을 보고 있었다.

그들은 자신들의 무기를 단단히 쥐고 있었다.

누한이 그런 관표 일행을 둘러본 다음 그중 관표를 보고 비웃으며 말했다.

"네놈이 관표겠지?"

관표는 침착하게 대답하였다.

"잘 아는군."

관표의 간단하면서도 무엇인가 여유있는 대답이 마음이 들지 않은 누한이었다.

"흐흐, 오늘 네놈이 마신 산공독은 너를 위해 특별히 만든 것이다. 네놈이 아무리 만독불침이라도 그 산공독을 완전히 이겨내진 못했을 것이다. 그런데도 뭘 믿고 태연한지 모르겠군."

누한의 말에 관표는 침착하게 웃으면서 대답했다.

"나야 나를 믿지. 그리고 나의 수하들을 믿지."

"흐흐, 네놈의 수하들은 지금쯤……."

"지금쯤 어떻게 되었을 것 같은가?"

관표의 태연한 말을 들은 누한은 갑자기 불안한 기분이 들었다.

그는 얼른 귀를 기울이고 밖의 동정을 살폈다. 그러자 수많은 사람들이 싸우는 소리가 들리는데, 그건 자신이 바라던 소리가 아니었다.

확실한 것 한 가지는 지금 자신의 수하들과 공관의 수하들이 생각한 대로 밖을 완전히 장악하고 있지 못하다는 사실이었다.

누한이 관표를 바라보면서 눈가를 부르르 떨었다.

그 모습을 보면서 관표가 말했다.

"자넨 아직 멀었군. 뒤에 계신 노인장은 이미 알고 있었던 것 같은데."

누한이 얼른 고개를 돌려 자신의 뒤에 있는 환제를 바라보았다.

침착하게 서 있는 환제의 모습이 보인다.

환제가 그런 누한을 예리한 눈으로 쏘아보면서 말했다.

"놀랄 것 없다. 녹림왕이 내공으로 밖에서 들리는 소리를 차단했기에 네가 듣지 못한 것뿐이다. 내가 이 안의 말을 차단한 것과 같이."

누한은 그제야 갑자기 소리가 들린 이유를 알 수 있었다.

관표가 내공을 풀었기에 자신이 들을 수 있었던 것이다.

그 하나만으로 누한은 자신의 무공이 관표의 상대가 되지 못하다는 사실을 인정해야만 했다. 하지만 정작 중요한 것은 그것이 아니었다. 내공으로 소리를 차단했다고 했다. 그럼…….

누한의 표정이 굳어졌다.

第二章
공가채의 혈투

관표의 명령으로 수하들을 구하러 밖으로 나온 장칠고는 입 안에 머금었던 술을 얼른 뱉어버렸다.

그는 섬광영 신법을 발휘하여 청룡단과 자신의 수하들이 있는 곳으로 달려갔다.

마침 청룡단의 수하들은 술을 마시려 하다가 적황의 충고로 술잔을 내려놓은 다음이었다.

적황은 관표의 천리전음을 전해 듣고 청룡단과 천문의 수하들이 술을 마시지 못하게 한 것이다.

천문의 수하들은 전쟁을 하러 나온 무사들이었다.

상관으로부터 술을 마셔도 좋다는 말은 들었지만 청룡단의 눈치를 보고 있던 참이었다. 마침 적황의 명령이 떨어지자 그들은 천천히 일어서서 청룡단을 중심으로 뭉치기 시작했다.

천문의 수하들 기강이 제대로 잡혀 있었기에 가능한 일이었다.

진가채나 오대곤의 수하들, 그리고 문가채의 수하들은 그런 천문의 수하들을 이상한 눈으로 바라볼 뿐이었다. 그리고 그때 공가채의 수하들 수백여 명이 들이닥쳤는데, 이십여 명의 전륜살가림 무사들이 앞장을 서고 있었다.

공가채의 소두령 중 한 명인 오가기가 공가채의 수하들을 지휘하고 있었는데, 그 외에 두 명의 부두목이나 소두목들은 이미 전륜살가림의 무사들에게 전부 죽은 다음이었다.

공가채의 수하들은 지금 상황을 알고서 오가기를 따르는 수하들보다 단지 채주의 명령이라는 말만 듣고 나선 자들이 거의 대부분이었다.

공가기는 나타나자마자 고함을 질렀다.

"전부 죽여라!"

그 말을 들은 모든 사람들이 기겁하여 무기를 주워 들었지만, 모두 맥없이 그 자리에 쓰러지고 있었다.

이들이 마신 독은 산공독이 아니라 몸이 마비되는 약이었다.

녹림 산채의 수하들 중에 산공독까지 쓸 만큼 내공을 모은 자가 몇이나 되겠는가? 이를 본 장칠고가 고함을 질렀다.

"천문의 수하들은 공가채를 공격하라! 그리고 저들을 지켜라! 그 외의 청룡단은 나를 따르라!"

장칠고가 고함을 질러 명령을 내린 후 이십여 명의 괴인들을 향해 몸을 날렸고, 청룡단의 무사들 역시 그 뒤를 따라 신형을 날렸다.

공가채는 순식간에 아수라장이 되었다.

그리고 그들의 모습을 지켜보는 눈이 있었다.

바로 백리소소였다.

그녀는 당장이라도 달려 나가서 그들을 한 번에 정리해 버리고 싶었지만, 꾹 눌러 참는 중이었다.

그보다는 지금 공가채의 본청에서 벌어지는 일이 더 궁금했던 것이다.

다행이라면 청룡단의 무사들이 아직까지는 그런대로 제 역할을 해주고 있다는 것이다.

누한은 관표가 산공독에 당하지 않았다는 사실을 안 순간 얼굴이 창백해졌다.

그로서는 전륜살가림의 비전인 황지산(皇之散)을 견뎌내는 무인이 있다는 소리를 들어보지 못했다.

오죽했으면 산공독의 왕이라고 황지산이란 이름을 붙였겠는가.

단순히 만독불침이라고 황지산을 이겨내진 못한다.

'혹시 저놈이 전설의 건곤태극신공이라도 대성을 한 것인가?'

문득 그런 의문이 들었지만, 그것은 말도 되지 않는 소리였다.

건곤태극신공을 대성하려면 거의 백 년 이상의 세월이 필요하다.

지금 관표의 나이를 보았을 때 그건 불가능한 말이었다.

누한은 그래서 더욱 의아한 시선으로 관표를 보았다. 그리고 그 순간 관표는 왕단과 괴문에게 전음을 발하고 있었다.

"두 분은 청룡단을 도와주십시오. 여긴 제가 맡겠습니다."

관표는 왕단과 괴문에게 전음을 전함과 동시에 사자후를 내질렀다.

"이 노옴!"

고함과 함께 관표의 신형이 무서운 속도로 누한을 향해 날아갔다. 누한은 기겁을 하였지만, 그래도 전륜살가림의 십이전사 중 한 명이었다.

누한은 다급한 나머지 그대로 바닥을 구르며 관표의 공격을 겨우 피해내었다. 그러나 가슴이 덜컥하는 순간이었다.

관표는 누한이 자신의 공격을 피했다는 사실에 조금도 실망하지 않았다.

그는 바닥에 내려서자마자 그대로 의자를 집어 들고 휘둘렀다.

타다닥.

세 명의 장한이 의자에 맞고 무려 이 장이나 날아가 벽에 충돌하고 바닥에 쓰러져 절명하였다.

대력철마신공의 위력이었다.

관표는 또 다른 의자를 들고 나무로 만들어진 다리 하나를 떼어내 들었다. 그 순간 두 명의 전륜살가림 수하가 공격해 왔는데, 관표는 들고 있던 의자 다리로 공격해 오는 두 개의 검을 후려쳤다.

따당, 하는 소리가 들리며 두 명의 무사가 멍청한 표정으로 관표를 본다.

그들이 들고 있던 두 자루의 장검은 나무와 충돌하는 순간 부서져 버린 것이다. 그리고 검을 들었던 손은 찢어져 피가 흐르고 있었다.

막 일어서서 환도를 들고 관표에게 달려들려던 누한은 그것을 보자 기가 질리는 것을 느꼈다.

이때 보고 있던 환제가 고함을 질렀다.

"모두 뒤로 물러서라! 너희들이 상대할 수 있는 인물이 아니다!"

환제의 말을 듣고 물러서는 누한과 그의 수하들 얼굴엔 질렸다는 표정이 떠올라 있었다.

'과연 듣던 대로 괴물이군.'

누한은 뒤로 물러서며 두 명의 혈강시를 슬쩍 바라보았다.

제아무리 관표가 강해도 완전해진 두 혈강시의 협공을 이겨내진 못하리라 생각했다.

"쳐라!"

환제의 명령이 떨어지자, 두 혈강시가 무서운 속도로 관표를 향해 몸을 날렸다.

미완성의 혈강시와는 차원이 다른 빠르기였다.

관표의 얼굴에 조금 놀란 표정이 떠오른다.

이전에 자신이 상대했던 혈강시들과는 수준이 다르다는 것을 느낀 것이다.

'이야압' 하는 기합과 함께 관표는 맹룡칠기신법(猛龍七氣神法)으로 몸을 허공으로 띄우며, 양 발로 광룡폭풍각의 절초인 폭풍선회룡을 펼쳐 마주 공격해 갔다.

오호룡의 무공 두 개가 동시에 펼쳐진 것이다.

두 혈강시 또한 조금도 피하지 않고 정면으로 관표와 충돌했다.

'꽝', '꽈꽝' 하는 소리가 연이어 들리면서 공가채의 본청이 터져 나갔다.

공관을 비롯해서 점혈을 당한 채 쓰러져 있던 오대곤과 진천, 그리고 귀령검 문정의 신형이 사오 장이나 날아가 떨어졌다.

재수없게도 점혈당해 쓰러져 있던 소두목들 중 몇 명이 그 기의 회오리에 걸려 몸이 분리되어 죽었다.

오로지 환제만이 제자리에 서 있을 뿐이었다.

단 한 번의 충돌이었지만 그 결과는 험했다.

본청 밖에서 싸우던 수하들마저 모두 싸움을 멈추었다.

누한은 뒤로 삼 장이나 물러서서 몸을 떨며 중얼거렸다.

"어떻게 독에 중독되지 않았단 말인가?"

공관 역시 관표가 술을 마시는 것을 직접 보았다. 그런데 관표는 중독된 흔적이 보이지 않았다.

누한이 공관을 보면서 물었다.

"분명히 술을 마신 것이냐?"

"분명히 마시는 것을 보았습니다."

"그렇다면 마시면서 내공으로 완전히 태워 버렸던가? 황지산마저 이겨낼 수 있는 특수 무공을 익히고 있단 말인데, 그게 말이 되나? 정말 그렇다면 저 인간은 괴물이다."

질렸다는 표정으로 말을 하는 누한의 입장에서 보면 자신의 생각한 두 가지 중 어느 것이라고 해도 믿기 어려웠다.

술을 마시면서 다른 사람이 모르게 완전 연소시키는 것은 어지간한 고수라도 쉽지 않은 일이었고, 특히 황지산이라면 그것은 불가능하다고 봐야 한다. 그리고 황지산마저 어쩔 수 없을 정도로 강한 자라면 그 또한 문제였다.

누한은 고개를 흔들었지만, 두 명의 혈강시와 정면으로 충돌하고도 전혀 밀리지 않는 관표를 보니 그 정도의 무공을 지니고 있을 법도 하였다.

"정말 들은 것보다 더한 인간이다."

누한은 자신도 모르게 중얼거리며 식은땀을 흘렸다. 그러나 그는 두 명의 혈강시가 관표에게 진다고는 생각하지 않았다.

일반 강시와는 다르게 이지를 지니고 있을 뿐만 아니라 대법을 시행하면서 주입한 마기로 인해 유난히 싸움을 즐기는 성격의 혈강시들이었다.

상대가 강할수록 투지가 더욱 강해지는 특성도 지니고 있었다.

이지도 있고 인간과 비슷한 지능도 있지만, 아픔을 모르고 두려움도 없다.

혈강시들은 상대가 강하다면 더욱 신이 나서 싸울 것이다. 그리고 그들이 얼마나 강한지 누한은 너무나 잘 알고 있었다.

"크크, 인간치고는 정말 강하구나."

혈강시 중 한 명이 무표정한 표정으로 말했다.

입으로는 흉물스럽게 웃고 있지만 표정엔 그것이 나타나지 않자 더욱 괴이한 공포감을 느끼게 만들었다.

관표는 그런 혈강시를 향해 조금 조롱하는 말투로 말했다.

"이젠 말도 하는군. 이마에 있던 숫자의 낙인도 사라졌고, 완성품인가?"

"기존에 죽은 강시들과 우리를 비교하지 마라, 애송이."

"허."

관표는 혀를 차고 말았다.

말하는 것으로 보아서는 인간과 거의 차이가 없다고 할 수 있었다.

"그래 보았자 인간이 만든 강시에 불과하거늘."

관표의 말에 혈강시 중 한 명이 차갑게 웃으면서 말했다.

"네놈이 모르는 것이 있구나. 우리는 실제 강시가 아니라 강시의 능력을 극도로 지닌 인간이란 사실이다. 미완성일 땐 강시와 비슷하지만, 완성된 우리는 특별한 존재들이다."

"강시들이 별말을 다하는군. 그렇다면 그 강시의 능력이 어느 정도인지 다시 한 번 확인해 보자."

관표의 신형이 혈강시들에게 번개처럼 날아들었다.

맹룡칠기신법은 이제 관표가 가장 즐겨 사용하는 무공 중 하나가 되어 있었다.

속전속결을 생각한 관표의 양손에서 광룡살수가 뿜어져 나왔다.

'우웅' 하는 소리와 함께 광룡의 기가 관표의 전신을 감싸고 있었다. 그 기묘한 광경에 보던 사람들이 찬탄을 한다. 그러나 혈강시들 역시 조금도 물러서지 않고 양손을 들어 관표를 향해 혈마미가살수(血魔迷假殺手)를 펼쳤다.

관표가 이전에 본 혈마미가살수였지만 그 위력이 같지는 않았다.

붉은색의 혈기가 은은하게 떠오르며 차가운 두 가닥의 기운이 관표의 관룡살수와 정면으로 충돌하였다.

꽝!

하는 소리와 함께 주변 십여 장이 거대한 광풍의 회오리 속에 묻혀 버렸다. 그 회오리 속에 본청의 건물이 뼈대조차 남지 않고 날아가 버렸다.

이 무시무시한 광경에 오대곤이나 진천, 문정 등은 아예 할 말을 잃고 말았다.

제법 무공 좀 한다고 했던 자신들의 자부심이 얼마나 부질없는 것인지 깨우쳐지는 순간이었다.

비록 마혈은 점혈당했지만 다시 이 장이나 날아가 나란히 땅바닥에 처박혔던 진천이 오대곤에게 떨리는 목소리로 말했다.

"저게 인간의 무공인가?"

"허… 말시키지 말게, 단 한순간이라도 놓치면 내 평생 한이 될 것 같으니."

오대곤의 말을 들으며 진천은 사방을 둘러보았다.

황하동경(黃河童鯨) 유대순은 물론이고 녹림의 모든 졸개들이 아주 넋을 잃고 보는 중이었다.

'이게 진짜 무공인가?'

진천은 개안을 하는 기분이었다.

지금까지 그가 알고 있던 무공의 상식이 완전히 바뀌는 순간이었다. 아울러 자신이 얼마나 약한 존재인지 뼈저리게 느끼는 순간이기도 했다.

전력을 다한 일격이 서로 충돌하는 순간 관표는 뒤로 일 장이나 밀려나면서 가슴속이 울렁거리는 것을 느꼈다.

태극신공을 끌어올려 겨우 진정시키자, 사방으로 퍼져 나가는 기파의 회오리 속에 두 명의 혈강시가 흐릿하게 보였다.

그들 역시 약 일 장 정도 뒤로 물러섰지만 큰 타격을 입은 것 같지는 않았다.

그렇다고 관표는 실망하지 않았다. 어차피 혈강시의 능력을 조금은 짐작하고 있던 참이었다.

그는 망설이지 않고 삼절황 중의 하나인 잠룡둔형보법의 일보영을 펼쳐 기파의 회오리를 거슬러가며 두 혈강시를 덮쳐 갔다.

두 혈강시는 한 번의 충돌로 상대가 어느 정도 충격을 받았겠지 하는 생각을 했다가 다시 공격해 오는 관표를 보고 조금 놀랐다. 그러나 그것은 아주 잠깐 스치는 감정에 불과했다.

선천적으로 싸움을 즐기고 피비린내를 좋아하는 혈강시들의 본능이 그들의 전투력을 더욱 촉발한 것이다.

혈강시들의 몸에 은은한 혈기가 번져 나오기 시작했다.

그 상태로 두 혈강시는 관표를 향해 마주 공격해 갔다.

관표와 두 혈강시가 막 충돌하려는 순간이었다.

관표의 움직임이 잠룡둔형신법의 제일절인 일보영에서 제삼절인 잠룡신강보법(潛龍神罡步法)으로 바뀌었다. 순간 보법을 밟는 관표의 전신을 강기가 감싸면서 미묘하게 그의 신형이 틀어졌다. 동시에 관표의 양손이 번개처럼 오른쪽의 혈강시를 향해 쏘아져 갔다.

왼쪽의 혈강시는 완전히 무시한 채였다.

순간적으로 두 혈강시의 공격이 관표의 몸을 스치고 지나갔고, 관표의 양손에서 뿜어진 기운이 오른쪽 혈강시의 몸에 격중하였다.

'퍽' 하는 소리가 들리며 오른쪽의 혈강시가 몸을 부르르 떤다. 그리고 그 일순간에 왼쪽의 혈강시가 재차 관표를 공격해 갔다. 생각대로 공격을 성공한 관표가 전력을 다해 다시 한 번 잠룡신강보법을 펼쳤지만 왼쪽 강시의 공격을 완전히 피해낼 수는 없었다.

'퍽' 하는 소리와 함께 관표의 신형이 다시 한 번 일 장 정도 주르륵 밀려났다.

"크윽."

관표는 피 한 모금을 울컥하고 뱉어내었다. 하지만 오른쪽에 있던 혈강시의 몸은 천천히 균열을 일으키고 있었다. 삼절황 중 하나인 맹룡분광수(猛龍分光手)에 당한 것이다.

내가중수법인 이 맹룡분광수는 대력철마신공의 진천무적강기보다 위력에서는 조금 약하지만 두 가지 면에서 앞선 무공이었다.

우선 쾌속함이 그렇고, 상대를 공격했을 때 외부가 아니라 내부를 공격한다는 점에서 더욱 치명적이었다.

맹룡분광수는 격산타우의 최고봉이라 할 수 있는 무공이었다.

제아무리 금강불괴의 혈강시였지만, 내부가 완전히 가루로 변해 버리면서 붕괴되자 금강불괴의 몸체마저 깨지면서 균열을 일으키고 있는 것이다.

관표는 삼절황을 터득하고 처음으로 맹룡분광수를 펼쳤고, 맹룡분광수의 위력은 그를 실망시키지 않았다.

보고 있던 사람들은 지금 상황을 이해하지 못했다.

단지 환제만이 상황을 정확하게 보고 있었다. 하지만 환제도 예상하지 못한 것은 관표의 상태였다. 설마 혈강시의 무공 중 오로지 초절정 이상의 고수만을 상대하기 위해 만들어진 혈마미가살수에 맞고도 살아남으리란 생각은 히지 못했던 것이다. 또 관표의 표정을 살펴보면 비록 내상은 입었지만 생각보다 크게 다친 것 같지도 않았다.

환제로서는 그 점은 이해할 수 없었던 것이다.

'설마 저 나이에 완전한 금강불괴를 이루었단 말인가?'

혈마미가살수 또한 내가중수법을 포함하고 있어서 외부만 금강불괴를 이룬다고 견딜 수 있는 무공이 아니었다. 하지만 관표의 경우는 견딜 만한 이유가 있었다.

일단 일차로 잠룡신강이 보호하고 있었으며, 외부는 대력철마신공이, 그리고 내부는 태극신공이 삼중으로 보호하고 있던 관표의 몸은 내외부적으로 금강불괴 이상의 단단함을 가지고 있었던 것이다. 그러나 완전히 무사한 것은 아니었다.

비록 충격을 삼중으로 흡수했지만 내상을 입는 것은 어쩔 수 없었다.

'혈강시… 생각보다 더 무섭구나.'

관표는 혈강시의 무서움에 놀라고 있었다. 비록 한 명의 혈강시를 죽였지만 두 명의 혈강시를 상대하면서 목숨을 걸어야 할 줄은 생각하지 못한 것이다.

관표의 생각은 더 이상 깊이 가지 못했다.

살아남은 혈강시 하나가 다시 관표를 향해 달려들었던 것이다.

이미 자신의 동료가 죽었다는 것을 안 혈강시의 눈은 광기로 번들거리고 있었다.

관표의 표정이 냉정하게 변했다.

그의 양손이 번개처럼 빠르게 움직이며 사혼참룡수를 펼쳤고, 두 발로는 일보영의 신법을 밟으며 혈강시를 공격해 갔다.

일보영을 시전하는 순간 관표의 신형이 기이하게 곡선을 그리며 혈강시의 옆구리를 파고들었다.

혈강시가 급하게 몸을 회전하면서 관표의 공격을 막아나갔다.

파르릉.

하는 소리와 함께 단 일 수유의 순간에 혈강시와 관표는 십여 초를 주고받았다.

단 십여 번의 격돌이지만 그 격돌로 인해 인근 십여 장은 완전히 폐허가 되고 말았다.

보는 사람들은 모두 넋을 잃고 있었다.

그들이 본 관표와 혈강시의 대결은 신들의 싸움과 같았던 것이다. 한 번 충돌할 때마다 그 기파가 영향을 주는 범위는 무려 십여 장에 가까웠다.

또한 손발이 움직이는 모습을 제대로 볼 수가 없었다.

아주 눈 깜짝할 사이에 열 번의 공수가 지나갔지만, 그것을 제대로 본 사람은 환제뿐이었다.

다른 사람들은 둘이 몇 번이나 충돌하였고, 서로 어떻게 공수를 나누었는지 짐작조차 하지 못했다. 하지만 그 십여 차례의 공격에서 혈강시는 무려 세 차례나 관표의 공격을 몸으로 맞아야 했다.

그러고도 놀란 것은 관표였다.

세 번이나 상대를 공격했지만 혈강시가 보여준 반응은 뒤로 몇 걸음 물러선 것뿐이었다.

전혀 타격을 입은 것 같지 않았다.

'역시 혈강시를 이길 수 있는 것은 맹룡분광수뿐인가?'

관표는 당장이라도 맹룡분광수를 사용하고 싶었지만, 문제는 내상이었다.

지금 그의 상황이 맹룡분광수를 펼치기엔 약간의 무리가 있었던 것이다.

물론 억지로라도 펼칠 수야 있다. 그러나 아직 환제가 버티고 있는 상황에서 무리하게 맹룡분광수를 펼치고 나면 그 다음이 문제가 될 수 있었던 것이다.

맹룡분광수가 내공 소모가 많은 무공이란 점도 문제가 되었지만, 그보다 더 큰 문제는 맹룡분광수를 펼치기 위해 내공이 지나가는 혈도가 심한 상처를 입은 것이다.

결국 맹룡분광수를 다시 펼치면 내상은 더욱 심해질 것이고, 환제와는 제대로 겨루지도 못할 것 같았다. 문득 그동안 약간의 성취를 이루었다고 스스로 자만했던 것이 후회스러웠다.

'내가 조금만 더 열심히 수련했으면 이런 부상은 입지 않아도 되었을 터인데……'

그러나 후회는 아무리 빨라도 늦었다.

문득 손에 혈강시를 단숨에 잘라낼 수 있는 무기라도 있었으면 하는 생각이 들었다.

'아무래도 지금 상황은 내가 혈강시를 이겨도 문제가 되겠구나. 그렇다면 다음을 위해서도 가장 현명한 방법을 찾아야 한다.'

관표는 생각을 정리함과 동시에 광룡폭풍각으로 혈강시를 다섯 번이나 걷어찼다.

혈강시는 두 번은 피하고 두 번은 막았지만, 마지막 공격에 얼굴을 가격당하고 그 힘에 일 장이나 날아가 처박혔다. 그러나 쓰러지자마자 바로 일어선다.

그 순간은 아주 짧았지만 관표에게 약간의 여유가 생겼다. 그리고 관표의 눈에 이미 날아간 공가채의 본청 건물 잔해 속에 있는 망치가 눈에 보였다.

관표의 신형이 일보영으로 날아가 망치를 주워 들었다.

그 망치는 자루까지 쇠로 되어 있어서 상당히 묵직했다. 그리고 망치를 드는 관표가 건물 잔해 속에 있는 대못 하나를 집는 것을 본 사람은 아무도 없었다.

건물을 지을 때 쓴 강철 대못은 나무 속에 박혀 있었지만, 관표는 순간적으로 나무를 부수고 그 못을 집은 것이다.

환제를 비롯해 누한과 진천, 오대곤 등은 관표가 무기로 망치를 든 것이라고 단순하게 생각했다.

누한이 그것을 보고 비웃으며 말했다.

"흐흐, 도검이 불침인 혈강시다. 망치가 통할 것 같은가?"

그 말을 들은 관표가 무표정한 모습으로 말했다.

"그건 두고 보면 알 일이다."

말이 끝나기가 무섭게 관표의 신형이 다시 한 번 일보영을 펼쳐 혈강시를 공격해 갔다.

그의 오른손엔 망치가 쥐어져 있었고 왼손은 주먹을 쥔 채였다.

혈강시는 혈마가혈수를 십이성까지 끌어올려 관표를 마주 공격해 갔다. 후퇴를 모르고 두려움을 모르는 자.

혈강시에게 회피란 있을 수 없는 것 같았다.

관표의 망치와 혈강시의 강기가 충돌하려는 순간이었다.

관표의 신형이 흔들리며 강기를 피해냈다.

잠룡둔형보법의 세 가지 절기 중 제이절인 잠룡어기환(潛龍魚奇幻)이란 보법이었다.

동시에 관표의 왼손이 뿌려졌고, 대력철마신공의 탄자결과 운룡천중기의 기운이 가미된 대못은 단순한 암기 이상의 힘을 지니고 혈강시의 이마를 향해 날아갔다.

관표는 대못을 던짐과 동시에 잠룡둔형보법을 맹룡칠기신법으로 바꾸었다.

'딱' 하는 소리와 함께 대못은 정확하게 혈강시의 이마에 맞았다. 그러나 탄자결과 천중기의 힘이 가미되었음에도 못은 혈강시의 이마를 완전히 뚫지 못하고 끝 부분이 조금 박히는 정도로 끝나고 말았다. 그러나 예상하지 못한 대못의 힘에 혈강시가 약간의 충격을 받은 듯 멈칫하였다. 그리고 그 순간 맹룡칠기신법으로 번개처럼 날아온 관표는 들고 있던 망치로 대못을 때렸다.

대력철마신공의 역발산기개세에 운룡천중기의 무게가 더해진 망치는 정확하게 못의 머리를 때렸다.

이는 그냥 혈강시의 머리를 때린 것과는 차이가 있었다.

'땅' 하는 소리와 함께 못은 그 단단한 혈강시의 이마를 절반이나 파고들었다.

"크아악!"

비명과 함께 혈강시가 고개를 흔드는 순간 기겁한 환제가 몸을 날려 관표를 공격하려 하였다. 그러나 그 순간 환제는 걸음을 멈추어야 했다. 전혀 상상도 할 수 없는 가공할 살기가 그에게 쏘아져 온 것이다.

'이, 이건 대체 누구란 말인가?'

환제는 식은땀을 흘리며 그 자리에서 멈추어야 했다.

관표의 망치가 다시 한 번 대못을 향해 떨어져 내렸다.

대못은 그대로 혈강시의 머리를 파고들어 가버렸다. 비록 대못의 강도가 혈강시의 금강불괴보다 못할지는 모르지만, 지금의 대못은 달랐다.

관표의 대력철마신공이 감싸고 있었으며, 그의 내공으로 인해 정확하게 일자로 펴진 못, 그리고 그 못에는 대력철마신공의 금자결까지 포함하고 있었다. 거기에 망치의 힘이 더해지면서 혈강시의 금강불괴를 깬 것이다.

이마 위쪽에 대못이 박힌 혈강시는 뇌가 상처를 입으면서 몸을 부들부들 떨고 있었다.

제아무리 혈강시라도 이지가 있는 생물인 이상 뇌 속에 못이 파고들었다면 타격을 입을 수밖에 없었다. 그리고 뇌 속으로 파고 든 대못은 혈강시의 금강불괴를 깨뜨려 놓았다.

아무리 단단한 금강석도 금이 가면 금방 깨지게 마련이었다.

지금의 혈강시가 그랬다.

관표는 조금도 망설이지 않고 광룡폭풍각으로 혈강시를 공격하였다. 무자비하게 날아간 발이 혈강시의 머리를 가격하자, 충격이 더해지면서 혈강시는 십여 장이나 날아가 땅바닥에 처박혔다.

칠공으로 피를 흘리는 혈강시는 이제 더 이상 살아 있지 못하다는 것을 누구나 알 수 있었다.

환제나 누한은 관표가 이런 식으로 혈강시의 금강불괴를 깰 줄은 생각하지도 못했다.

'정말 싸울 줄 아는 자다.'

환제는 속으로 감탄하지 않을 수 없었다.

그 와중에도 자신에게 살기를 뿜어낸 자를 찾으려고 아무리 사방을 둘러봐도 짐작 가는 자가 없었다.

관표는 일단 혈강시를 쓰러뜨리자 들고 있던 망치를 갑자기 누한에게 던졌다.

혈강시가 쓰러지자 감탄 반 놀라움 반으로 환제의 눈치를 살피던 누한은 갑자기 망치가 날아오자 기겁하고 말았다.

"비켜라!"

고함과 함께 환제의 신형이 빛살처럼 날아오며 양손을 휘둘렀다. 순간 그의 양손에서 뿜어진 경기가 망치를 쳐냈다.

누한의 앞에서 불과 세 치의 거리에서였다.

'퍽' 하는 소리와 함께 환제는 은은하게 밀려오는 충격에 눈살을 찌푸렸다.

튕겨진 망치는 무려 십여 장이나 날아가서 두 명의 전륜살가림 무사를 덮쳤는데, 그에 두 사람의 머리가 날아가 버렸다.

그리고도 힘이 남은 망치는 다시 삼 장이나 더 날아간다.

그 어마어마한 파괴력 앞에 보는 사람들은 가슴이 덜컥하지 않을 수 없었다. 더군다나 망치에 맞을 뻔했던 누한은 그 자리에 털썩 주저앉고 말았다.

'지독하다! 대체 어떤 암기 수법인데 위력이 저렇게 강하단 말인가?'

환제의 생각과는 달리 망치는 단순하게 대력철마신공의 힘과 천중기의 무거움이 곁들어진 것뿐이었다. 하지만 그것만으로도 그 무서움은 능히 어떤 암기 수법보다 더하다고 할 수 있었다.

第三章
투왕과 환제의 결투

정적.

갑자기 조용해졌다.

모두 경외의 시선으로 관표를 바라볼 뿐이었다.

환제가 누한의 앞에 서며 말했다.

"너는 물러서라!"

누한은 망설이지 않고 뒤로 물러섰다. 이미 자신이 상대할 수 있는 자가 아니란 것을 알고 있던 참이었다.

"나는 환제다. 염제에게 너에 대한 이야기를 들었다. 그때는 믿지 못했는데 지금 보니 더 무섭군."

"그렇지만 두려워하는 기색은 아니군요."

관표의 말에 환제가 가볍게 웃었다.

"겁을 먹어서야 되겠나. 내가 이 자리에 올라오기까지 수없이 많은 죽을 고비를 넘겼네. 이 정도의 위험이야 언제나 뒤따르는 것이지. 그리고 자네는 내상을 입었지 않은가?"

관표가 고개를 끄덕이며 말했다.

"맞습니다. 하지만 생각보다는 좀 덜한 편입니다."

"허허, 그럴지도 모르지. 하지만 나는 자네가 가장 치명적인 무공을 사용할 수 없다는 것을 알고 있네. 그렇지 않았다면 두 번째 혈강시를 쓰러뜨릴 때 다시 그 무공을 사용했겠지. 그렇지 않은가?"

"맞습니다. 하지만 그 무공이 내 최고 무공은 아닙니다."

환제의 얼굴이 굳어졌다.

확실히 관표의 마지막 무공은 무서웠다.

환제가 생각해도 자신의 최고 무공과 비교해서 뒤떨어지지 않았다. 그런데 그거 말고 더 강한 무공이 있단 말인가? 그건 믿을 수 없는 말이었다.

그것이 있다면 왜 사용하지 않았겠는가?

"뭐, 좋아. 젊은 혈기는 좋은 거지. 그럼 이제 나와 일 대 일로 겨루어보겠는가? 만약 나를 이긴다면 해독약을 주고 가겠네. 아니면 난 지금 그냥 가버리겠네."

관표는 환제를 바라보았다.

왜 굳이 일 대 일 대결을 고집하는지 궁금했다.

굳이 그렇게 말하지 않고 그냥 싸우면 된다. 그런데 조건까지 걸면서 대결하려 한다면 그에게도 이렇게 해야만 하는 무엇인가가 있다는 점이었다.

'소소 당신인가?'

관표는 백리소소가 상당한 무공을 지니고 있다는 것을 이미 알고 있었다. 아무리 자신의 기운을 숨기려 해도 태극신공의 그것을 피해 갈 수 없었기 때문이다. 하지만 관표도 소소의 무공이 어느 정도인지는 정확하게 알지 못했다.

그녀의 내공이 자신이 전해준 피와 관련이 있고, 지난 무공이 무림 십준이라고 불리던 사천당가의 당문영보다 훨씬 강하다는 정도였다. 한데 지금 환제가 꺼려하는 점이 있다면 그것은 백리소소뿐이라고 생각한 것이다.

그것 외에는 지금 상황을 설명할 수 없었다.

'소소의 무공이 내 생각보다 훨씬 강한 것인가?'

작은 의문이 들었지만 관표는 더 이상 생각하지 않기로 하였다.

그것이야 나중에라도 알게 될 일이다. 하지만 그 순간에도 관표는 소소의 무공이 일파의 장문인보다 강하다고는 생각하지 않았다.

상식적으로 생각할 때 그것은 당연한 일이었다. 그리고 관표에게 중요한 것은 지금의 문제였다.

이제 자신이 굳이 어렵게 싸우지 않아도 될 상황인 것은 분명했다. 환제와의 결투가 싫으면 그냥 떠나게 두면 된다.

어차피 자신과 수하들은 문제가 없으니 굳이 해독약이 필요한 것도 아니었다.

관표는 진천과 오대곤, 그리고 유대순을 차례대로 바라보았다.

그들은 급한 대로 수하들의 힘을 빌어 침착하게 앉아 있었다.

비록 마혈을 완벽하게 풀진 못했지만, 앉는 것 정도는 할 수 있을 만큼 된 것 같았다.

점혈을 한 것이 전륜살가림의 일반 수하들이라 그나마 다행이라 할 수 있었다. 그들은 지금 환제가 한 말을 들었지만, 모두 의연한 표정들이었다.

문정만이 식은땀을 흘리며 관표의 눈치를 보고 있을 뿐이었다.

그 모습을 본 관표가 한숨을 내쉬었다.

'저들 중 대부분은 정파의 대협이라 불리는 자들보다 의연하구나.'

물론 정파의 인물들 중엔 정말 정의로운 자들도 많을 것이다. 하지만 일부 인물들은 정말 녹림의 도적들보다 못한 경우가 적지 않았던 것이다.

세상을 사는데 정의롭게 살자고 결심을 했던 관표였다.

물론 그 방식은 다른 사람들이 말하는 정의와 약간 다를 수도 있었다. 하지만 그 부분은 누가 옳고 그르다고 할 수 있는 일은 아니었다. 무엇보다도 약자를 위하는데 자신의 능력이 닿을 경우 회피하지 않으리라고 다짐했다.

오대곤이나 진천, 그리고 유대순이 정의롭거나 약한 자들이 아닐 순 있었다. 그러나 그들은 최소한 비겁하지 않았고, 의기가 있는 자들이었다.

그렇다면 당연히 도와주어야 한다고 생각했다.

특히 유대순은 관표가 꼭 필요로 하는 인재 중 한 명이었다.

생각을 정리한 관표는 환제를 보면서 대답하였다.

"좋습니다. 그 도전을 받겠습니다. 대신 진 다음엔 조용히 물러가 주십시오. 그리고 해약도 약속대로 주리라 믿겠습니다."

"좋네. 약속을 지키지. 대신 우리 둘의 대결엔 그 누구도 참견해서는 안 되네."

그 말은 관표보다도 자신을 향해 살기를 보낸 그 누구인가에게 한 말이라 할 수 있었다.

관표 또한 그 말에 내포된 의미를 어렴풋이 짐작하였다.

환제는 적어도 십이대고수 중 누군가가 숨어서 지켜보는 중이라고 판단을 하고 있었다.

관표가 결심을 굳힌 표정으로 말했다.

"그 도전 받아들이겠습니다."

"좋아, 자네는 마음에 드는군. 그럼 조심하게. 내 무공을 과신하는 것이 아니라, 내 무공은 결코 십이대초인이라는 삼성, 칠종, 쌍괴보다 아래가 아닐세. 얼마 전 칠종 중 한 명이 나와 겨루어 승부를 논하지 못했다는 것을 명심하게."

말을 하는 환제의 눈이 예리하게 빛나기 시작했다.

그의 눈은 점차 투명해지더니 마치 유리알처럼 투명해졌다.

보는 사람들은 다시 한 번 긴장하기 시작했다.

그들에게 있어서 환제의 말은 충격이었다.

칠종 중 한 명과 겨루어 무승부를 이루었다니. 그들이 아는 칠종은 무림의 최고봉들이었다.

그들은 세상의 수많은 고수들 중에 오로지 칠종이나 쌍괴, 그리고 천군삼성만이 유아독존하리라 생각하고 있었다. 그러나 지금 본 관표의 무공은 절대로 그들 십이인의 아래가 아닌 것 같았다. 그리고 환제 역시 칠종과 겨루어 무승부를 이루었다고 하였다.

지켜보던 사람들은 환제의 말이 결코 빈말이 아니란 것을 느낌으로 알았다.

저 정도의 무공 고수가 헛말을 하진 않을 것이다.

그리고 그 정도의 실력이 아니라면 감히 관표에게 도전하지 못했으리라.

오대곤 진천을 비롯한 녹림의 인물들은 과연 세상은 넓구나 하고 다시금 깨우치는 중이었다. 그러나 그 깨우침은 그들의 가슴을 울리는 엄청난 대결 앞에 묻혀갔다.

세상에서 가장 강하다는 십이대초인.

그들보다 결코 아래가 아닌 두 사람의 대결은 보는 사람들의 가슴을 두근거리게 만들었던 것이다.

무인이라면 이것이 얼마나 큰 기연인지 알 수 있을 것이다.

평생 동안 다시 볼 수 없는 결투이리라.

한편 관표는 가슴이 조금 답답해지는 느낌이었다.

결코 환제가 두려워서가 아니었다.

요는 환제와 전륜살가림의 대담함이었다.

'이제 전륜살가림이 대놓고 활동을 하는구나. 칠종과 겨루기까지 했다면 이젠 더 이상 숨어서 활동하지 않겠다는 것인데, 예상보다 빠르다.'

관표는 아직 자신과 천문이 제대로 정비가 되지 않은 상태에서 세상이 혼란해지는 것을 바라지 않았다. 더군다나 아직 혈강시에 대한 대책도 제대로 세우지 못한 상황이었다.

자신의 광룡삼절부법이라면 충분히 가능할 것 같은데, 이상하게 그 무공만큼은 아직 큰 진전이 없었다.

어쩌면 당연할지도 모른다.

광룡부법은 삼절황 중에서도 최고 무공이었다.

관표의 생각으론 천하에서 그 무공을 당적할 수 있는 무공은 없을 것 같았다. 그러니 쉽게 배울 수 있다면 오히려 이상한 일이었다. 그래서 더욱 걱정스러웠다.

난세는 피를 부르게 마련이고, 그 와중에 약자는 살아남지 못할 것이다. 그리고 천문은 아직 충분히 강해지지 못했다.

그것이 관표의 마음을 무겁게 만든 것이다. 하지만 지금 상황에서 그것은 나중 문제였다.

관표는 지금 결투에 자신의 마음을 집중해야 한다고 생각했다. 그리고 생각하는 순간 그의 정신은 환제를 향해 모아졌다.

마음이 일면 기가 일고, 기가 일면 이미 정기신이 모아져 무공의 혼을 모으는 단계.

관표는 바로 그 이상의 경지를 이루고 있었다.

근처의 큰 나무 위에서 관표를 바라보는 한 쌍의 시선이 있었다.

바로 백리소소였다.

백리소소는 관표를 보면서 놀라고 또 놀라는 중이었다.

설마 관표의 무공이 이렇게 강할 줄은 상상도 하지 못한 그녀였다. 아무리 강해봤자 일문의 장문인보다 강하진 않을 것이라 생각했었다. 그러나 지금 지켜본 관표의 무공은 능히 십이대초인과 겨루어도 지지 않을 정도였다.

자신과 겨루어도 누가 이길지 장담하지 못할 것 같았다.

물론 자신에겐 마병이 있기에 혈강시랑 싸우는 것은 더 유리할지 모른다. 그러나 그것은 혈강시랑 싸울 때 무기로 인해 유리한 것이지, 만약 관표와 일 대 일로 대결한다면 또 다를 것이다. 그리고 관표가 마지막에 혈강시를 쓰러뜨릴 때의 기가 막힌 방법엔 백리소소도 혀를 내둘렀다.

'싸움을 할 줄 아신다. 천부적으로 태어난 투기를 지니신 분이다.

과연 나 백리소소의 낭군이 되실 만한 분이었다. 만약 대가와 내가 힘을 합한다면 능히 세상을 도모할 만하구나.'

백리소소는 순간적으로 그런 생각까지 하였다.

그녀는 관표를 지켜볼수록 그의 능력이 자신의 상상을 넘어서고 있다는 것을 느꼈다. 그리고 그런 관표와 겨루는 자들의 정체가 또 한편으로 궁금했다.

더군다나 상황으로 보아 관표와 그들은 이미 서로를 알고 있는 것 같았다. 그리고 그들은 강했다.

상상할 수 없을 만큼 강한 적을 상대해야 하는 연인에 대한 걱정이, 그녀의 다른 의문을 모두 지워놓았다. 특히 한 명 남은 노인은 혈강시보다 더 강한 것 같았다. 그리고 관표는 부상 중이었다.

당장이라도 달려가고 도와주고 싶은 것을 눌러 참는다.

그것은 관표를 능멸하는 것이고 모욕하는 짓이다.

관표는 분명히 일 대 일의 대결을 선언한 것이다.

그것은 누구도 끼어들지 말라는 선언이었다.

관표의 두 발이 잠룡보법의 기수식을 취하였고, 두 손은 광룡살수의 기수식을 취하였다.

처음부터 오호룡의 무공을 사용하기로 결정한 것이다.

관표는 혈강시와의 결투 때처럼 속전속결을 원칙으로 삼았다.

내상을 입은 관계로 시간을 끌수록 불리하다고 생각했던 것이다.

관표의 기수식을 본 환제의 고개가 약간 갸우뚱해졌다.

처음 볼 때부터 관표의 무공은 그가 알고 있는 어떤 무공도 아니었다.

중원의 무공에 대해서 수십 년을 연구했지만, 관표의 무공은 하늘에서 뚝 떨어진 것 같았다.

지금 관표가 보여준 기수식도 어떤 무공의 기수식인지 알 수가 없었다.

'참으로 알수록 그 끝을 모르겠구나. 기필코 여기서 죽여야 한다. 지금 살려두면 우리의 일에 가장 큰 방해자가 될 것 같다.'

관표의 나이를 감안한다면 더욱 그의 기세가 무섭다.

앞으로 얼마나 더 발전할지 알 수 없는 자.

결심을 굳힌 환제는 자신의 무공 중 귀영태양륜(鬼影太陽輪)의 기공을 끌어올렸다.

자신이 알고 있는 무공 중 가장 강한 무공이었다.

환제의 기환술과 도술, 법술 등을 하나로 합쳐 놓은 살수 무공.

이미 관표가 속전속결을 원하고 있다는 것을 알았다.

자칫 어설픈 무공으로 대항했다가는 큰 낭패를 당할 수 있을 것이라 판단한 것이다.

기세가 달라졌다.

노인의 몸에서 뿜어져 나온 기세가 서릿발처럼 날이 서자, 주변의 공간이 기파에 일그러지는 느낌이 들었다.

보이지 있는 기세의 검이 관표를 난도질하는 듯한 느낌.

보던 사람들은 자신도 모르게 뒤로 한두 발씩 물러서고 말았다.

왕단이 뒤로 물러서면서 질렸다는 표정으로 말했다.

그 표정 속에는 경외감 감탄, 그리고 놀라움이 한꺼번에 버무려져 있었다.

"지독하다. 칠종과 겨루어 무승부라더니 아무래도 그 말은 진짜인 것 같다."

왕단의 말에 근처에 있던 장삼이 얼른 그 말을 받았다.

"저 정도의 인물이 뭐가 아쉬워서 금방 들통날 거짓말을 하겠습니까? 아무래도 칠종 중 누군가와 무승부를 이룬 것이 분명한 것 같습니다."

실제 칠종과 환제가 겨루었는지 안 겨루었는지는 중요하지 않았다. 그러나 지금 그것을 분명하게 해놓을 필요는 있었다. 그래야 천문의 제자들에게 더 큰 자긍심을 심어줄 수 있었고, 만약 관표가 패하더라도 그 체면을 잃지 않을 것이다. 그리고 장삼은 환제가 거짓말을 했다고 생각하지 않았다.

조금 전 왕단에게 말했듯이 환제 정도의 인물이 뭐 하러 그런 거짓말을 하겠는가? 무인들에게 있어서 명예는 무엇보다도 우선시된다. 허풍이나 거짓말이란 것도 삼류무인들이나 하는 짓이다.

지금 환제 정도의 실력자라면 불필요한 거짓말을 할 필요가 없을 것이다. 차후에라도 거짓말이 알려지게 된다면 그의 체면은 땅에 떨어지고 말 것이 분명하기 때문이었다.

장삼의 말은 설득력이 있었고, 과연 장삼과 왕단의 말은 효과가 있었다. 듣고 있던 천문의 제자들 얼굴이 더욱 상기되어 있었기 때문이다.

장삼은 자신의 작은 성과에 만족했다.

이제 자신의 주군이 이겨주기만 한다면 천문의 자부심은 하늘을 찌를 것이다.

환제가 귀연태양륜의 내공을 끌어올리자 그의 진기는 하나의 거대한 륜이 되어 돌기 시작했다.

기를 모아 강기를 만들고, 강기로 환을 만들어 공격하는 기환술의 일종인 귀영태양륜은 환제에게 있어서 가장 믿을 수 있는 무공이라 할 수 있었다.

환제의 손에 빛이 어린다. 그리고 그 빛은 점차 하나의 형상을 만들어갔다.

귀영태양륜이었다.

손바닥보다 서너 배 정도 큰 륜은 톱니가 가득한 날을 지니고 있었으며, 얇기가 백지 한 장 정도에 불과해 보였다.

아무것도 없는 상황에서 손바닥에 륜이 나타나자 보는 사람들은 모두 신기한 표정들이었지만, 그것을 본 관표의 표정은 신중하게 굳어졌다.

강기로 륜을 만드는 것이 얼마나 어려운지 잘 알기 때문이었다. 그리고 그 륜에서 뿜어져 나오는 살기가 자신을 노리고 있다는 것을 안 때문이었다.

두 사람의 거리는 삼 장.

환제가 천천히 다가왔다.

관표는 뒤로 물러서지도, 먼저 공격을 하지도 않았다.

둘 사이의 거리가 이 장으로 좁혀졌다.

단 한 번에 공격이 가능한 거리였다.

환제가 걸음을 멈추었다.

더 가까워지면 근접전이 될 수도 있었다.

그것은 환제가 바라는 일이 아니었다.

환제가 원한 적당한 거리는 바로 이 정도였다.

환제는 자신이 원하는 거리를 확보했으니 스스로 유리하다고 생각하였다.

고수들의 대결에서는 사소한 한 가지가 승부를 결정짓게 마련이었다.

둘 사이가 가까워질수록 긴장감은 높아졌고, 보는 사람들의 가슴은 흥분과 긴장으로 가슴을 조여야 했다.

그들은 조금이라도 보지 못하는 부분이 있을까 봐 눈을 부릅떴다.

환제의 발이 한 발 앞으로 내밀어졌다. 그리고 그때 관표의 발도 슬쩍 움직였다.

관표가 움직인 것은 처음이었다.

그 순간 기다렸다는 듯이 환제의 손에 들린 륜이 무섭게 회전하며 관표를 향해 날아갔다.

손을 들지도 않았고 어떤 움직임도 없었는데 륜이 저절로 날아간 것이다.

그것도 무서운 속도로.

혼과 백이 깃든 강기륜.

시전자와 의식이 하나로 연결되어 있는 강기.

이것이 바로 귀영태양륜인 것이다.

날아왔다고 느끼는 순간, 륜은 이미 관표의 코앞에 다가와 있었다. 위험.

관표의 감각이 그렇게 느낀 순간, 그의 몸을 돌고 있던 진기는 발로 향했고, 그의 걸음이 잠룡둔형의 일보영으로 움직였다.

보일 듯 말 듯한 작은 움직임으로 관표의 몸은 륜의 궤적을 벗어난 듯 보였다. 그러나 그것은 일순간이다.

류의 각도가 거의 직각에 가깝게 꺾였고, 그 꺾인 거리가 너무 가까웠다.

관표의 허리가 급하게 뒤로 젖혀졌고, 류은 아슬아슬하게 그의 이마를 스치고 지나갔다.

관표의 젖혀졌던 몸이 용수철처럼 퉁겨지며 제자리로 돌아오는 순간, 두 개의 또 다른 류이 무서운 속도로 다가오고 있었다.

이것이 바로 태양류의 귀영이었다.

하나의 류으로 상대를 현혹하고 숨겨진 두 개의 류이 협공하는 방식.

두 번째로 날아온 두 개의 류은 처음의 류보다 더 빨랐다. 그리고 그의 이마를 스치고 지나갔던 류이 빠른 속도로 되돌아 다가오는 중이었다.

앞에 둘, 뒤에 하나.

관표가 이를 악물고 앞으로 몸을 날리며 잠룡신강보법을 펼쳤다.

그 모습은 마치 류을 향해 뛰어드는 것 같았다. 하지만 앞으로 몸을 날리는 관표는 양손으로 사혼참룡수의 용형신강을 펼쳐 두 개의 류을 정면으로 공격하였다. 그리고 그의 몸은 보법의 흐름으로 두 개의 류을 피해 가는 중이었다.

방법은 좋을 수도 있었다. 그러나 환제의 류은 그렇게 쉽게 파해할 수 있는 무공이 아니었다.

류은 용형신강을 절반으로 자르며 관표에게 날아왔다.

날카로움과 예리함.

그것이 바로 귀영태양류의 장점이었다.

용형신강은 쌍류의 속도와 위력을 감소시켰지만 완전히 멈추게 하지 못했다. 그리고 그의 뒤로는 또 하나의 류이 날아오고 있는 중이었다.

보는 사람들은 모두 관표가 세 개의 류으로 인해 몇 조각으로 절단될 것이라 생각하였다.

일부의 사람들은 눈을 감아버렸다.

그 순간 관표는 주춤한 두 개의 류 사이로 빠져나가며 환제에게 달려들었다.

관표의 보법은 기이하고 쾌속했다.

용형신강이 만들어진 약간의 틈 사이로 잠룡신강보가 위력을 발휘한 것이다.

보법으로서 삼절황의 하나가 된 것은 결코 우연이 아니었다.

환제는 자신의 공격이 실효를 거두리라 생각하였다가 갑자기 관표가 달려들자 놀랄 수밖에 없었다.

적당한 거리라면 환제가 유리하지만 지금처럼 너무 가까우면 환제가 불리할 수밖에 없었다.

환제의 무공 자체가 붙어서 싸우는 무공이 아니라 상대를 원거리에서 공격하는 무공이기 때문이었다.

환제는 이 점을 보완하기 위해 신법과 보법에도 남다른 조예를 지니고 있었다.

한데 지금 관표의 보법은 결코 환제에 못하지 않았던 것이다.

오히려 한 수 위라고 할 수 있었다.

환제의 신형이 기유환희광음신법(氣柳幻戲光陰身法)으로 흩어지며 뒤로 물러섰다. 그리고 그 순간 관표의 뒤를 따르던 류이 관표의 몸에 바싹 다가서고 있었으며, 뒤로 스쳐 간 두 개의 류도 작은 원을 그리며 돌아와 관표를 향해 공격해 오고 있었다.

관표는 자신을 공격하는 세 개의 륜을 완전히 무시하고 더욱 빠르게 잠룡신강보법을 펼치며 환제를 공격해 갔다.

아무리 환제의 심장이 강하다고 해도 이 순간은 난감하지 않을 수 없었다.

피하고 륜을 조종하는 일을 한꺼번에 하는 것이 쉬울 순 없었다.

이미 관표의 두 손은 사혼참룡수의 최고 무공인 참룡무한을 펼치고 있었다.

환제의 눈빛이 암울해졌다.

이제 더 이상 피하기만 할 순 없었다.

"이노옴!"

고함과 함께 환제는 자신의 무공 중 근접전에서 가장 강한 무공인 기환유기공(奇幻流氣功)을 펼쳤다.

'꽝' 하는 소리가 들리며 환제의 신형이 뒤로 삼 장이나 날아가 버렸다. 그리고 그 순간 세 개의 륜이 관표의 등을 공격하였다.

두 개의 륜은 힘이 약화되어 관표의 몸에 작은 상처만 남기고 잠룡신강기에 튕겨 나갔지만, 마지막 하나는 관표의 등과 어깨 사이를 정확하게 파고들었다.

바로 마지막 륜 하나에 환제의 모든 것이 담겨 있었던 것이다.

그것을 끝까지 조절하기 위해 그는 도망하지 않았고, 관표와 정면으로 충돌한 것이다.

순간 '드르륵' 하는 쇳소리가 나며 륜이 관표의 어깨를 파고들다가 멈추었다.

대력철마신공의 금자결이 륜이 파고드는 어깨 부분을 쇠보다 더 단단하게 만들었던 것이다. 하지만 결코 적지 않은 부상을 감수해야만 했다.

만약 조금만 더 뚫고 들어갔으면 어깨부터 가슴까지 두 쪽으로 갈라졌을 것이다.

단 한 번의 충돌이었지만, 참으로 흉한 결투였다.

어떻게 보면 무식한 방법이었지만 관표의 공격은 가장 효과적인 공격이었다.

상대의 무공을 보고 환제의 약점이 근접전인 것을 알았다. 그리고 자신이 부상당할 것을 염두에 둔 다음 그에게 적당한 거리를 양보하였다.

어차피 가까울수록 자신에게도 기회가 많다고 생각한 것이다.

비록 심한 부상을 당하긴 했지만 환제만큼은 아니었다. 또한 그에겐 두 가지의 절세 신공이 있어서 몸을 회복하는 데 문제가 없을 것이다. 만약 대력철마신공과 건곤태극신공이 아니라면 그도 큰 중상을 면치 못했을 것이고 둘은 양패구상했으리라.

환제는 심한 내상을 입은 듯 입과 코로 피를 흘리고 있었다.

그는 믿을 수 없다는 표정으로 관표를 바라보았다.

졌다는 사실이 잘 실감나지 않았다.

내상은 둘째였다.

진 것도 어쩔 수 없는 일일지 모른다. 하지만 자신의 태양륜이 관표의 몸을 파고들지 못한 것 자체가 이해할 수 없었다.

그 또한 관표가 모험을 하듯이 한 수의 승부에 모험을 걸었다.

관표와 충돌하면서도 자신의 륜, 특히 마지막에 관표를 공격한 륜에 자신의 모든 것을 집중하였다.

비록 관표를 상대하느라 모든 힘을 쏟을 순 없었지만, 그 정도면 금강불괴라도 두 쪽을 낼 수 있을 것이라고 자신했던 것이다. 그런데 그 류이 관표의 몸을 절단하지 못했다.

'혈강시보다 더한 금강불괴란 말인가?'

환제는 허탈해지는 기분을 느꼈다.

놀란 것이 어디 그뿐이겠는가.

보고 있던 사람들은 숨도 쉬지 못하고 있었다.

단 한 번의 충돌에 불과했지만 지금 상황이 얼마나 무서운 결투였는지 아는 까닭이었다.

그들도 관표의 몸이 두 쪽으로 갈라질 것이라 생각했다. 그러나 류은 관표의 몸을 이기지 못했다.

더군다나 류이 파고들면서 들린 소리는 마치 쇠를 긁는 듯한 소리였다. 모르는 사람들은 혹시 관표가 철갑이라도 걸쳤나 싶었다. 그러나 옷이 떨어져 나간 어깨 안에는 아무것도 없었다.

뭐가 어떻게 돌아가는 상황인지 정확하게 알 순 없지만, 관표가 이겼다는 사실은 확실해 보였다.

관표가 천천히 환제에게 다가갔다.

환제는 비틀거리며 겨우 일어섰다.

"내가졌다. 정말 대단하군. 염제가 자네를 일컬어 녹림왕이 아니라 녹림투왕이라고 하더니, 정말 싸움을 아는 인물이었군. 나라면 그런 무식한 방법은 도저히 쓸 수가 없었을 것일세. 결국 이래저래 졌군."

"약속은 지키리라 믿겠습니다."

"그러지. 역시 세상은 넓고 강호엔 기인이사가 많다더니 모두 사실이구나. 허허, 내가 이렇게 허무하게 질 줄은 몰랐네. 누한, 해독약을 줘라! 이만 돌아간다."

"예, 환제님."

누한 역시 괴물 같은 관표랑 더 이상 있고 싶지 않던 참이었다.

관표는 환제를 보면서 말했다.

"오늘은 상황이 상황인지라 그냥 보내줍니다. 그러나 다음엔 이렇게 쉽지 않을 것입니다."

관표의 말에 환제의 얼굴이 씰룩거렸다. 그러나 할 말이 없었다.

사실 관표도 지금 자신이 잘하는 짓인지 알 수가 없었다.

마음만 먹는다면 누한이나 환제를 죽이는 것은 얼마든지 가능했다. 그러나 그렇게 되면 오대곤이나 진천 등은 영원히 무공을 잃고 말 것이다.

관표는 지금 오대곤 등에게 하독한 산공독이 단순한 산공독이 아니란 것을 알고 있었다.

조금만 시간이 더 지나게 되면 영원히 무공을 잃게 될 것이다.

즉, 그는 지금 환제의 목숨과 진천, 오대곤, 유대순, 문정을 비롯한 몇 명의 소두목들의 무공을 바꾼 것이다.

그 판단이 잘한 것인지 아닌지는 자신도 모른다. 그러나 그가 본 유대순과 오대곤, 그리고 진천은 그만한 값어치가 있는 남자들이라고 생각했다.

환제는 관표의 마음을 읽고 있었다.

그것이 환제의 마음을 더욱 무겁게 만들었다.

'무공뿐이 아니라 그릇이 크다. 어쩌면 전륜살가림의 가장 큰 적은 녹림왕이 될 것 같다. 반드시 제거해야 할 적이다.'

환제는 녹림왕 관표에 대해서 재평가를 내리고 있었다.

전륜살가림이 중원에 십이대고수가 있는 것을 알면서도 도전할 수 있었던 가장 큰 이유가 바로 그들의 경쟁심과 뭉칠 수 없는 기질 때문이었다. 그래서 각개격파가 가능하다고 믿었다.

그러나 관표는 기존의 십이대고수와는 달랐다.

도량이 있고, 포용력이 있었으며, 아직 젊었다.

상당한 세력이 관표의 이름 아래 모여들 것 같았다.

"자네의 말 명심하지. 하지만 자네도 알아야 할 것일세. 전륜살가림의 오제 중 무공은 내가 가장 약하고 오제의 무공은 삼존과 비교할 수 없네. 다음에 전륜살가림이 자네의 앞에 나타난다면, 자네는 결코 살아남을 수 없을 것일세."

"쉽지 않을 것입니다."

"부디 다음에 또 볼 수 있기를 바라네."

"잘 가시오. 마중하지 않으리다."

환제와 누한 일행이 공가채를 떠나고 있었다.

가기 전 누한은 약속대로 해독약을 관표에게 주었다.

第四章
녹림왕은 투왕이다

　환제 일행이 공가채의 분지를 넘어 사라지자 그때까지 조용히 있던 천문과 녹림의 무리들이 갑자기 환호하기 시작했다.

　"와아! 녹림왕이 이겼다!"

　"녹림왕은 투왕이다!"

　고함 소리가 공가채를 뒤혼들렸다.

　관표가 보여준 놀라운 무위는 적아를 떠나 그들의 가슴에 웅심을 심어주기에 충분하였다.

　더군다나 녹림왕이라 불리는 관표가 칠종과 무승부를 이룬 환제를 이기자 그들은 자부심을 지니게 된 것이다.

　녹림에도 십이대초인과 같은 고수가 탄생했다는 점이었다.

　이날 이후 관표의 아호는 녹림왕이 아닌 녹림투왕이라고 불리게 되었다.

나무 위에서 끝까지 지켜본 백리소소는 손이 축축하게 젖어들고 있었다. 그 짧은 순간에 그녀가 얼마나 많은 심력을 소모했는지 아는 사람은 없을 것이다.

그녀는 당장에라도 달려가서 관표를 돕고 싶었지만, 그것이 자신의 낭군을 능멸하는 짓임을 잘 알고 있었기에 참고 또 참았다.

하지만 그녀는 환제의 얼굴을 기억하고 또 기억해 놓았다.

'이놈, 만약 대가께서 변이라도 당한다면 전륜살가림의 씨를 말리고 말겠다.'

백리소소가 이를 악물고 다짐한 말이었다. 그러나 결국 관표가 승리를 하자, 눈물을 글썽이고 말았다. 그래도 그녀의 마음이 완전히 풀어진 것은 아니었다.

떠나는 환제와 누한을 보면서 백리소소는 이를 갈았다.

'네놈들이 감히 가가를 부상 입히고도 모자라 협박을 해? 다음에 내 눈앞에 나타나지 마라. 그땐 여자가 얼마나 무서운 존재인지 알게 될 것이다. 그리고 첫 번째로 네놈들이 남겨놓은 씨앗을 깨끗하게 치워주마.'

백리소소의 눈에 살기가 감돌고 있었다.

그들은 모를 것이다,

백리소소의 결심 하나로 인해 그들이 입어야 할 피해가 얼마나 큰지를.

공가채의 별관.

관표가 운기를 하고 있었다. 그리고 그 옆에는 백리소소가 마주 앉아 관표를 살피고 있었다.

환제와 싸운 후 꼬박 삼 일이 지났다.

관표는 부상을 치유하기 위해 운기에 들어갔고, 삼 일 동안 소소는 그의 곁을 조금도 떠나지 않았다. 그리고 그가 운기요상하고 있는 곳엔 아무도 들어오지 못하게 했다.

이미 관표의 여자로 인정받은 그녀의 명령을 어길 천문의 수하는 아무도 없었다.

관표를 존경하고 경외시하는 만큼 그의 연인인 소소에 대해서도 천문의 제자들은 존중하고 있었던 것이다.

단 삼 일 만에 관표의 부상은 전부 아물었다.

관표가 입었던 내외상을 감안하면, 그의 회복력은 백리소소조차 믿을 수 없을 정도로 빠른 것이다.

물론 그녀는 관표가 운기를 하기 전에 사부가 자신을 위해 주었던 소중한 영단을 먹게 하였고, 사문의 금창약을 발라주었다.

하지만 그것을 감안한다고 해도 관표의 빠른 회복은 거의 불가사의한 수준이라 할 수 있었다.

대력철마신공과 건곤태극신공이 왜 천하 일, 이위를 다투는 신공이겠는가.

그만한 이유가 있기 때문이었다.

관표가 눈을 떴다.

백리소소가 앞에 있다가 미소를 지으며 말했다.

"이젠 괜찮으신가요?"

"나는 괜찮소. 이제 어느 정도 나은 듯하오. 밖은 어찌 되었소?"

"모든 사람들이 다 해독되었습니다. 하지만 문정은 그대로 두었습니다. 그리고 그의 부하들과 함께 창고 속에 가두어두었습니다."

"잘했소. 그런데 문정이 전륜살가림의 첩자 중 한 명이란 것을 어찌 알았소? 그도 똑같이 중독되었는데."

"그거야 간단하지요. 진천을 비롯해 녹림의 두령들을 죽이지 않은 것은 그들 중 자신들의 첩자가 있다는 것이겠죠. 아마도 만약을 대비해서 심어둔 것 같아요. 아니라도 살펴보는 것은 나쁘지 않다고 생각했고, 그들 중 독에 당하지 않고 당한 척하는 인물을 찾는 것은 문제도 아니죠. 대가께서도 이미 짐작을 하고 계셨군요?"

"그냥 그럴 수도 있다고 짐작했을 뿐이오. 그들은 자신들을 본 자를 절대 살려두지 않는 편이오. 한데 기질이 강해서 억지로 다스리기 불가능한 오대곤이나 진천을 살려둔다는 것은 이해하기 힘든 일이었소. 그래서 혹시 그들 중에 첩자가 있지 않나 했었소. 한데 막상 사실이라니… 이거 기뻐해야 할지 말아야 할지 모르겠소."

"그거야 상관없는 일이고, 가가께서 그렇게 무공이 강할 줄은 생각도 못했어요."

관표는 웃으면서 백리소소를 바라보았다.

소소에게 그런 칭찬을 듣는 것이 조금 민망하기도 했지만, 그녀의 무공이 얼마나 강할까 하는 궁금증 때문이었다. 그러나 소소에게 그녀의 무공에 대한 것을 묻진 않았다.

그녀에게 그럴 만한 이유가 있고 때가 되면 말해 주리라 생각했기 때문이었다.

"공가채는 어찌 되었소?"

백리소소의 얼굴이 가볍게 굳어졌다.

"일단 공관을 비롯한 배신자들은 모두 생포해 놓았습니다. 그들의 처리는 가가께서 결정해야 할 것 같아요. 그리고 그 외에 공가채의 식솔들은 아무도 살아남지 못했습니다. 공화량의 두 딸도 공관의 수하들에게 전부 죽었습니다. 내가 그녀들을 떠난 후 벌어진 일이라 어떻게 죽었는지는 잘 모르겠습니다. 아무래도 부채주란 자에게 죽임을 당한 것 같습니다. 그리고 공가채의 재산은 모두 한 군데에 모아놓았습니다.”

관표는 그녀의 말을 듣고 웃었다.

모든 일 처리가 마음에 들게 되어 있었던 것이다.

“자운 일행은 어떻게 되었소?”

“좌호법 자운 일행도 공가채에 와 있습니다.”

“시간이 꽤 지난 것 같은데, 내가 얼마나 오랜 시간 운기요상을 한 것이오?”

“이제 삼 일이 지났습니다.”

“시간이 많이 지났구려. 이제 이곳을 정리하고 다시 준비를 해야겠소.”

“아무리 그래도 식사는 하셔야 합니다. 그리고 관 대가를 뵙고 싶어 하시는 분들이 있습니다.”

“나를 말이오?”

“잊으셨습니까? 대가께서 목숨 걸고 싸운 덕분에 무공을 잃지 않고 보존한 분들입니다.”

관표는 고개를 끄덕였다.

공가채의 또 다른 별채 안.

지금은 완전히 부서진 본채를 제외하면 가장 큰 건물이 지금 이 별채였다.

그 별채 안에서 관표는 난감한 표정을 짓고 있었다.

그 앞에는 오대곤과 진천, 그리고 유대순이 무릎을 꿇고 앉아 있었다.

이유는 간단했다.

관표의 어마어마한 무공을 보았고, 자신들에게 무인으로서 목숨보다 더 중요한 내공까지 보존하게 해주었다.

당연히 감격하고 흠모하는 마음이 생길 수밖에 없었다.

어차피 녹림으로서 일생을 마칠 거라고만 생각했던 그들은 관표와 뜻을 같이한다면 무엇인가 새로운 인생이 열릴 것이란 기대를 하게 되었던 것이다.

특히 왕단으로부터 천문에 대한 이야기를 들은 다음, 세 사람은 약속이나 한 듯이 천문의 수하가 될 것을 자청했다.

그 고집 센 오대곤이 이럴 수 있다는 사실 자체가 신기한 일이었다. 그들은 관표가 허락을 할 때까지 절대로 일어설 것 같지 않았다.

녹림에서 호걸이라 불리는 그들의 고집은 세상도 알아주는 바였다. 특히나 이 세 사람은 녹림에서도 알아주는 강골들이 아닌가.

왕단을 비롯한 일부의 천문 제자들은 은근히 이들의 입문을 반기고 있었다.

진천이야 이미 여광에게도 추천을 받았던 사람이고, 유대순은 관표도 마음에 들었던 참이다. 그리고 호방한 성격의 오대곤도 관표는 마음에 들었다. 비록 보기엔 거칠어 보여도 그런 사람이 한 번 결심하면 심지가 굳다는 것을 관표는 잘 안다.

녹림맹엔 오가채가 다섯이나 있다고 한다.

그중에서 가장 유명한 것이 바로 오대곤 오가채의 남가령 내의 또 다른 오가채인데, 둘을 일컬어 남가령의 쌍오라고 불렀다.

산 두 개를 사이에 두고 같은 지역에 있는 두 녹림채는 녹림맹 내에서도 가장 강한 산채들 중 한 곳이었다.

하지만 둘은 두 가지 면에서 뚜렷하게 대비된다.

첫째 남가령 우봉(오른쪽에 있다고 단순하게 그렇게 부른다)에 있는 오가채의 오기남은 교활하고 독랄한 성격이고, 좌봉의 오대곤은 선이 굵고 열혈이란 점에서 대비가 되었다.

둘째론 오기남의 무기가 연검이고, 오대곤의 무기가 도끼라는 점이었다.

그 두 개의 무기는 두 사람의 성격을 상징하기도 하였다.

우봉의 오기남은 수하를 시켜 천문과의 동맹을 타진한 바 있었다. 당시 관표는 오기남의 됨됨이를 듣고 거절한 바 있었다.

결국 세 사람 다 관표의 마음에 들기는 하였지만 그들의 나이도 부담스러웠고, 그들의 수하들 중 상당수는 배척해야 한다는 걸림돌이 있었다.

그들이 각자 데리고 있는 수하들만 해도 삼백여 명은 능히 되었다. 그들 전부를 천문으로 데려간다면 인원이 너무 많았다.

다행히 오가채나 진천, 유대순은 그 점에 대해서도 이미 생각한 것이 있는 것 같았다.

관표는 결국 네 시진 만에 이들의 입문을 허락하였고, 그날은 이들의 입문 잔치를 하느라 다시 하루를 더 묵어야 했다.

그동안 공관을 비롯한 공가채의 배신자들을 처형하였고, 문정을 문초하여 그를 비롯한 문가채가 모두 전륜살가림의 주구가 되었다는 사실을 자백받았다.

그날로 공가채는 해체되었고, 문정은 무공을 전폐시켜 그의 수하들과 돌려보냈다. 그리고 공가채에서 나온 보물들은 해체된 공가채의 수하들에게 골고루 나누어주었고, 일부는 전리품으로 천문이 차지하였다.

그 다음날 더욱 불어난 천문의 수하들은 다시 녹림맹을 향해 나아갔다. 그래도 진천이나 오대곤이 공가채로 올 때 많은 수하들을 대동하지 않았기에 그다지 인원이 늘어나진 않았다.

유대순의 경우는 겨우 네 명의 수하만을 데려왔을 뿐이었다.

화산의 유청생에게 있어서 관표는 결코 적이 아니었다.

어떻게 보면 그에게는 더없이 고마운 존재라 할 수 있었다.

그가 자신의 사형을 죽여줌으로 인해 자신이 화산의 다음대 장문인 자리에 오를 수 있는 기회를 제공하였다.

어디 그뿐인가? 그로 인해 그는 가슴속으로 은밀하게 짝사랑하던 하수연을 자신의 여자로 만들 수 있는 기회를 지닐 수 있게 되었다.

어찌 관표가 고맙지 않겠는가. 하지만 유청생과 관표의 운명은 거기서 끝난 것이 아니었다.

이젠 하수연의 환심을 사기 위해서 자신을 그토록 본의 아니게 도와준(?) 관표의 식술을 손수 죽이거나 사로잡아야만 하는 상황이 되었다. 어떤 면에서 보면 관표에게 미안하기도 했지만 어쩔 수 없는 일이었다.

아마도 하늘은 자신을 위해 관표를 안배했을지도 모른다고 유청생은 생각했다.

'관표 네놈에겐 정말 미안하구나. 하지만 어쩌겠어, 나도 이 기회에 하 사매에게 환심 좀 사야겠다. 이래저래 너는 나에게 큰 도움을 주는

구나. 흐흐.'

유청생은 속으로 관표를 생각하기만 해도 기분이 좋았다.

유청생의 뒤로는 이십사수 매화검수들이 따르고 있었으며, 옆으로는 하수연과 금연 사태가 부지런히 몸을 움직이고 있었다.

힐끔 하수연을 훔쳐보았다.

언제 보아도 아름다운 모습이다.

비록 관표로 인해 큰 수치를 당한 여자지만 유청생은 굳이 그것을 따지고 싶지 않았다. 어차피 화산을 물려받기 위해선 반드시 하수연을 자신의 여자로 만들어야 하고 약간의 흠이 있기 때문에 자신이 더욱 유리할 거라고 생각한 것이다.

'더군다나 밋밋한 그곳은 더욱 환상적일 것이란 생각이 든단 말이야.'

유청생은 생각만 해도 신이 날 정도였다.

입이 벌어지는 것을 겨우 참고 있었다.

그런 생각을 할수록 마음이 조급해지는 것을 느낀 유청생은 마음을 진정시킬 겸 지나가는 말투로 물었다.

"아직 멀었소, 사매?"

"이제 다 왔어요. 저 모퉁이만 돌아가면 관표란 개자식이 사는 마을 입구가 보일 거예요."

하수연의 말이 다시 험해진다.

유청생은 그런 하수연을 보면서 말했다.

"사매, 침착하시오. 이제 곧 사매와 죽은 사형의 복수를 할 수 있을 것이오. 그러니 험한 말로 자신의 마음과 품위를 상하게 하지 마시오."

유청생이 제법 사형다운 말을 하자 하수연도 자신이 흥분했다는 것을 깨우치고 침착하게 대답하였다.

"알았어요, 사형. 하지만 그 자식을 절대 용서하지 않을 거예요. 그 식솔들과 수하들까지 전부 목을 비틀어 버리고 말겠어요."

다시 말이 험해진다.

하수연이 관표라면 얼마나 치를 떨고 있는지 알 수 있을 것 같았다.

유청생은 씁쓸하게 웃고 말았다.

유청생의 그런 모습을 본 금연은 얼굴에 비웃음을 띠었다.

'아까부터 보니 얼굴에 음기가 있고 음흉한 웃음으로 사매를 보는 것으로 보아, 저 자식 머리 속에는 똥만 들었겠구나. 주제에 제법 윗어른티를 내려 하네.'

금연은 유청생의 됨됨이를 한 번에 알아보고 있었다.

그녀의 별명 중에 왜 불여우가 있었겠는가.

그런 저런 사연 속에 하수연과 유청생 일행이 막 산모퉁이를 돌았을 때였다.

"멈춰."

금연이 작은 소리로 외치며 제자리에 섰다.

덩달아 하수연과 유청생이 급하게 멈추어 섰다.

그들의 앞에는 정말 괴이하게 생긴 노인이 서 있었다.

약간 작은 키에 마른 체격, 그리고 중처럼 완전히 밀어버린 머리는 다른 사람보다 조금 커 보였다.

반질반질하게 깎은 머리 사이로 별빛이 반사될 것만 같았다.

노인은 마치 그들을 기다렸다는 듯, 하수연과 금연을 보고 반갑게 웃음을 머금었다. 하지만 두 여자는 물론이고 유청생도 평생 처음 보는 얼굴이었다.

노인은 그들이 어떻게 생각하든 상관없다는 표정으로 말했다.

"정말 심심했는데, 너희들이 내 마음을 알아주고 이렇게 나타나 주었구나. 참 착한 아이들이로다."

노인의 말에 하수연이 앞으로 나섰다.

"늙은이, 너는 누구냐?"

하수연의 물음에 노인이 기운있게 대답하였다.

"나 말이냐? 나는 나지, 내가 너한테 그걸 왜 말해야 하느냐?"

노인은 이상하다는 표정으로 하수연을 바라보았다.

하수연과 금연, 그리고 유청생은 약간 어이없는 표정으로 노인을 마주 보았다.

하수연은 마음이 급했다.

이제 복수를 눈앞에 두었는데 엉뚱한 늙은이로 인해 시간이 지체되자 짜증이 났다.

"늙은이, 죽고 싶지 않으면 어서 비켜라!"

그 말을 들은 노인이 조금 차가운 시선으로 하수연을 보면서 말했다.

"하도웅, 그 애송이도 감히 내 앞에서 너 같은 말을 하지 못했거늘."

그 말을 들은 하수연과 유청생의 표정이 굳어졌다.

하도웅은 하수연의 조부였고, 바로 화산파의 전대 장로 중 한 명이었다. 수십 년 전까지만 해도 화산의 삼검일수 하면 강호의 최고 고수들 한 명이었다. 그리고 하도웅은 바로 화산의 매화삼검 중 한 명이었다.

그들의 무공이 비록 십이대고수들보다는 아래였지만, 그들 삼검일수가 힘을 합하면 제아무리 십이대초인들이라고 해도 쉽게 이길 수 없

을 것이었다. 그런 하도웅을 마치 아래 사람 부르듯이 하는 노인이라
면 쉽게 생각할 일이 아니었다.

　호북성 형문산.
　녹림맹이 있는 곳이다.
　형문산은 그다지 높은 산은 아니었다.
　또한 조금 외진 곳에 위치해 있다고 할 수 있었다. 하지만 조금만 달
리 생각하면 형문산은 아주 중요한 위치에 존재하고 있는 산이었다.
　우선 형문산의 지형을 살펴보면, 산은 아주 높은 편은 아니지만 험
한 지형이 많고 주변의 산세 또한 층층으로 겹쳐져 있는데, 그 어떤 산
도 오르기가 쉽지 않은 험산들이었다.
　산의 봉우리와 봉우리 사이가 좁고 일부 봉우리는 도끼로 찍어놓은
듯한 절벽이었다.
　이런 곳을 일컬어 천혜의 요새라고 말할 만하였다.
　또한 지리적으로 생각할 때 형문산은 호북성에서 서쪽으로 치우쳐
외진 곳이지만, 조금만 나오면 사통팔달의 도로가 십자로 연결되어 있
으며, 동정호로 빠지는 수로와도 가깝다.
　역으로 그런 부분을 빼고 보면 상당히 외진 곳에 있는 험산이라 녹
림의 본채가 있기에는 조금도 부족함이 없는 곳이었다.
　오월의 어느 날 아침.
　녹림맹 본채가 있는 형문산의 형석평으로 이백팔십여 명의 인물들
이 들어서고 있었다.
　형석평은 형문산의 최고봉이고 가장 험한 주청봉의 중턱에 자리잡
은 분지로, 그 넓이가 오만여 평에 달하는 곳이었다.

형석평의 안쪽으로는 녹림맹의 건물들이 줄지어 서 있었고, 양옆과 뒤쪽으로는 칼로 잘라놓은 듯한 바위 절벽이 들어서 있었으며, 틔인 앞쪽으로는 든든한 성벽이 버티고 있었다. 그리고 녹림맹의 건물들이 있는 앞쪽으로는 넓은 천연 연무장이 존재하고 있었다.

산을 타고 외길을 걸어 들어가서 성문을 들어서면 바로 이 연무장으로 들어서게 되는데, 그나마 연무장으로 들어가는 큰 문을 빼곤 돌로 쌓은 성벽이 외부와 녹림맹 본채를 완전히 차단하고 있었다. 연무장은 대부분이 편편한 천연 바위로 되어 있었는데, 그 또한 하나의 기경이었다.

공가채가 대단하다고 생각했지만 지금 녹림맹과 비교할 순 없을 것 같았다.

관표를 비롯한 천문의 수하들은 이미 기다리고 있던 녹림맹의 수하들 안내로 무사히 형석평으로 들어섰다.

막상 성곽 안으로 들어서자 예상외로 넓은 연무장과 위용에 조금 놀랐다.

관표가 보니 연무장 안쪽으로 약 삼천 명의 녹림맹 수하들이 진을 치고 있었는데, 그 질서정연한 모습이 결코 가볍게 여길 수 없었다. 그리고 그들 앞에 의자가 다섯 개 나란히 놓여 있고, 그 의자에는 다섯 명의 인물이 앉아 있었다.

그들 중엔 이미 안면이 있는 장환도 보였다. 그렇다면 자리에 앉아 있는 자들은 녹림사천왕과 녹림맹의 맹주인 사무심일 것이다.

관표는 그들 중 가운데 앉은 인물을 바라보았다.

'사무심.'

관표는 그가 바로 녹림철마라 불리는 사무심임을 알아보았다.

사부인 반고충과는 불구대천의 원수.

처음 관표가 반고충을 만났을 때 그에게 부탁했던 말이 바로 사무심을 죽여달라는 말이었다. 사부의 처자식을 죽인 자가 바로 사무심의 수하들이었던 것이다.

문득 이곳에 오기 전 반고충이 한 말을 떠올렸다.

"생각해 보니 부질없는 짓이었다. 내 처자식을 죽인 것은 사무심의 수하들이지 사무심이 아닌데 그에게 복수를 꿈꾸었던 것은 나의 자격지심이 아니었다 싶다. 사무심에 대한 것은 전적으로 너에게 맡기마. 하지만 그를 완전히 눌러놔라! 다시는 너에게 복수를 꿈꿀 수 없을 정도로 힘의 차이를 보여주어라! 너는 할 수 있을 것이라 믿는다. 그렇게 해야 세상이 너를 다시 볼 것이다."

관표는 이미 어떤 결심을 굳히고 있었다.

다행이라면 수하들은 모두 용기백배하고 있는 것이다. 적은 숫자에서 열 배가 넘었지만, 누구도 겁먹은 표정이 아니었다. 그들은 이미 관표의 무공을 직접 보았기에 진다는 생각은 전혀 하지 않고 있는 것이다. 이런 전투에서 절대고수 한 명의 위력이 얼마나 큰지 너무 잘 알기 때문이었다.

관표는 잠시 동안 녹림맹의 진영을 살펴본 다음 뒤를 돌아보며 말했다.

"오늘 여긴 나 혼자 처리하겠습니다."

그 말을 들은 천문의 수장들은 물론이고 진천과 오대곤, 유대순이 기겁해서 관표를 보며 반대의 표정을 내보였다. 그러나 관표의 표정은 단호했다.

"현재 상황이나 이들의 전력으로 보아 오늘 여기서 단단히 해놓지 않으면 여러 가지로 복잡해질 것 같습니다. 그래서 다시는 이들이 나에게 도전하지 못하게 힘으로 완전히 눌러놓아야 할 것 같습니다. 그리고 이들뿐이 아니라 타 문파나 전륜살가림에도 약간은 겁을 주어야 할 것 같습니다. 천문이 약하지 않다는 것을 알려야 함부로 덤비는 자가 적어질 것입니다. 그래야만 우리는 약간의 시간을 벌 수 있습니다, 우리가 강해질 수 있는 시간을."

관표의 말에 오대곤이나 진천, 그리고 왕단 등은 그 말을 알아들었다. 하지만 여전히 걱정스러운 것은 어쩔 수 없었다.

상대는 녹림맹의 정예들이었고, 숫자는 삼천이 넘었다.

물론 그렇다고 관표가 저들에게 큰 해를 입는다고 생각한 것은 아니었다.

그렇게 생각하기엔 직접 눈으로 본 관표의 무공은 너무 가공했던 것이다.

관표가 장칠고를 불러 무엇인가 지시를 내렸다.

명령을 받은 장칠고가 천천히 걸어서 앞으로 나섰다.

모든 시선이 장칠고에게 몰린다.

사무심은 느긋하게 앉아서 관표를 관찰하던 중이었다.

조금 더 시간을 끌면서 관표가 어떻게 나오는지 보고 있을 참이었다. 그리고 자신을 배신한 오대곤이나 진천 등에게 반드시 쓴맛을 보여주리라 결심하고 있던 중이었다. 그런데 서로 사전 이야기도 없이 곧바로 장칠고가 앞으로 나서는 것을 보고, 상대가 애송이라고 생각해 버렸다.

먼 데서 온 자들이 너무 서두르고 있었던 것이다.

자신이라면 저렇게 조급한 모습을 보이진 않을 것이라고 생각했다. 심리전에서 자신이 이겼다는 생각에 흐뭇한 마음이 들었다.

'역시 아직은 어린가?'

사무심이 그렇게 생각하고 있을 때였다.

"사무심은 들어라! 나는 천문의 청룡단 단주인 장칠고다! 지금부터 천문의 문주님이신 관표님의 말을 전하겠다. 나는 시간이 없다. 내 수하가 지금부터 열을 세겠다. 그때까지 내 앞에 와서 무릎을 꿇고 용서를 빌어라! 아니면 오늘 녹림맹은 그만한 대가를 치를 것이다! 이상!"

장칠고의 고함은 쩌렁쩌렁 울려서 십 리 밖에서조차 다 들릴 정도였다.

그 말을 들은 사무심의 얼굴이 붉게 물이 들었다.

이건 완전히 협박이었다.

이쪽은 무려 삼천이 넘는 수하들이 있었고 상대는 겨우 삼백 남짓이다. 그런데 오히려 협박을 하고 있는 것이다. 그것도 강자가 아주 약한 자에게나 써먹는 그런 협박이었다.

사무심은 얼이 빠지고 말았다.

설마 이렇게 단도직입적으로 나올 줄은 생각하지 못한 것이다.

사무심뿐이 아니었다.

그의 심복들인 녹림사천왕 또한 얼굴이 굳어졌다.

일이 이렇게 진행될 줄은 상상도 못한 것이다.

이상하게 말 한마디로 인해 주도권을 빼앗긴 느낌이었다.

"저놈이 죽으려고 환장을 한 모양입니다!"

분기를 참지 못하고 말을 한 것은 녹림사천왕 중 첫째인 파천마권(破

天魔拳) 요경이었다.

녹림사천왕은 사무심의 양옆에 나누어 앉아 있었는데, 그의 왼쪽 바로 옆에 앉아 있던 요경은 당장이라도 뛰어가서 관표를 쳐죽일 듯한 기세였다. 하지만 그를 말린 것은 사천왕의 둘째인 표리독수 장환이었다.

이미 모과산에서 관표를 한 번 겪어보았던 장환은 그가 얼마나 강한지 어렴풋이라도 알고 있는 인물이었다.

소문으로 들은 것과 직접 본 것은 다르다.

장환을 제외한 나머지 사천왕은 아직 공가채에서 벌어진 일을 알지 못했고, 강호에 난 소문은 허언이 많다고 생각하는 중이었다.

물론 그들은 장환이나 남실독호 이유원으로부터 관표에 대한 이야기를 들었다. 그러나 그 역시 완전히 가슴에 와 닿지는 않고 있었다.

장환은 조금 답답한 마음을 억누르고 요경을 설득하였다.

"형님, 참으십시오. 저자는 누가 단독으로 나가서 이길 수 있는 자가 아닙니다. 맹주님이나 호법님 정도는 되어야 상대가 가능할 것입니다. 그러니 체면 차리지 말고 그냥 한꺼번에 밀어버리는 것이 가장 좋은 방법입니다."

그 말을 들은 요경과 나머지 사천왕은 자존심이 상한 얼굴로 장환을 바라보았다. 이때 그들의 뒤에 서 있던 삼십여 명의 무리들 중 한 명의 청년이 앞으로 나서며 말했다.

"일단 제가 먼저 도전해 보겠습니다. 대체 녹림왕이란 놈이 얼마나 강하길래 저렇게 오만방자한지 저는 알아야겠습니다."

앞으로 나선 자는 사무심의 세 번째 제자인 표리난도(豹利亂刀) 마곤이었다.

아직 스물네 살에 불과한 그는 무공광으로 소문이 나 있었고, 성격이 급하고 난폭하기로도 유명한 인물이었다.

사무심은 잠시 마곤을 보다가 말했다.

"가봐라! 대신 상황이 여의치 않으면 무리하지 말고 돌아와라!"

"예, 사부님!"

마곤이 씩씩하게 대답하고 돌아섰다.

이때 장칠고는 마침 열을 세고 있는 중이었다.

마곤은 뛰쳐나가면서 고함을 질렀다.

"이 미친놈들아, 여기가 어디라고 그런 개 같은 말을 하느냐! 녹림왕에게 전해라! 지금 당장 내 앞에 와서 무릎을 꿇고 빌지 않으면 몸을 난도질해 죽일 것이라고!"

그 말을 들은 장칠고가 피식 웃으면서 말했다.

"난 할 일 다했으니까 이만 간다. 네놈도 참 불쌍한 종자다."

그 말 한마디를 남기고 장칠고는 안으로 들어가 버렸다.

장칠고가 안으로 들어가자, 뒤이어 관표가 천천히 걸어 나와 장칠고가 서 있던 바로 그 자리에 섰다.

第五章
창룡사자후

마곤은 자신도 모르게 제자리에 서고 말았다.

설마 처음부터 관표가 바로 나타나리라곤 생각하지 못했던 것이다. 관표에 대한 수많은 소문들과 함께 사형인 이유원에게 들은 말들이 떠올랐다.

애써서 별것 아닌 것처럼 말했지만 사형의 얼굴에 떠오른 것은 두려움이었다.

마곤은 이를 악물었다.

그동안 사형에게 억눌러 왔던 자존심을 한 번에 회복할 수 있을지도 모른다고 생각했다.

단 한 번도 사형을 이겨보지 못했던 아픔.

사형이 두려워하는 녹림왕을 자신이 이기거나 최소한 두려움없이 겨룰 수만 있다면, 그것만으로도 상처가 전부 아물 것 같았다.

관표는 장칠고가 섰던 그 자리에 선 다음 사무심과 녹림사천왕을 보고 말했다.

"나는 경고했다. 그리고 너희는 그것을 무시했다. 이제 나는 너희들을 응징할 것이다. 사무심, 내가 너에게 다가서는 동안 무슨 수를 써서라도 막아보아라. 내가 걷는 걸음을 단 일 순간이라도 멈출 수 있다면 너를 용서하겠다."

관표의 말은 결코 크지 않았다. 그러나 그의 말은 형석평에 있는 사람이라면 누구나 뚜렷하게 들을 수 있었다.

담담한 관표의 모습 속엔 자신감과 자부심이 가득했다.

세상의 그 누구라도 막을 테면 막아보라는 배짱과 용맹이 그의 몸을 타고 형석평을 억제한다.

말도 안 될 것 같은 이 선언에 녹림맹 쪽의 모든 자들은 등골이 쭈뼛거리는 공포를 느꼈다. 거대한 산 하나가 자신들의 머리를 눌러오는 듯한 공포를 느낀 것이다.

반대로 천문의 수하들은 가슴이 두근거리는 것을 느꼈다.

자신들이 섬기고 있는 주군의 기상이 그들의 가슴속에 그대로 전염되는 듯한 느낌이었다.

마치 자기 자신이 관표가 되어 서 있는 듯한 착각이 들었다.

아니, 그들의 이상과 꿈이 바로 관표라 할 수 있었다.

사무심과 녹림사천왕의 얼굴이 붉게 달아올랐다.

설마 상대가 저렇게 광오하고 오만한 자일 줄은 몰랐다. 한데 그렇게 생각하면서도 두려움이 앞선다.

큰 소리로 한 말이 아니었지만, 그 말속엔 자신감이 가득했고 제법 먼 거리에 있으면서도 모든 사람들이 정확하게 그 말을 들을 수 있었다.

어지간한 내공으로는 불가능한 일이었다. 그 하나로 상대의 실력이 자신들보다 위라는 것이 증명된 것이다.

"좋지 않군."

요경은 자신도 모르게 중얼거렸다.

자신의 바로 뒤에 서 있던 삼십여 명의 소두목과 일반 수하들의 얼굴이 경직되는 것을 느꼈기 때문이다.

관표가 한 발을 내딛었다.

'쿵' 하는 소리가 들리며 그의 발이 암석으로 이루어진 바닥을 두 치나 뚫고 들어갔다.

잠룡신강보가 펼쳐진 것이다.

가벼운 걸음이었다. 결코 내공을 사용한 것 같지도 않은데 관표의 발은 바닥의 바위를 뚫고 들어간 것이다.

녹림의 수하들은 자신의 가슴이 밟히는 듯한 착각이 들어 얼굴이 더욱 굳어졌다.

사무심 역시 놀라기는 마찬가지였지만, 침착하게 자리에서 일어섰다.

"들어라! 우리는 녹림의 호걸들이다. 세상에 우리가 두려워할 자는 없다. 저 오만하고 치졸한 관표는 오십 보도 걷기 전에 걸음을 멈추고 말 것이다!"

사무심의 고함은 쩌렁쩌렁 울리며 형석평을 뒤흔들었다.

그 말에 녹림의 수하들이 용기백배하여 함성을 질러댔다.

"와아아아!"

고함 소리에 굳어 있던 마곤도 용기를 얻을 수 있었다.

다시 한 번 웅심이 치솟아오른다. 그리고 관표가 자신을 무시했다는 사실에 참을 수 없는 수치심까지 더해지면서 그는 자신의 요도를 뽑아 들고 천천히 관표에게 다가섰다.

관표는 마곤이 있다는 사실조차 망각한 듯 그대로 사무심을 향해 걸어가고 있었다.

마곤은 자신이 무시당하고 있다는 사실을 다시 한 번 확인하자 참지 못하고 고함을 지르며 달려들었다.

"이놈, 내가 바로 녹림의 마곤이니라!"

마곤의 목소리가 쩌렁쩌렁하게 형석평을 울리는 순간, 그의 신형은 관표의 바로 코앞에 다가와 있었다.

그는 자신이 가장 자랑하는 난표도법의 절초로 관표의 머리를 일도양단할 기세로 내려쳤다.

그 기세가 제법 사납다.

'땅' 하는 쇳소리가 들리자 모든 시선이 더욱 커지며 관표와 마곤을 바라보았다. 그리고 보고 있던 녹림의 인물들이나 천문의 수하들은 모두 입이 딱 벌어졌다.

마곤의 도는 바로 관표의 손에 잡혀 있었던 것이다.

나름대로 보도라 할 수 있는 마곤의 도가 맨손에 잡혔다는 사실도 놀랍지만, 도를 잡을 때 들린 쇳소리도 이해하기 어려운 일이었다. 모든 눈을 크게 뜨고 관표의 손을 보았다.

분명히 맨손이었다.

모두 아연 질색한다.

대력철마신공의 금자결을 운용한 지금 관표의 손은 사실상 만년한 철보다 더 단단하다고 할 수 있었다.

관표는 그 상태로 요도를 움켜쥐었다.

그리고 그 걸음은 여전히 멈추지 않고 있었다.

마곤이 아무리 힘을 써도 관표의 손에 잡힌 요도는 요지부동이었다. 관표가 앞으로 걷자 그는 그대로 질질 뒤로 밀려 나가고 있었다. 급한 김에 요도를 손에서 놓으려 해도 손이 검에 붙어서 떨어지질 않았다.

건곤태극신공의 흡자결은 마곤이 이겨낼 수 있는 무공이 아니었던 것이다.

마곤의 얼굴이 창백하게 변했다.

이제야 관표가 자신과는 비교가 안 되는 고수란 사실을 알았지만, 그 깨달음은 이미 늦은 것이었다.

관표는 앞으로 걸어가면서 손에 잡은 요도를 잡아당겼다.

마곤이 맥없이 주르륵 끌려온다.

그것을 본 사천왕은 다급했다.

"이노옴!"

호통과 함께 사천왕이 그 자리에서 몸을 날려 관표에게 날아왔고, 그들의 뒤에 서 있던 사무심의 두 제자 날심독호 이유원과 녹림 최고의 꽃미남으로 유명한 녹림선랑(綠林璿郞) 사마표도 각자 무기를 뽑아 들고 녹림사천왕의 뒤를 따랐다.

여기서 멈추게 해야 한다.

그들의 공통된 생각이었다.

관표는 왼손으로 마곤의 요도를 빼앗아 들었다. 그리고 다른 한 손으론 그의 멱살을 잡은 다음, 대력철마신공의 힘과 탄자결로 집어 던졌다. 순간 마곤의 몸은 사천왕을 향해 쏘아진 화살처럼 날아갔다. 날아가는 마곤의 몸에는 관표의 운룡천중기와 대력철마신공의 금자결이 가미되어 있었다.

녹림사천왕 중 첫째인 요경은 몸을 날리며 뒤따라오는 이유원에게 말했다.

"너희 둘이 마곤을 받아라! 우린 녹림사상진으로 관표를 막겠다!"

"걱정 마십시오."

녹림 자천왕의 날아오는 마곤의 몸을 피해 관표를 덮쳐 갔고, 뒤따르던 이유원과 사마표는 날아오는 마곤을 동시에 가슴으로 끌어안으려 하였다. 그러나 마곤을 잡는 순간 둘은 무엇인가 잘못되었다는 사실을 알았다.

단순히 내공만으로 집어 던진 것 같았던 마곤이었다.

워낙 가볍게 던졌고, 날아오는 속도도 그다지 빠르지 않았으며, 그 거리가 제법 되었기에 둘이 힘을 합하면 충분하리라 생각했다.

하나 그것은 단지 생각일 뿐이었다.

금자결로 단단해지고 천중기에 의해 무게가 수십 배나 무거워진 마곤의 몸은 그 자체로 쇳덩어리였고 무기였다.

내공을 잔뜩 끌어올린 채 마곤을 동시에 잡은 이유원과 사마표는 그 엄청난 무게와 힘에 눌리며 마곤을 안은 채 십여 장이나 날아가 사무심의 앞에 나뒹굴었다.

사마표는 그 충격을 이기지 못하고 그 자리에서 기절해 버렸다.

특히 뒤로 날아가 바닥에 떨어질 때 마곤을 안고 있던 이유원은 가슴이 함몰되어 그 자리에서 즉사하고 말았다.

칠공에서 피를 흘리며 죽은 이유원의 모습은 죽어서도 눈을 감지 못했다.

사무심은 멍청해진 표정으로 한꺼번에 바닥에 뻗어버린 자신의 세 제자를 바라보아야만 하였다. 특히 숨을 멈춘 수제자의 모습은 그의 가슴을 몇 조각으로 갈라놓고 있었다.

단순히 제자가 죽었다는 사실 하나만 중요한 것이 아니었다.

문제는 천문과의 결투가 시작부터 이상한 방향으로 흐르고 있다는 사실이었다.

장환의 말대로 한꺼번에 쓸어버렸어야 했다.

결코 관표에게 이런 기회를 주어서는 안 되는 것이었다.

사무심은 자신도 모르게 자리에서 벌떡 일어서며 녹림사천왕과 관표가 대결하는 곳을 바라보았다.

녹림사천왕이 사상진을 펼치며 관표를 공격해 가는 모습이 보인다. 그리고 관표의 걸음은 여전히 멈추어지지 않고 있었다.

'네가 아무리 강해도 녹림의 노호 네 명이 펼치는 사상진을 이기진 못하리라!'

사무심은 녹림사천왕을 믿었다.

녹림사천왕의 협공이면 대문파의 장문인도 이길 수 있다고 자부심을 가지고 있는 사무심이었다.

한편, 사천왕이 관표를 포위하였지만 관표는 조금도 걸음을 멈추지 않았다. 그의 걸음은 정확하게 사무심을 향해 있었다.

자신을 포위한 녹림사천왕은 안중에도 없다는 표정이었다.

그것을 느낀 사천왕은 수치심으로 얼굴이 붉게 달아올랐다.

그중 넷째인 대호산도(大虎山刀) 하문이 고함을 지르며 관표를 공격해 갔다.

녹림사천왕의 무공 중 그의 무공이 가장 패도적이었고, 사성진의 시작과 함께 선봉 공격이 그로부터 시작되기 때문이었다.

"이 미친놈아! 우리가 젊은것들과 같은 줄 아느냐? 어디 이것도 잡아봐라!"

그의 성명절기인 대호금강도법이 펼쳐지면서 그의 무식하게 큰 박도가 일도양단의 기세로 관표의 몸을 향해 벼락처럼 내리 그어지고 있었다.

마곤과 비슷한 공격이지만, 그 위력과 빠르기는 비교가 될 수 없었다.

천문의 수하들과 녹림의 무리들이 눈을 크게 뜨고 지켜본다.

보는 사람들은 모두 관표가 왼손에 들고 있는 요도로 하문의 도를 막을 것이라고 생각했다. 그리고 최소한 걸음을 멈추어야 할 것이라고 생각했다.

공격은 하문이 시발점이고 그 뒤를 이은 다른 녹림천왕들의 공격 또한 제아무리 고수라도 무시할 수 없는 강력한 것이기 때문이었다. 그 공격들을 피하거나 막으려면 지금처럼 일정한 보폭으로 걸으면서는 절대 불가능할 것 같았다.

모두 그렇게 생각하였다.

하지만 관표는 걸음을 멈추지 않았다.

앞으로 일보를 디디면서 오른 주먹을 내질렀다.

그의 주먹은 정확하게 하문의 박도를 향해 있었다.

맹룡십팔투의 십절기 중 맹룡단혼권(猛龍斷魂拳)이었다. 그리고 관표의 걸음은 그저 평범한 것 같지만, 그 걸음 자체가 잠룡신강보법이었다.

관표가 맨주먹으로 하문의 도를 향해 공격해 가자 보는 사람들은 설마 하며 몸을 경직시켰다. 그러나 그 설마는 조금도 틀리지 않았다. 하문이 공격하는 순간 나머지 사천왕도 관표를 향해 무기를 휘둘렀지만 관표는 전혀 신경 쓰지 않는 모습이었다.

물론 관표의 주먹엔 맹룡단혼권 이외에도 대력철마신공의 금자결과 탄자결이 함께 들어가 있었다.

'꽝' 하는 소리가 들리며 관표의 맹룡단혼권과 하문의 도가 충돌하였다.

"크아악!"

비명 소리와 함께 하문의 도는 산산조각이 나서 사방으로 날아갔고, 탄자결로 인해 내부가 흔들린 하문은 그 자리에서 피를 토하고 고꾸라졌다. 그리고 동시에 세 개의 무기가 관표의 몸을 공격하였지만 '퍽 퍽' 하는 소리가 연이어 들리면서 그들은 반탄력으로 인해 사방으로 튕겨져 나갔다.

잠룡둔형보법이 달리 삼절황 중 하나가 아니었다. 그리고 달리 잠룡신강보가 잠룡둔형보법의 최고 절기가 아니었다.

걸음 속에 묘리가 있고, 걷는 순간 일신의 호신강기가 몸을 보호한다.

어지간한 공격으로는 그 호신강기를 깰 수 없는 것이다.

공격을 감행했던 세 명의 녹림삼천왕은 모두 허탈함 표정으로 관표를 바라보았다.

정면으로 관표와 충돌한 하문은 이 장 밖에 나가떨어져 있었는데, 내상이 너무 엄중해서 당분간 무공을 사용할 수 없을 것 같았다.

관표는 여전히 걸어가고 있었지만, 삼면에 서 있는 그들은 감히 더 이상 덤빌 생각을 하지 못하고 그저 멍하니 바라만 보고 있었다.

그들 중 제일 먼저 정신을 차린 것은 첫째인 요경이었다.

그는 삼면 중 관표의 앞에 있었고, 벌써 관표는 자신의 코앞까지 걸어오고 있는 중이었다.

그의 뒤로 관표가 걸어온 발자국이 가지런하게 놓여 있었다.

정확하게 두 치씩 파인 채로.

"뭣들 하느냐? 얼른 막아라!"

요경의 고함 소리에 정신을 차린 표리독수 장환과 또 한 명의 녹림 사천왕은 빠르게 신형을 날렸다.

요경 역시 일단 뒤로 몸을 빼며 그들과 합세했다. 그리고 세 명의 녹림천왕은 다시 한 번 관표의 삼 장 앞에 내려섰다.

요경은 빠르게 심호흡을 하고 호통을 내질렀다.

"이놈, 멈추어라!"

"네놈이 멈출 수 있으면 멈추게 해보아라!"

관표의 말에 요경은 식은땀이 흐르는 것을 느꼈다.

이성은 공격을 해야 한다고 말하지만, 그를 비롯한 삼천왕은 자신도 모르게 뒤로 물러서고 있었다.

그것을 본 관표가 비웃으며 말했다.

"말만 많은 늙은이들이군."

아무리 별 볼일 없는 인간에게도 자존심은 있게 마련이었다.

관표의 한마디는 공포 속에 숨어 있던 그들의 자존심을 자극하였다. 더군다나 자신의 수하들 앞에서 망신을 당했다고 생각하자, 그들은 젖 먹던 힘까지 다 끌어 모았다.

그들은 누가 먼저 말하지 않아도 이심전심, 동시에 관표를 향해 몸을 날렸다.

관표는 걸어가면서 한 손에 들고 있던 마곤의 요도를 장환에게 던졌다. 그리고 발로 땅바닥에 있던 주먹만한 돌을 차서 사천왕의 첫째인 요경에게 날려 보냈다. 돌을 찬 관표의 발은 정확한 보폭으로 앞으로 디뎌졌다.

마곤의 요도는 마치 바람개비처럼 돌아가며 장환에게 날아왔고, 장환은 기겁해서 자신의 검으로 요도를 쳐내려 하였다.

피하기엔 거리가 너무 가까웠던 것이다.

땅, 하는 소리가 들리며 장환의 검과 요도가 충돌하였다. 그리고 그 순간 요도는 무서운 힘으로 장환의 검을 쳐내면서 그대로 팔 하나를 자르며 날아갔다.

뒤로 날아간 요도는 무려 삼십 장이나 더 날아가 서 있던 녹림의 수하 십여 명을 도륙하고서야 멈추었다.

그때까지만 해도 질서정연하게 서서 관표의 엄청난 무위를 정신없이 지켜보던 녹림의 수하들은 그제야 저 괴물 같은 인간이 자신들의 적임을 깨우친 듯하였다. 그리고 이 엄청난 광경 앞에 녹림의 수하들은 혼이 날아가 버렸다.

천문의 수하들 사이에선 자신도 모르게 함성이 울려 퍼졌다.

사무심조차 자리에서 벌떡 일어선 상태로 벌벌 떨고 있었다.

이건 강해도 너무 강했다.

관표의 무력은 거기서 끝난 것이 아니었다.

관표가 발로 찬 돌은 정확하게 요경의 머리로 날아갔는데, 요경은 자신의 성명절기인 파천마권(破天魔拳)을 펼쳐 날아오는 돌을 쳐내려 했다. 그러나 '꽝' 하는 소리가 들리면서 그의 주먹은 그대로 으스러져 버렸고, 돌은 그 탄력에 슬쩍 방향을 바꿔 그대로 요경의 머리를 가격하고 날아갔다.

요경은 뒤로 두 바퀴나 구른 다음 그 자리에서 졸도하고 말았다.

주먹이 부서진 채로.

이어서 관표의 주먹이 다시 한 번 직진으로 뻗어갔고, 남은 녹림천왕 중 한 명이 뒤로 삼 장이나 날아가서 기절해 버렸다.

아주 간단하게 녹림사천왕과 사무심의 세 제자가 무너졌고, 관표의 걸음은 단 한 번도 멈추지 않았다.

사무심의 얼굴은 사색이 되었다.

그는 급한 대로 자신의 뒤를 돌아보았다.

약 이십여 명의 소두목과 일곱 명 정도의 녹림 후기지수가 서 있었다.

젊은 일곱 명은 사천왕의 제자들이었다. 그러나 노소를 막론하고 그들은 모두 기가 질린 채 벌벌 떨고 있었다.

사무심은 갑자기 울화가 치밀었다.

자신이 겨우 이런 자들을 믿고 녹림의 부활을 외쳤다니 한심하다는 생각이 들었다.

그러나 그는 자신도 겁에 질려 있다는 사실을 모르고 있었다.

그래도 그에겐 끝까지 말할 수 있는 핑곗거리가 있었다.

수장인 자신이 지면 이 결전도 끝이다. 그러니 자신이 나설 순 없는 것이다.

자신은 녹림맹 최후의 보루다.

스스로 그렇게 생각하며 사무심은 고함을 질렀다.

"뭣들 하느냐? 모두 덤벼라! 한꺼번에 덤비란 말이다! 뒤로 물러서는 자들은 내 손에 죽을 것이다! 어서 덤벼라, 저 새끼를 죽이란 말이다!"

사무심의 미친 듯한 고함 소리에 녹림의 삼천 수하들이 서서히 움직이기 시작했다. 그리고 이십여 명의 소두목도 무기를 뽑아 들고 관표에게 다가서기 시작했다. 그러나 그들은 관표를 포위하고 있을 뿐 아무도 먼저 덤비려 들지 않았다.

그사이 관표는 다시 십여 보를 걸어갔고, 그를 포위한 녹림 수하들 역시 십여 보를 후퇴하였다.

이제 사무심과의 거리는 오십여 보 정도만 남았을 뿐이었다.

사무심은 자신도 모르게 초조해졌다.

생각 같아서는 자리에서 일어나 도망가고 싶었지만 그럴 순 없었다. 만약 자리에서 일어서서 도망가면 그 순간 자신이 그동안 쌓아온 명성과 권위는 끝나는 것이다.

숨을 죽이고 보고 있던 왕단이 백리소소를 보고 말했다.

"주모님, 문주님은 정말 대단하신 분입니다. 이젠 총공격을 해도 되지 않을까요?"

그 말에 백리소소가 고개를 흔들며 말했다.

"지금은 그냥 지켜보세요. 대가께서 잘하시리라 믿습니다. 저분이 말을 했으면 우리는 지켜야 합니다."

그녀는 절대고수 한 명에게 일반 무사들은 몇천이 있어도 소용이 없다는 것을 누구보다도 잘 알고 있었다.

왕단은 다시 한 번 소소를 바라보았다.

참으로 그림처럼 아름다운 여자였다. 그런데 그런 그녀의 표정은 침착했고 흔들림이 없었다.

믿음.

왕단은 그녀의 표정에서 문주인 관표에 대한 믿음을 읽을 수 있었다.

과연 주군의 여자다 싶었다.

그의 시선이 천문의 수하들을 둘러보았다.

자운과 과문을 비롯한 천문의 제자들은 관표의 모습을 정신없이 바라보고 있었다.

그들은 벅찬 가슴을 억누르고 있었다.

왕단 역시 그들과 같은 기분이었다.

모두 한마음으로 다시 한 번 천문의 제자가 되길 잘했다고 생각했다.

오대곤은 감격한 모습으로 관표를 보면서 말했다.

"저것이 내가 꿈꾸던 모습이었는데… 그걸 주군을 통해서 보다니. 말년에 복이 있어 내가 제대로 된 주인을 만났구나. 허허, 참으로 멋지다, 참으로 멋져."

혼자 중얼거리듯이 한 말이지만 주변의 천문 수장들은 모두 들었다. 그리고 그들은 모두 오대곤의 말에 가슴 깊이 동의하고 있었다.

관표라면 자신들을 이끌고 무엇인가 가슴 벅찬 일을 이루어줄 것 같았다.

그것은 그들의 희망이었고, 웅심이었으며, 꿈이었다.

진천이 오대곤의 말을 받으며 말했다.

"사무심이 불쌍하군. 내가 주군의 적이 아니길 다행이지, 생각만 해도 오싹하구만."

그 말을 들은 천문의 수장들은 자신도 모르게 몸을 부르르 떨었다.

사무심의 눈에 핏발이 서고 있었다.

"덤벼라! 더 이상 물러서는 자는 죽이겠다!"

사무심의 고함에 주춤하던 삼천의 녹림 수하들이 막 달려들려 할 때였다.

"갈! 물러서라!"

관표의 고함 소리가 터져 나왔다.

그 고함 소리엔 오호룡의 무공 중 하나인 창룡사자후(唱龍獅子吼)가 포함되어 있었다.

관표의 일갈에 녹림의 수하들 중 거의 절반이 귀청이 터져 나가거나 내상을 입고 말았다.

나머지 절반의 수하들은 자신도 모르게 털썩 주저앉거나 골이 깨지는 고통 때문에 무기를 놓고 말았다. 그리고 가까이 있던 이십여 명의 소두목 중에는 절명한 자도 있었다.

그들은 바로 관표의 면전에 있던 자들이었다.

맹룡십팔투 중 많은 수의 적들을 상대하기 위해 만들어진 무공이 바로 창룡사자후다. 그리고 이 무공은 아군에겐 용기를 줄 수 있고 적에게는 공포감을 줄 수 있는 무공이기도 했다.

고함 속에 내공을 모아 터뜨리는 방법으로, 일정 이상의 내공이 안 되는 자들에겐 치명적인 살수일 수도 있는 무공이었다.

관표는 창룡사자후를 터득하고 처음으로 이 무공을 마음껏 사용해 본 것이다.

상대가 너무 많고 그만큼 범위가 넓긴 했지만, 그 위력은 가히 경천동지할 만했다.

사무심의 얼굴이 더욱 창백하게 굳어졌다.

몸이 덜덜 떨린다.

이젠 알았다,

자신이 어쩔 수 있는 사람이 아니란 사실을.

아니, 사천왕이 질 때부터 알고 있었다. 그리고 지금은 재차 확인한 것뿐이었다.

생각 같아서는 무조건 엎드려 살려달라고 빌고 싶은 마음이었다. 그러나 그럴 순 없었다.

그러기엔 자존심도 문제고, 그동안 쌓아온 명성도 있었다.

그것을 잃으면 그는 죽은 것보다 못한 처지가 될 것이다. 그리고 그에겐 아직 비장의 한 수가 있었다.

관표의 창룡사자후로 인해 수많은 녹림의 수하들이 쓰러졌지만, 천문의 제자들에겐 어떤 피해도 없었다. 하지만 녹림의 제자들이 공황 상태가 된 것처럼 천문의 수하들도 그 못지않은 충격을 받고 있었다.

사자후니 천마후니 등등, 수많은 음공에 대한 이야기를 듣기는 했다. 그러나 지금 관표가 보여준 음공은 그 차원이 달랐던 것이다.

볼수록 문주는 자신들을 감격시키고 있었다.

천문의 제자들은 주체할 수 없는 감격에 두 손을 꼬옥 쥔 채 관표를 지켜보고 있었다.

관표의 일보 일보에 그들의 마음도 함께 앞으로 나아가고 있었던 것이다. 그 앞에 있던 적들은 사력을 다해 길을 비켜주고 있었다.

걸리적거리는 시체들마저 들어서 옮겨준다.

괜히 그걸로 인해 관표의 신경을 건드릴까 봐 두려운 듯하였다.

第六章
백오십보의 전설

삼십 보.

관표와 사무심의 거리는 불과 삼십 보를 남겨두고 있었다. 그리고
그때까지 관표는 단 한 걸음도 멈추지 않고 직선으로 걸어왔다.

으드득!

사무심은 손에 피가 나도록 주먹을 쥐었다.

"두 분은 저자를 죽여주십시오!"

사무심의 고함과 함께 두 개의 그림자가 사무심이 있는 뒤쪽의 건물
에서 날아왔다. 마치 있는 듯 없는 듯한 그들의 모습은 보는 사람들로
하여금 유령을 보는 것처럼 느끼게 만들었다.

그들 중 한 명은 우람한 덩치에 다른 사람보다 배는 더 큰 손이 특징
적인 노인이었고, 또 한 명은 바싹 마른 몸에 칠 척에 달하는 장검을
든 노인이었다.

그 모습을 본 오대곤이 눈을 크게 뜨며 말했다.

"저들이 혹시 녹림맹의 이대호법이라는 철권과 귀검이 아닐까?"

오대곤의 말에 진천이 설마 하는 표정으로 말했다.

"듣기로 저들의 나이가 이미 이 갑자(백이십)가 넘은 걸로 알고 있는데, 아직도 정정하게 살아 있었단 말인가?"

"무공이 경지에 들어서면 나이가 큰 문제가 되지 않는다는 것을 알면서 하는 소린가?"

두 사람의 말을 듣고 있던 과문이 물었다.

"저 두 사람이 어떤 사람들입니까?"

과문의 물음에 오대곤이 대답하였다.

주변의 천문 수하들은 모두 귀를 기울였다.

"사무심의 사부에 대해서는 많은 말들이 있는데, 아직까지 정말 사무심의 사부가 누구인지 아는 사람은 많지 않네. 단지 저 두 노인이 사무심의 사부가 아닐까 하는 말들이 있었네. 실제 녹림맹을 다스리는 것은 사무심이 아니라 저 두 노인일 수도 있다는 것일세. 물론 그것은 확인되지 않은 추측일세. 듣기로 이대호법의 무공은 초절정이라고 들었네. 이전에 녹림맹을 공격하려 했던 무당의 장로가 바로 저들 중 한 명에게 패했다고 들었네. 그 이후 무당에서도 같은 호북에 있는 녹림맹을 건들지 않게 되었다고 하네."

그 이야기는 모두 처음 듣는 말이었다.

이는 일부 녹림맹의 중심부에 있던 사람들 사이에서 오고 갔던 말들이었다. 단지 추측일 뿐, 사실 여부를 아는 사람들은 아무도 없었다. 단지 녹림맹에 두 명의 호법이 있고, 그들의 지위가 상당히 특수하다는 것은 누구나 다 아는 사실이었다.

그렇지만 두 호법이 누구이고 이름이 무엇인지 아는 사람은 아무도 없었다.

단지 그들을 일컬어 철권과 귀검이라고만 부를 뿐이었다.

녹림맹의 인물들 중 상당한 지위에 있는 몇몇만이 그들을 안다고 들었다.

무림에서 가장 강한 십이대초인 다음으로 인정받고 있는 것이 각파의 장문인을 비롯해서 구의와 오흉이었다.

그 오흉 중 한 명이 녹림철마 사무심이었다.

그런 사무심의 사부이고 무당의 장로 중 한 명과 겨루어 이겼다면 결코 가벼운 자들일 수가 없었다.

모두들 긴장한 표정으로 나타난 두 노인을 바라보았다.

관표는 여전히 걸음을 멈추지 않았다.

그는 다시 삼 보를 내딛고 있었다.

두 노인은 관표가 다가오면서 자신들에게 밀려오는 압력이 거세지자 많이 놀란 것 같았다.

"젊은 놈이 정말 대단하군."

"비키시오. 나의 걸음을 막으면 누구라도 용서치 않을 것이오."

"아이들 몇을 이기더니 보이는 게 없는 모양이구나."

"지금은 그렇소."

관표는 다시 두 걸음 다가서고 있었다.

그는 느릿하지만 결코 멈추지도, 그 속도를 늦추지도 않고 걷는다. 또한 그 걸음에서 빠르게 걷지도 않았다.

그렇게 관표는 두 노인에게 너무 가깝게 다가서고 있었다.

이제 노인들이 물러서든 관표가 걸음을 멈추든 하지 않는다면 서로 코앞에 적을 두어야 하는 상황인 것이다.

두 노인은 자신도 모르게 움찔하였다.

관표가 다시 한 걸음을 옮기는 순간 더 이상 참지 못한 위맹한 노인이 양 주먹을 휘두르며 관표에게 달려들었다.

"이제 여기서 멈추어야 할 것이다!"

노인의 말은 마치 한꺼번에 밀려오는 혜관심어 같았다.

빠른 말과 그 말이 끝나기도 전에 '쩌르릉' 하는 소리와 함께 밀려오는 권경은 가까운 거리만큼이나 급속하게 관표의 얼굴을 치고 왔다.

마치 쇠를 긁는 듯한 소리와 함께 권경은 급류를 흐르는 물처럼 소용돌이치며 밀려온다.

관표는 노인의 권경과 소리, 그리고 권초의 특징을 살피며 머리 속으로 반고충이 알려준 수많은 무인들의 무공을 대비하고 있었다.

권경의 특징이 뚜렷해서 찾는 데는 시간이 걸리지도 않았다.

"단심철권(湍心鐵拳)."

관표의 짧은 목소리는 두 노인이 육십 년 전 위맹을 떨치던 귀문쌍마(鬼門雙魔)란 사실을 말해 주고 있었다.

관표와 마찬가지로 천문의 수하들 중 일부도 노인의 권경을 보고 그가 누구인지 알아내었다. 그리고 두 노인이 누구인지 안 자들은 모두 얼굴이 굳어졌다.

귀문쌍마.

이들은 육십 년 전에 멸망한 귀문의 마지막 살아남은 제자들이었다. 당시 귀문의 이름은 구파일방이나 오대세가에 뒤지지 않았다. 그리고 그 귀문에서 장문인과 함께 가장 무공이 강한 자들이 바로 이들 두 명이었다.

당시 귀문의 장문인이었던 귀문장도(鬼門長刀) 사군영은 칠종 중 한 명인 검종에게 도전하였다가 패하여 죽었고, 이에 귀문의 오백여 제자들은 한꺼번에 검종을 협공하였다.

그 결과는 바로 귀문의 멸문이었다.

칠종의 무공이 얼마나 무서운지 보여주었던 실예 중에 하나였다. 당시 귀문의 제자들은 단 한 명도 살아남지 못했다고 알려져 있었다. 그런데 지금 귀문의 장로였던 귀문쌍마가 나타난 것이다.

오대곤과 진천, 그리고 왕단은 그제야 녹림맹주인 사무심의 진정한 정체를 알 수 있었다.

귀문장도 사군영의 아들이 바로 사무심이란 것은 굳이 설명하지 않아도 될 일이었다.

철권의 권이 관표를 공격할 때 귀검이 놀고만 있었던 것은 아니었다.

파공성도 없고 기척도 없는 귀검의 검은 바로 철권의 요란한 권경 속에 숨어서 관표의 심장을 노리고 있었다.

'대단한 합격술이다.'

관표는 속으로 감탄하였지만 걸음을 멈추진 않았다.

그의 잠룡신강보법은 마치 철탑을 밀고 가는 것처럼 관표를 앞으로 전진시키고 있었다. 그리고 동시에 관표의 몸에 한 마리의 용이 문신처럼 떠올랐다.

그 모습은 참 멋있다, 라는 감탄사가 절로 나올 만큼 관표와 잘 어울렸다. 하지만 그 포장된 멋 속에 죽음의 미소가 숨어 있었다.

사혼참룡수의 가장 무서운 초식인 용형신강은 그런 무공이었던 것이다.

마치 한 마리의 용이 꿈틀거리는 듯한 형상의 강기가 철권과 그 속에 숨어 있는 한 가닥의 검기를 한꺼번에 쳐내고 있었다.

'퍼억' 하는 둔탁한 소리와 함께 두 노인의 신형이 비척거리며 밀려나고 있었다.

용형신강에 충격을 받고 심한 내상을 입은 데다 관표의 보법에 포함된 잠룡강기에 밀리고 있었던 것이다.

관표의 걸음 그 자체가 무공이었고, 강력한 공격이 포함된 초식이었던 것이다.

두 노인은 어떻게든 반격의 기회를 잡으려 했지만 그럴 경황이 없었다.

단 한 번의 충돌에 심각한 내상을 입은 데다가, 단순히 걸어오는 관표의 걸음 속에서 밀려오는 강기로 인해 오장육부가 뒤집히고 있었던 것이다.

정신없이 십여 보나 밀려나던 두 노인은 결국 그 자리에 주저앉고 말았다.

심각한 내상으로 인해 당분간 운신하기도 힘들 것 같았다.

관표는 두 노인을 무시하고 사무심에게 다가갔다.

두 노인을 스쳐 가는 관표의 표정은 조금 굳어 있었지만 곧 원래의 모습으로 돌아왔다.

'전력을 다하지 않았으면 낭패를 당할 뻔했다.'

조금 전 귀문쌍마와 충돌했을 때 관표는 하마터면 뒤로 밀릴 뻔했다.

십이성의 용형신강을 펼치고도.

'역시 세상엔 강자가 많구나.'

관표는 다시 한 번 깨우치는 중이었다. 알려진 자만이 강자가 아니었다.

전륜살가림의 삼존오제도 그렇고 아미의 여승들이 그렇다.

세상엔 알려지지 않은 강자들이 얼마든지 널려 있다고 봐야 한다. 그리고 이번 일로 인해 내내 아쉬웠던 것이 있었다.

'무기. 나에게 맞는 무기가 있다면 좀 더 수월했을 텐데.'

관표가 익히고 있는 무공은 무기를 사용하는 초식이 없었다.

있다면 삼절황 중에서도 가장 무서운 무공인 관룡삼절부법이 있지만, 그것도 실제로 무기를 쓰는 무공이라고 말할 순 없었다. 다만 강기를 도끼처럼 만들어 사용하는 무공이지, 그 자체가 들고 다니는 병기가 아니었다.

또한 한 번 사용하면 너무 많은 내공이 소진될 뿐 아니라, 살상력이 너무 강해서 함부로 쓸 수 있는 무공도 아니었다.

실제 관표는 많은 결투를 거쳐 가면서 자신의 무공이 중병기에 응용하면 상당한 효과가 있을 거란 생각을 하는 중이었다.

사무심은 자신이 지금까지 쌓아온 모든 내공을 양손에 전부 모으고 관표를 기다렸다.

하지만 그의 몸은 이미 부들부들 떨고 있었다.

당장이라도 주저앉을 것 같은 모습.

관표는 그대로 걸어서 사무심에게 다가섰다.

두 호법은 내상이 심해서 자리에서 일어서지도 못한 채 안타까운 표정으로 관표를 볼 뿐이었다.

사무심은 자신도 모르게 다섯 걸음이나 뒤로 물러서고 말았다.

관표는 다시 일정한 보폭으로 사무심에게 다가섰다.

두 사람의 눈이 정면으로 부딪쳤다.

마치 상대를 태워 버릴 것 같은 불꽃이 튄다.

사무심은 지닌 심력을 전부 동원해서 버티고 있었지만, 이미 조금씩 쌓여온 공포가 포화 상태에 이르고 있었다. 더군다나 마지막으로 믿고 있었던 이대호법이 단 일 장에 무너지는 모습을 보자 가슴이 떨려 초식마저 잊어 먹을 정도였다.

이제 두 사람의 거리는 단 세 걸음.

바로 코앞이었지만, 여전히 사무심은 공격을 하지 못하고 서 있었다.

관표가 걸음을 멈추었다.

정적.

사무심은 당장에라도 관표가 공격을 가해 오고 단 일 격에 자신의 머리를 부수어 버릴 것 같은 공포에 다리가 떨려왔다.

공격을 해야 하는데, 자신이 공격하는 순간 죽을 것 같았다.

이때 관표가 갑자기 고함을 질렀다.

"꿇어라!"

사자후가 포함된 그 한마디에 사무심은 지금까지 버텨왔던 모든 힘을 잃고 말았다.

털썩 하는 소리와 함께 사무심은 그 자리에 주저앉았다.

아니, 무릎을 꿇고 말았다.

그 모습을 모든 사람들이 멍한 표정으로 바라본다.

설마 정말 이런 일이 벌어질 줄은 몰랐다.

추후 무림에 형석평의 전설로 불리는 녹림전쟁은 이렇게 막을 내렸다.

나중에 누군가가 관표가 걸은 발자국을 세어보니 정확하게 백오십 보였다고 한다.

정확하게 두 치로 파인 이 발자국은 사무심이 있는 곳까지 일자로 파여 있었고, 단 한 치의 흐트러짐도 없었다고 한다. 그래서 형석평의 전설은 백오십 보의 전쟁이라고도 불리었다.

관표는 사무심을 내려다보며 말했다.

"오늘 이후 녹림은 천문의 앞을 막지 마라! 그리고 조금이라도 천문과 적대시하지 마라! 만약 이 말을 어기면 녹림맹은 해체되고 너는 내 손에 죽을 것이다. 네가 어디로 숨든 어디로 도망가든 결코 용서하지 않겠다."

"며, 명심하겠습니다."

이미 사무심의 눈은 죽어 있었다.

"그리고 이번 사건을 일으킨 것은 너의 잘못이다. 그 대가로 녹림맹은 천문에 보상금을 지불해야 할 것이다."

관표의 살기 가득한 시선 앞에서 사무심은 너무 무력했다.

"그, 그렇게 하겠습니다."

"보상은 지금 당장 너희가 지닌 금품으로 한다."

관표의 말엔 한 치도 양보하지 않겠다는 단호함이 어려 있었고, 사실상 녹림맹을 접수하지 않은 것만으로 다행이라 할 수 있는 상황이었다.

그것은 당연했다.

관표는 녹림맹의 맹주가 되고 싶은 생각은 추호도 없었다. 그리고 필요 이상 세를 늘리고 싶은 생각도 없었다.

녹림의 모든 인물들은 모두 멍한 표정으로 관표를 보고 있었다.

그 누구도 감히 대항할 엄두를 내지 못했다.

녹림의 수하들은 죽을 때까지 녹림왕의 위엄을 잊지 못할 것이다. 앞으로 꿈에서조차 관표에게 대항할 생각은 하지 못하리라.

이제 오늘의 일이 강호에 퍼져 나가면 아무도 천문을 우습게 보지 못할 것이다.

관표가 돌아섰다.

지켜보고 있던 천문의 제자들이 두 손을 들고 만세를 부르기 시작했다.

그들이 부르는 만세 소리는 형문산에서 삼십 리 밖까지 들렸다고 한다.

백오십보의 전설은 이렇게 막을 내렸다.

관표의 절대적인 모습과 녹림맹의 패배, 그리고 천문의 수하들에게 엄청난 자부심을 심어준 채.

하수연은 멈칫했다가 차분한 목소리로 물었다.

"조부님을 아시나요?"

"잘 알지, 그놈이 내 앞에서 까불다가 볼기 좀 맞았거든."

그 말을 듣고 하수연의 표정이 냉랭해졌다.

"알고 봤더니 미친 늙은이군. 감히 조부님의 이름을 빌어 나를 조롱하다니."

괴노인은 그 말을 듣고 두 눈을 크게 뜨며 말했다.

"내가 뭐 하러 네년의 할아버지 이름을 판단 말이냐? 어린것이 정말 버릇이 없군. 내가 외손녀의 간청에 못 이겨 어쩔 수 없이 이곳을 지키고 있지만, 네 어린 년의 조부인 하도웅 따위의 이름을 팔 정도는 아니다."

하수연의 눈썹이 곤두섰다.

하도웅 따위라니.

"늙은 것이 입이 거칠구나. 저 늙은이를 잡아라!"

하수연이 명령을 내리자, 이십사 명의 매화검수들이 건곤매화진을 펼치며 노인을 포위 공격해 갔다.

그 모습을 본 노인이 피식 웃는다.

"실로 오랜만에 보는 건곤매화진이군. 어린것들이 제법이구나. 하지만 오늘은 임자를 잘못 만났다."

노인은 매화진을 이루고 있는 매화검수들에게 맨몸으로 돌진하였다. 어떻게 보면 정말 무모해 보이는 모습이었다.

그걸 본 유청생이 코웃음을 치면서 말했다.

"저 늙은이 미쳤군."

유청생의 말이 끝나기도 전이었다.

'퍽' 하는 소리가 들리며 매화검수 중 한 명이 뒤로 이 장이나 날아가 땅바닥에 떨어져 기절해 버렸다.

사람들은 괴노인이 어떻게 손을 써서 매화검수를 공격했는지 보지 못했다.

단 일 격에 동료가 쓰러지자 매화검수들이 놀라서 주춤하였다. 그리고 그 순간 대머리노인의 신형이 그들 사이로 유연하게 파고들었다.

'픽! 픽!' 하는 소리가 연이어 들리면서 십여 명의 매화검수가 바닥에 쓰러져 버렸다.

유청생은 물론이고, 하수연과 금연의 얼굴도 딱딱하게 굳어졌다.

이제야 보았다.

노인은 손이 아니라 머리로 받아버렸던 것이다.

소위 말하는 박치기였다.

유청생의 얼굴 근육이 씰룩거렸다.

"이 늙은이가!"

유청생이 분을 참지 못하고 자신의 검을 뽑아 들려고 할 때였다.

금연이 얼른 앞으로 나서며 정중한 표정과 목소리로 말했다.

"혹시, 하후금 선배님 아니십니까?"

괴노인은 금연을 슬쩍 훑어보면서 대답하였다.

"눈치 빠른 중년이군. 네년은 누구냐?"

노인의 말을 들은 하수연과 유청생의 얼굴이 창백해졌다.

철두룡(鐵頭龍) 하후금(夏候昑).

이 말을 듣고 편안할 수 있는 사람은 세상에 그 누구도 없을 것이다.

강호 십이대고수.

그중에서도 성격이 가장 괴팍하다는 이괴 중 한 명으로, 투괴(鬪怪)라는 별호로 더 유명한 하후금이었다.

싸우는 것을 밥 먹는 것보다 더 좋아한다는 인물이었고, 한 번 원한을 맺으면 복수할 때까지 쫓아다닌다는 끈기와 집념의 고수이기도 했다.

백리소소는 외할아버지의 그런 점을 그대로 이어받아 발전시킨 경우였다.

"연화사의 금연이 노선배님께 인사를 드립니다."

금연이 인사를 하자 유청생과 하수연과 얼른 인사를 하며 사죄하였다.

얼어맞은 것은 매화검수들이었지만, 그것이 문제가 아니었다.

"화산의 유청생이 대선배님께 인사드립니다. 눈이 있어도 어르신을 몰라뵙고 큰 실수를 하였습니다. 용서해 주십시오."

"연화사의 하수연입니다. 대선배님께 인사를 드립니다. 감히 어르신을 몰라뵈었습니다."

투괴는 눈살을 찌푸리며 말했다.

"흥! 어린것들이 말만 잘하는군. 은근히 연화사의 제자임을 내세우다니. 그러니까 네년들이 대비단천 연옥심의 제자들이란 말이지? 네년들 사부는 잘 있느냐?"

말끝마다 욕이지만, 그걸 가지고 불만을 터뜨릴 정도로 배짱있는 사람들은 없었다.

투괴의 성격으로 보아 맞아 죽지 않은 것만으로도 다행이라면 다행이었다.

금연이 얼른 대답하였다.

"사부님은 잘 계십니다. 단지 바빠서 저희도 잘 뵙지 못하고 있습니다."

"또 싸움질 잘할 궁리하느라 바쁘겠지. 에이, 심심한데 잘 걸렸다 했더니 하필이면 옛 동료의 제자들이라니 할 수 없지. 모두 돌아가라. 그리고 이 근처에 다신 얼씬도 하지 말아라!"

투괴의 말에 하수연이 앞으로 나서며 말했다.

"저흰 어르신의 일을 방해할 생각은 없습니다. 저희가 가는 곳은 모과산 안쪽에 있는 마을입니다. 그곳에 볼일이 있어서 가는 중이니 선배님의 일에 방해가 되는 일은 없을 것입니다."

하수연의 말에 투괴가 괴이한 미소를 머금고 말했다.

"내 일이 바로 그 마을을 지키는 것이다."

그 말을 들은 금연과 유청생, 그리고 하수연의 얼굴이 창백해졌다. 설마 투괴 하후금까지 관표와 관련이 있을 줄은 생각도 하지 못했다.

이렇게 되면 어설픈 복수전은 생각도 하지 말아야 한다.

금연이 하후금의 얼굴을 보면서 물었다.

"선배님과 그 마을은 어떤 관계가 있는지 묻고 싶습니다."

"지금은 내가 바로 그 마을의 수호사자이니라! 더 이상 묻지 말고 얼른 돌아가라!"

금연과 유청생은 할 말을 잃고 말았다.

하수연만은 분한 마음을 억지로 눌러 참아야 했는데, 너무 억울하고 분해서 눈물이 주르르 흘러내리고 말았다. 하지만 아무리 억울해도 어쩔 수 없는 일이었다.

상대는 초인이라 불리는 십이대고수 중 한 명이었다.

자신이 이길 수 있는 상대가 아니었던 것이다.

금연은 하수연의 마음을 읽고 지금은 자신이 나설 때라고 생각했다.

"선배님이 계시다니, 그럼 저희들은 이만 돌아가겠습니다."

"생각 잘했다."

"그럼."

인사를 끝낸 금연은 재빨리 하수연의 손을 잡고 그 자리를 떠났다.

유청생 또한 황급히 인사하고 매화검수들을 수습해서 그 자리를 떠난다.

그들의 뒷모습을 보고 있던 하후금이 고개를 흔들었다.

"소소 그 아이의 남자가 대단하긴 한가 보구나. 화산과 불괴 연옥심의 제자들과도 은원 관계를 지니고 있다니. 하긴 내 외손녀의 배필이라면 그 정도의 풍운아는 되어야지. 허허, 몇십 년 만에 심심하진 않겠구나. 보아하니 저 여자 아이는 순순히 물러서고 말 아이가 아닌 것 같으니. 그래도 이것들아, 나를 만난 걸 다행으로 여겨라. 니들이 내 외손녀를 만났다면 절대 무사하지 못했을 것이다. 쯧쯧."

투괴 하후금.

그는 외손녀의 강권으로 녹림도원을 밖에서 수호하고 있는 중이었다. 그러나 이번의 일로 천문은 더욱 세상에 충격을 주게 된다.

관표와 녹림맹의 결투, 그리고 공가채에서 보여준 전륜살가림의 혈강시나 환제와의 결투는 세상을 충격 속으로 몰아넣었다.

또한 이 일로 인해 세상에 처음으로 전륜살가림이란 곳이 있다는 것을 중원의 무인들이 아는 계기가 되었다.

전륜살가림. 그리고 그들에게 삼존오제라는 초고수들이 있고, 그중 환제가 칠종 중 한 명과 무승부를 이루었다는 사실이 알려지자 중원은 그 말의 사실 여부로 들썩거렸다.

더군다나 알려진 바에 따르면 그들은 천축과 서장의 무리들로 중원 무림을 넘보고 있다지 않는가? 소문은 일파만파로 번져 나갔지만, 그 소문은 몇 가지 이유로 많이 희석되어지고 있었다.

첫째, 환제가 녹림왕 관표에게 불과 몇 초 만에 패했다는 사실이었다. 그렇다면 이제 이십 중반의 관표가 칠종보다 무공이 강하다는 말인데, 그건 말이 안 되는 것이다.

중원의 무인들은 수십 년 동안 우상으로 군림해 온 존재가 이제 약관을 갓 넘은 애송이보다 못하다는 사실을 믿으려 들지 않았다.

특히 그것은 대문파일수록 더했다.

그것을 인정하기엔 그들의 자존심이 너무 강했던 것이다. 반대로 수많은 중소문파들이나 낭인 무사들에겐 관표가 우상으로 군림하기 시작했다. 하지만 중원의 그 누구도 변방의 오랑캐가 중원의 자존심이라고 할 수 있는 칠종과 무승부를 이루었다는 사실을 믿지 않았다.

그것은 중원의 자만심이었다.

감히 오랑캐의 무공이 중원의 무공과 겨룰 수 있다는 자체를 부정한 것이다.

전륜살가림의 존재를 아는 아주 적은 소수를 제외하고는 모두 그렇게 생각하였다.

환제 스스로 자랑하며 한 말이기에 믿을 만한 근거가 부족하다는 이유도 거기에 포함되었다.

자신의 무공을 과신하기 위해 칠종을 팔았다는 것이다. 그리고 그 정도의 무공을 지녔다면 최소한 관표에게 몇 초 만에 패하는 일은 없어야 했다는 중론이었다. 그러나 고수들의 싸움이란 단 일 초에도 승부가 갈라질 수 있다는 사실을 무인들은 너무 무시하고 있었다.

전륜살가림을 묻어버린 또 다른 소문 중 하나는 바로 관표였다.

환제를 이겼다는 말이 나왔을 때만 해도 관표에 대한 이야기는 설왕설래였다. 그러나 녹림맹 형석평에서 보여준 관표의 무위는 듣는 사람들의 심장을 뜨겁게 만들기에 충분한 이야깃거리였다.

단 백오십 보.

그 백오십 보를 걸어 녹림맹을 완전히 굴복시킨 사건은 아무리 평가

절하시키려 해도 그럴 수 없는 일이었다.

믿을 수 없는 사건이었지만 본 사람이 너무 많았고, 그들의 증언은 누구나 일치하였다.

더군다나 이긴 자가 아니라 진자들을 통해 번진 일이라 거짓말일 수가 없는 일이었다. 그리고 녹림맹의 이대호법이 귀문쌍마라는 사실이 알려지면서 강호는 다시 한 번 경악하였다.

귀문쌍마와 녹림사천왕, 그리고 삼천의 제자가 힘을 합하고도 관표의 걸음을 멈추거나 주춤하게 할 수 없었다는 이야기는 다시 들어도 쉽게 믿어지지 않는 일이었다.

오흉 중의 한 명인 사무심이 싸워보지도 못하고 정신적인 충격을 받아 두려움 속에 무릎을 꿇었다는 사실은 더욱 충격적인 일이었다.

나름대로 절대고수 중 한 명인 사무심이 상대가 백오십 보를 걸어오며 보여준 무위에 겁을 먹고 스스로 무너졌다는 것은 관표가 얼마나 무서운 고수인가를 단적으로 보여준 예였다.

이 소문에 놀란 몇몇 명파의 무인들이 직접 형석평을 확인하려 하였고, 개방의 몇몇 장로들이 이미 피폐해진 녹림의 경계를 뚫고 들어가 백오십 보의 발자국을 확인하면서 소문은 진실성을 더했다.

이젠 녹림왕 관표의 무공에 대해서 더 이상 의심하는 사람은 없었다.

단지 관표의 무공이 과연 십이대초인과 겨룰 수 있느냐 없느냐 하는 점에서는 아직도 많은 사람들이 의견 일치를 보여주지 못했다. 그리고 그와 더불어 또 하나의 소문이 관표를 더욱 유명하게 만들었다.

관표가 만든 문파의 수호사자가 십이대초인 중 한 명인 철두룡 하후금이라는 말이 나돌았던 것이다.

이래저래 관표의 소문은 강호무림을 송두리째 흔들어놓고 있었으며, 관표의 명성으로 인해 천문을 공격하려 했던 문파들은 모두 주춤할 수밖에 없었다.

관표는 정식으로 무후천마녀와 함께 일왕일후라 하여 무림쌍수로 불리게 되었으며, 무인들은 십이대고수를 십사대고수로 부르기 시작하였다. 그러나 여전히 무림쌍수에 대한 평가는 말하는 사람마다 달랐다.

중요한 것은 둘의 무공이 어린 나이에도 불구하고 십이대초인의 그것에 근접했다는 사실이었다.

그것은 그 누구도 부인하지 못했다.

무림 역사상 이십대의 나이에 그 정도의 명성을 얻은 사람은 무림쌍수가 거의 유일하다고 할 수 있었다.

젊은 무인들 사이에 일왕일후는 우상 이상의 의미를 지닌 존재가 되었다.

무림은 이렇게 새로운 영웅을 맞이하게 되었지만, 그 이상으로 관표에 대한 질시는 높아지고 있었다.

무후천마녀는 너무 신비해서 모든 것이 배일에 싸여 있지만 관표는 모든 것이 드러나 있었고, 무림의 실세 중 하나였기 때문이다. 그리고 그 나이에 일파를 만들어 종주가 되었다는 사실도 중요하였다.

第七章
자식들에게 도적이라
말하지 않게 하겠다

녹림맹과의 전투를 승리로 이끈 관표는 천문으로 돌아가자마자 맹룡천문의 존재를 세상에 공표하였고, 정식으로 맹룡천문이란 간판을 달았다.

중원무림의 모든 시선이 맹룡천문으로 쏠렸다.

관표는 맹룡천문의 간판을 담과 동시에 조직을 다시 한 번 새롭게 정리하였고, 세상에 자신들이 하고자 하는 바를 포고하였다. 그리고 그 포고문으로 인해 세상은 다시 한 번 시끄러울 수밖에 없었다.

"우리는 녹림이 아니다. 단지 세상을 속이고 간악한 짓을 일삼는 자들에겐 그가 누구라도 우린 철저하게 녹림이 될 것을 선언한다. 지금까지 강자라는 자리에서 세상을 우습게 본 자들, 그리고 정의라는 품 안에서 자신의 욕심을 채워온 자들에게 우리는 우리 나름대로 정의를 실현할 것이다. 그리고 우리 맹룡천문은 흑백을 가리지 않고 정의를 아는 자들과 손을 잡을 것이며, 천문은 상단을 운영하여 재정적인 자립을 가질 것이다."

그 외에 구체적인 말들이 몇 가지 있었지만, 이 포고문만으로도 강호를 충격 속에 몰아 넣을 만한 것이었다.

결국 정파든 강호의 대문파든 자신들의 뜻과 다른 자들과는 끝까지 싸울 것이란 말이었다.

강호의 약자로서 서러움 속에 수많은 불이익을 당해온 중소문파들이나 무사들은 천문의 포고를 보고 환호하기 시작했다.

그것이 진실이든 아니든 누군가가 그런 말을 했다는 것 자체가 그들에겐 통쾌함의 극치였던 것이다.

무림의 대문파들은 그 말에 대해서 코웃음을 치면서도 함부로 반박하지 못했다.

괜히 반박을 했다가는 자신들이 바로 그런 자들이란 낙인찍힐 것 같았기 때문이다.

섬서성 장안.

수많은 나라들의 왕궁이 존재했던 곳이고, 당의 시절엔 세상에서 가장 번화한 도시라고 자부심을 가졌던 곳이다.

지금도 그 성세가 아주 사라진 것은 아니었다.

세상의 무역이 비단길로 이어진다면 그 비단길(사주지로)의 시작은 바로 이 장안에서부터였다.

돈이 흐르고 사람이 고이는 곳.

바로 그곳이 장안이었다.

장안에서 나름대로 이름있는 객잔 중 한 곳.

백마객잔의 삼층 안은 점심과 저녁 무렵의 어중간한 시간인 관계로 인해 사람이 몇 명 없었다.

그중 객잔의 창가에 한 명의 청년이 앉아 있었다.

당무영.

바로 사천당가의 대공자로 무림십준 중 한 명인 당무영이 바로 그였다.

이제 절대독인이 된 그의 기도는 완전히 안으로 갈무리되어 어지간한 고수가 보아서는 그의 무공 수위를 알 수 없을 정도였다.

한 명의 중년 부인이 삼층 객잔에 나타났다.

그녀의 고운 자태는 몇 명밖에 없는 손님들의 시선을 끌기에 충분했다.

중년의 부인은 서슴없이 청년의 앞 자리에 앉았다.

청년은 중년 부인을 보자 얼른 자리에서 일어서며 인사를 하였다.

"오셨습니까?"

"앉아라. 그래, 그동안 어떻게 지냈느냐? 너를 그 지경으로 만들었던 관표란 아이는 한참 요란한 것 같던데."

"저도 소문은 듣고 있습니다. 그래서 함부로 움직이지 않고 있었던 것입니다. 생각보다 천문이란 곳이 쉽게 공략할 수 있는 곳이 아니고, 관표란 놈도 제 생각보단 훨씬 강한 것 같습니다."

칠종 중 한 명인 당진진은 고개를 끄덕이며 만족한 웃음을 머금었다.

한 번 호되게 당하고 나서 당무영이 많이 발전했다고 느낀 것이다.

무엇보다도 젊은 혈기에 치우치지 않고 나름대로 침착하게 상황을 판단하는 것부터 예전과 달라진 모습이었다.

당가를 위해서도 당무영을 위해서도 바람직한 모습이었다.

무공만이 아니라 마음도 그만큼 성숙해졌다는 뜻일 것이다.

"그래, 어쩔 셈이냐?"

"생각 중입니다. 아무래도 하수연을 만나봐야겠습니다. 그래서 할 수 있다면 서로 손을 잡을 생각입니다. 또한 강호의 많은 방파들을 끌어들여 연합할 생각입니다."

"그것도 좋은 생각이다. 더군다나 지금 하수연은 불괴 연자심의 제자가 되어 있다. 내가 생각하기에 너와 불괴가 연합한다면 십이대고수 중 두 명이 힘을 합하는 것이나 마찬가지가 된다. 충분히 승산이 있다. 하지만 다른 문파들은 어떻게 설득시킬 참이냐?"

"관표란 이름이 너무 높습니다. 대문파의 사람들은 그 이상으로 시기심이 높은 편입니다. 수많은 유수의 무파들이 십이대고수로 인해 명성이 퇴색해 있습니다. 모두 뒤에서 절치부심하고 있는 것으로 압니다. 한데 또다시 근본도 모르는 자가 자신들의 명성을 넘어서려 한다면 그들도 용납하지 않을 것입니다. 그 점을 자극하려 합니다. 시간은 좀 걸리겠지만, 그것이 가장 좋을 것 같습니다."

당진진의 입가에 미소가 감돌았다.

"좋은 생각이다. 단순히 화산과 당가만 움직인다면 복수란 차원 이외에는 아무런 명분도 없을 것이다. 하지만 네 생각대로 한다면 정파의 연합 아래 녹림의 무리를 처단한다는 명분도 손에 넣을 수 있다. 이 부분은 하수연과 손을 잡고 잘 의논해 보아라. 자고로 얕은꾀는 여자가 남자보다 나은 것이다. 그래도 시간은 좀 걸리겠군."

"일 년 정도의 시간을 생각하고 있습니다. 돌아다녀야 할 곳도 많고 설득도 해야 합니다. 그 정도의 시간은 당연히 걸릴 것이라 생각합니다."

"지켜보마."

당무영이 당진진을 보며 물었다.

"도와주시겠습니까?"

"어차피 당가의 일이다. 그리고 당가는 은원이 분명하다."

"감사합니다."

"고마울 거야 없지. 그리고 당가의 아이들에게도 기별을 해서 도움을 받거라. 적을 쉽게 보는 것은 항상 패배의 원인이 된다. 지금 들리는 소문으로 보아 관표란 아이가 그리 만만한 것 같진 않다. 더군다나 정말 소문대로 투괴 그 늙은이가 끼어들었다면 일은 더욱 복잡해진다."

"명심하겠습니다. 이번 기회에 당가의 독이 얼마나 지독한지 뼈저리게 느끼도록 해줄 생각입니다. 그것은 세상이 모두 알아야 할 것입니다. 그래야 다시는 누구도 당가를 건드리지 못할 것입니다."

당진진이 미소를 머금었다.

"그래, 뭐든지 하려면 확실한 것이 좋겠지."

당무영의 눈에 살기가 스치고 지나갔다.

관표란 이름만 떠올라도 가슴이 두근거리고 살기가 머리로 치솟아 오른다.

잊어버리기엔 너무 처참하게 당한 사연이 그의 가슴에 불치의 상처를 남기고 있었다.

'이놈! 시간이 얼마가 걸리더라도 반드시 대가를 치르게 될 것이다.'

생각과는 반대로 당무영의 얼굴 표정은 침착하고 냉정했다.

천문이 녹림맹을 이기면서 얻은 보상금은 결코 적은 액수가 아니었다.

그 돈만으로도 천문이 지금 하는 사업을 끝내는 데 투자하고도 몇 년 동안 아무것도 안 하고 먹고사는 데 지장이 없을 정도였다. 그리고 공가채에서 가져온 금품도 제법 되었지만 녹림맹의 그것과는 차이가 컸다.

도둑의 집단인만큼 그들이 모아놓은 금은보화는 몇 개의 창고에 가득 쌓여 있었던 것이다.

그중에는 무림의 기물이라고 할 수 있는 만년한철도 있었는데, 그것은 관표가 전리품으로 따로 챙겼다.

자신만의 무기에 대한 아쉬움이 있었던 관표는 이 만년한철로 자신의 무기를 만들 셈이었다.

녹림맹과의 전투에서 대승은 돈 이외의 큰 이득을 주었다.

우선 가장 큰 성과는 천문의 제자들에게 자긍심을 크게 심어주었다는 점과 문주인 관표에 대한 믿음, 그리고 전 문도들이 일심으로 관표를 존경하고 따르게 되었다는 점이었다.

녹림맹의 전투에서 돌아온 수하들은 인기 만점이었다.

그들은 관표가 혈강시와 환제를 이긴 이야기며, 녹림맹을 어떻게 굴복시켰는지를 다른 사람들에게 이야기해 주느라 입이 닳을 지경이었다.

하지만 아무리 이야기를 해도 지겹지가 않았다.

또한 승리를 하고도 녹림맹을 천문의 지배 하에 놓지 않음으로써 관표가 가려는 방향이 녹림이지만 기존의 녹림과는 다르다는 것을 뚜렷이 제시하였다.

이제 정식 문파의 제자가 되었고, 십이대고수에 버금가는 고수가 자신들의 문주라는 자부심이 생기면서 그들은 완전히 하나로 뭉치고 있었다.

기존의 어디어디 소속은 천문이라는 큰 울타리 속에서 하나로 녹아들었던 것이다.

그리고 천문엔 다시 세 명의 인물이 더 입문을 하였다.

그들이 바로 오대곤과 진천, 그리고 유대순이었다.

오대곤과 진천은 각각 백여 명의 핵심 수하들과 식솔들을 데리고 왔고, 유대순 역시 백어 명의 수하들과 오심어 명의 식솔들을 데리고 천문으로 들어왔다.

다행히 녹림도원은 그들을 수용하고도 남을 정도로 넓어져 있었다.

오대곤과 진천은 장로의 신분이 되었고, 유대순은 새로 만들어진 비룡당의 당주이자 수군의 총사령관으로 임명되었다.

수군이 전혀 없는 천문에 수군 사령관이란 것이 조금 이상하지만, 유대순이 하는 일은 따로 있었다.

그는 수군 운용뿐만 아니라 배로 천문의 물건을 운반하는 문제까지 책임을 지게 된 것이다.

그때까지만 해도 사람들은 관표가 황하의 유역을 유대순으로 하여금 다스리게 할 생각인 줄 알았다.

그 외에 녹림천검대나 녹림천궁대 등은 앞에 녹림을 빼고 새로운 이름을 달아야 했다. 그래서 녹림천검대는 수호천검대로 녹림천궁대는 귀영천궁대로, 녹림철기대는 선풍철기대로 호칭을 바꾸었으며, 녹림풍운대는 대산풍운대로 이름을 바꾸었다.

이제 정식으로 천문이란 문파 이름을 쓰고 녹림과는 다른 길을 가기로 한 이상 녹림이란 말이 앞에 붙은 조직의 이름은 괜한 오해를 줄 수가 있었던 것이다.

오대곤이나 진천, 그리고 유대순은 처음 녹림도원에 들어왔을 때 산속에서 이루어지는 대규모 공사를 보고 놀라움을 금치 못했다.

그저 산골의 녹림산채 정도를 생각했던 것이다.

잘 장비된 마을이래 봤자 녹림맹 정도겠지, 생각했던 녹림도원의 규모는 그들의 상상을 넘어서고 있었다.

우선 천문이 들어서는 녹림도원의 넓이도 상상할 수 없을 만큼 넓었으며, 특히 돌과 통나무를 조화롭게 다듬어 만들어진 건물들은 아주 독특하고도 튼튼할 뿐만 아니라 아름답기까지 하였다. 비록 금은보화로 치장한 호화로움은 없었지만 담백하고 간결하면서도 넉넉한 넓이와 조화로움이 있었다.

하나의 집이 모이고 모여 마을을 이루는데 집의 위치와 터전, 그리고 정원과 천문의 본 건물들이 조화를 이루고 있었다.

사람이 사는 마을과 천문의 건물들은 정확하게 구분되어 있었으며, 마을 정면의 저수지 안에 있는 섬은 마을과 튼튼한 돌다리로 연결되어 있었고, 그 섬엔 문주인 관표의 집이 있었다.

이미 완성된 저수지 안은 맑고 투명한 물이 가득 차 있었는데, 물 위로 삐죽삐죽 솟아오른 기암 괴석은 마을 전경과 어울려 아름다운 풍광을 만들고 있었다.

자연에 인공이 가미되어 녹림도원은 무릉도원처럼 아름다운 마을로 만들어지고 있었던 것이다. 그리고 길과 옆으로는 큰 나무들이 심어져 있고, 어떤 집이든 집 주변과 천문의 건물 주위엔 나무와 꽃들이 심어져 있었다.

이제 거의 절반 정도의 작업이 진척되어 있었지만, 그것만으로도 능히 완성된 마을의 모습을 상상하고도 남음이 있었다.

오대곤과 진천을 더욱 크게 놀라게 한 것은 일을 하고 있는 강시들의 모습이었다.

진천은 일을 하는 상당수의 사람들이 비정상적으로 힘이 강하고 얼굴 표정이 이상한 것을 느끼고 왕단에게 물었다.

"저 사람들은 좀 이상하군."

"그들은 강시입니다."

그 말에 오대곤과 진천, 그리고 유대순이 얼마나 놀랐는지는 상상할 수 있는 일이었다.

일하는 강시라는 것은 상상도 해보지 못했기 때문이다. 그리고 그들은 살아 처음으로 강시마가 있다는 사실도 알았다.

"문주님을 만나고 나서 내 평생 동안 놀랐던 것보다 최소 열 배는 더 놀라고 있는 것 같군."

오대곤이 중얼거린 말이었다.

그리고 그 이후 그들에게 배정된 집 또한 너무 마음에 들었음은 물론이다.

천문의 중요 인물들이 모여 있는 전면에 관표가 앉아 있었다.

관표는 수하들을 보면서 말했다.

"이제 우리가 이루고자 했던 녹림도원의 모습이 점차 제 모습을 찾아가고 있습니다. 그리고 이제 아무리 구파일방이나 오대세가라고 해도 함부로 천문을 도발하진 못할 것입니다. 하지만 그들은 결코 우리를 그냥 보고 있지는 않을 것입니다. 그리고 그들이 우리를 공격해 온다면 어느 일개 방파가 아니라 대규모로 습격해 올 가능성이 큽니다. 그래도 우리에겐 약간의 시간이 있을 것입니다. 그 안에 우리가 이루고자 하는 일을 이루어 나가야겠습니다. 이제 차츰 이차 사업을 시작할 때라고 생각합니다. 그리고 우리의 힘을 더욱 길러야 합니다."

관표의 말에 천기당(天奇堂) 당주 이호란이 물었다.

"문주님께선 이차 사업으론 어떤 일을 계획하고 계신지 궁금합니다."

"이차 사업은 간단합니다. 지금 하고 있는 녹림도원의 완성을 빨리 끝내고, 마을 앞까지 큰 도로를 닦아 관도와 연결하는 것입니다. 그리고 마을로 들어오는 입구에서 약 삼백 장은 절진을 설치해서 녹림도원 안으로는 아무나 함부로 들어오지 못하게 해야 합니다. 그리고 그 절진 앞엔 큰 공터를 만들 것입니다. 나중에 그 공터는 큰 쓸모가 있을 것입니다. 그것은 조금 후에 발표를 하기로 하겠습니다. 그리고 모과산 바로 아래까지 수로를 만들 생각입니다."

수로란 말에 모든 사람들이 놀라서 관표를 본다.

오대곤이 놀란 목소리로 물었다.

"수로라면 지금 운하를 만들겠단 말입니까?"

"그렇습니다. 제법 큰 상선이 마을 어귀까지 올 수 있는 운하를 만들려고 합니다."

"그게 가능하겠습니까?"

"가능하다고 생각합니다. 우선 운하라고 해서 그렇게 큰 공사가 아닙니다. 지금 섬서성의 지리를 보면 섬서 남쪽으로는 진령산의 거대한 줄기가 동쪽에서 서쪽으로 길게 누워 있습니다. 그 이북은 황하의 영향 아래 있고, 남쪽엔 양자강의 지류인 한수의 유역입니다. 그리고 이 한수의 한자락이 바로 모과산에서 그리 멀지 않습니다. 그리고 그 지류는 다행히도 어지간한 상선 정도는 다닐 정도의 수계입니다. 이 지류를 잘만 이용하면 그다지 큰 공사를 하지 않아도 운하를 만들 수 있습니다. 이는 천기당(天技堂)에서 충분히 조사한 내용입니다."

모든 좌중이 조용해졌다.

이때 진천이 물었다.

천문에 가입한 지 얼마 되지 않는 진천이나 오대곤, 유대순은 아직 모르는 것이 많았고 궁금한 것이 많았다.

"그 운하가 필요한 이유는 무엇입니까?"

"상단이 다닐 수 있는 수로가 필요하기 때문입니다."

관표의 말에 오대곤과 진천, 그리고 유대순의 눈이 커졌다.

유대순이 놀란 표정을 감추지 못하고 물었다.

"상단? 그럼 정말 배가 필요할 정도로 큰 상단을 운영할 계획이셨습니까?"

이번엔 오히려 관표가 이상하다는 시선으로 유대순을 본다.

"유 당주님을 비룡당의 당주로 앉히면서 상단의 일을 해야 한다고 했던 이유가 그 때문입니다."

"그, 그렇습니까?"

유대순은 얼떨떨한 기분이었다.

그들은 얼마 전까지 녹림의 인물들이었다.

물건을 사고파는 상업을 한다는 것은 생각도 해본 적이 없었다. 관표가 상단 이야기를 했을 땐 그저 다른 문파들의 눈을 피하는 정도나 아님 생필품 정도를 사고파는 정도를 생각했을 뿐, 설마 대규모의 상단이란 생각은 하지 못했던 것이다.

비록 녹림을 지향하진 않지만, 힘 좀 있다고 으스대며 약자를 괴롭히는 타 문파를 공격해서 그들에게 전리품을 빼앗으면 재정은 충분하리라 생각한 것이다.

지극히 녹림적인 생각이었다.

그런데 운하까지 파면서 상선을 운용할 생각까지 하는 것으로 보아 단순한 상단을 운영할 생각은 아닌 것 같았다.

관표는 그들의 마음을 대충이나마 눈치채고 있었기에 그다지 신경을 쓰지 않았다.

아직은 적응이 필요할 시기였다.

그렇게 시간이 지나다 보면 적응하리라고 생각했다.

처음 녹림도원의 사람들이 다 그랬던 것처럼.

"한수는 양자강과 이어졌고, 양자강은 강남하고 바로 이어져 있습니다. 상단의 운영에 있어서 강북은 말을 이용하고 강남은 배를 이용한다면 정말 편리하게 상단을 운영할 수 있으리라 생각합니다. 이제 그 상선과 상선을 보호하는 군선까지 유 당주님이 담당하셔야 합니다."

유대순이 벌떡 일어섰다.

"맡겨주십시오! 반드시 해내겠습니다!"

유대순의 우렁찬 목소리에 모두 놀란 표정으로 그를 바라보았다. 그러나 유대순은 남들이 자신을 보거나 말거나 신경도 쓰지 않았다.

이제 더 이상 도적질이 아니라 당당하게 상선을 운영한다고 생각하니 가슴이 벅차올랐던 것이다.

이제 아내와 아이들에게 할 말이 생겼다.

관표는 다시 한 번 좌중을 둘러보면서 말했다.

"무력은 우리를 지키기 위해 필요한 것이지, 남의 물건을 빼앗기 위해 존재하는 것이 아닙니다. 물론 나는 어떤 때엔 무력도 불사할 것입니다. 하지만 무력을 사용함에 있어서 그 목적이 결코 돈이 되지는 않을 것입니다. 반드시 약자를 위해서 그리고 진정한 협을 위해서 사용할 것입니다. 우리의 아이들에게 우리가 도적질로 먹고산다는 말은 안 하게 하겠습니다."

관표의 말에 모든 수장들이 어깨를 폈다.

그들의 가슴속에 영웅의 기상이 싹트는 순간이었다.

협을 위해 무력을 쓴다. 그리고 돈은 당당하게 벌어서 쓴다.

그들에겐 낯설지만 절실한 말들이었던 것이다.

잠시 침묵이 흘렀을 때 여광이 물었다.

"문주님은 어떤 물건을 사고팔 생각이십니까?"

"내가 사고팔 물건들은 부피가 작더라도 중원에서 구하기 어려운 물건들일 것입니다. 그리고 보관하기 어려운 것들이나 가격이 비싼 물건들, 그리고 중원의 무인들이면 누구나 가지고 싶어 하는 보검이나 무기류 등을 취급할 생각입니다. 구체적으로 말한다면 다음과 같습니다. 조선의 인삼, 비단, 그리고 천축의 향료와 보석류 등을 취급할 생각입니다. 특히 우리가 하는 일들 중엔 바다의 어류를 내륙 깊숙이 팔 수 있도록 하는 것과 강남의 풍성한 과일을 강북에서 먹을 수 있게 하는 것도 포함될 것입니다. 그 외의 상품들은 우리가 찾아봐야 합니다."

관표의 말에 모두 눈이 휘둥그레졌다.

이호란이 놀라서 물었다.

"바다의 고기를 내륙으로 가져온단 말입니까? 그리고 강남의 과일을 강북으로 가져온다고 했습니까?"

"그렇습니다."

"그 물건들은 하루만 지나도 상할 것입니다."

"그건 걱정 마십시오. 빙한수가 어류들을 오래도록 상하지 않게 할 것입니다."

그 말에 모두들 아, 하는 표정들이었다.

그제야 관표가 가지고 있는 보물 중 하나인 방한수를 생각한 것이다. 빙한수를 잘 이용하면 분명히 가능할 것 같았다. 만약 그럴 수만 있다면 이거 정말 큰 이문이 남는 장사가 될 것이다.

바다의 물고기류는 쉬이 상하기 때문에 먼 곳까지 이동이 불가능하다. 아무리 돈이 많아도 바다의 고기를 내륙인이 먹기란 거의 불가능한 일이었다. 그런데 만약 빙한수를 이용해서 냉동된 채로 물고기를 운반할 수 있다면, 그것은 대륙 상계에 큰 혁명이 될 것이다. 그리고 강남의 과일 역시 마찬가지다.

이호란 역시 그제야 관표가 자신들에게도 나누어 주었던 빙한수란 존재를 생각해 내고 자신의 머리를 긁어대었다.

왜 자신은 그 생각을 하지 못했을까?

그것이 이렇게 유용한 물건일 거라고는 전혀 생각하지 못했던 일이었다.

이번엔 유대순이 물었다.

"그럼 물건을 파는 것은 어떤 식으로 하실 생각입니다."

"그 문제라면 상단의 책임자인 장 당주(총당주이기도 함)에게 들으십시오."

아마도 많은 문제를 이미 장충수 총당주와 의논해 놓았던 것 같았다.

모든 시선이 장충수를 향했다.

장충수가 일어서서 묵례를 하고 설명을 시작했다.

"우린 녹림도원 뒤쪽 산에 수십 개의 창고를 만들 것입니다. 그리고 그중 일부는 냉동 창고로 만들어 고기나 어류를 비롯해서 냉동 상태로 보존해야 하는 것들을 저장할 것입니다. 그리고 과일이 상하지 않게 신선한 채로 보관할 수 있는 창고도 만들 것입니다. 이제 남은 것은 그 물건들을 파는 문제인데… 우리는 우리의 물건을 살 사람을 직접 찾아가지 않을 것입니다."

그 말을 들은 사람들은 모두 어리둥절해하였다. 그러면 물건을 어떻게 판단 말인가? 장충수의 말이 이어졌다.

"우리에게 물건을 사고 싶은 사람들은 천문으로 직접 와야 합니다. 직접 와서 사가지고 가게 할 생각입니다. 또한 그 와중에 우리는 나름대로 큰돈을 벌 수 있습니다."

많은 사람들이 더욱 의아한 시선으로 장충수를 보자 장충수는 어깨를 으쓱하였다.

많은 사람들의 시선이 약간은 부담스러웠던 것이다.

"우선 마을 앞쪽에 상당히 넓은 공터를 만든다고 하신 것을 기억할 것입니다. 그곳에서 십 일마다 장을 서게 할 생각입니다. 즉, 십일장이 서는 것이죠. 그리고 거기서 우리의 물건들을 경매하는 것입니다. 물론 그들이 원한다면 배달은 우리가 해줍니다. 그리고 배달료는 따로 받을 것입니다. 개인이 사간다면 바로 개인이 쓸 것이고, 또한 상단이 사간다면 그들은 그 물건을 가지고 가서 바로 소비자들에게 팔 수 있게끔 할 것입니다. 즉, 우리는 거의 대부분을 상단에게 팔고 최종 소비자는 상단이 선택해서 팔게 하면 됩니다. 그 외에도 개인적으로 오는 사람들도 있을 것이지만 일정 이상의 물건을 구입하지 않으면 적은 양은 팔지 않을 생각입니다. 또한 한 상단에 독점으로 물건을 공급하진 않을 생각입니다. 우린 우리의 물건을 사는 상단뿐 아니라 그 외에 진귀하고 값나가는 물건이라면 누구든지 이곳에서 물건들을 사고팔 수 있게 할 생각입니다. 그렇게 해서 이곳을 대륙 최고의 거래 시장으로 만들어갈 생각입니다. 그야말로 십 일마다 거대한 장이 서게 되고, 세상의 진귀한 물건들이 이 십일장에서 거래될 수 있게 된다면, 그것만으로 우리가 얻는 부가가치는 상상할 수 없이 많게 될 겁니다."

모두 입이 턱 벌어진다.

생각만 해도 가슴이 두근거리는 말이었다.

정말 그렇게만 된다면 말이다.

세상에서 가장 강한 힘 중에 하나가 바로 돈이다.

생각대로만 된다면 천문은 무력과 함께 금력도 손에 넣게 되는 것이다.

오대곤이 숨을 돌리며 장 총당주에게 물었다.

"장 당주, 그렇게 되면 대충 어떤 부가가치를 얻게 되는 것입니까?"

"소소님께서 말씀하신 것을 제가 대충 정리해서 말씀드리겠습니다. 참고로 이 계획은 문주님과 소소님께서 계획하고 나와 천기당의 조공께서 세밀한 계획을 만든 것입니다. 우선 예상대로 이 십일장이 커지면 보통 하루가 아니라 삼 일 정도의 시간 동안 계속해서 장이 설 수도 있습니다. 그러자면 수많은 사람들이 이곳으로 몰려올 것입니다. 우선 상단의 사람들, 물건을 사고 싶은 사람들과 그 종자들, 개인적으로 구경 오는 사람들 등등, 그 사람 수는 정말 적지 않을 것입니다. 이렇게 온 사람들은 잘 곳도 필요하고 먹고 마실 곳도 필요할 것입니다. 즉,

그 모든 상업적인 부분을 천문에서 완전히 독점할 수 있습니다.”

사람들은 모두 조용해졌다.

정말 그럴 수만 있다면 얼마나 좋겠는가. 굳이 물건을 팔러 다닐 필요도 없고, 살 사람들이 알아서 찾아오게 만든다니 꿈같은 이야기였다. 그러나 그 말이 아주 허황되게 들리지 않는 것은 분명한 계획과 방법이 제시되었기 때문이다.

상단이란 물건이 있고 이문이 남는 곳이라면 어디든 간다.

그런데 냉동 어류와 진귀한 물건들, 그리고 그것을 원하는 곳에 배달할 수 있는 모든 것이 갖추어진 곳이 있다면 그들은 절대 외면할 수 없으리라. 그 외에도 수많은 교역이 이루어질 수 있는 곳인데 안 올 상단은 없을 것이다.

관표가 좌중을 둘러보며 말했다.

“단, 우리가 배달해 줄 수 있는 물건은 냉동된 채로 운반해야 하는 것들이나 그 값어치가 황금 백 냥 이상의 가치가 있는 물건에 한합니다.”

천검대의 대주인 단혼검 막사야가 의문스런 표정으로 물었다.

“그건 왜 그렇습니까? 차라리 운반을 독점한다면 오히려 돈을 더 벌 수 있지 않습니까?”

막사야의 말에 관표가 다시 대답하였다.

“그건 모르는 소리. 우리가 그것을 독점한다면 표국들에겐 별 볼일 없는 곳이 되고 맙니다. 그건 오히려 큰 것을 놓치는 결과를 가져옵니다. 이곳은 상계와 관련이 있는 사람들에겐 누구나 이상향으로 보이게 해야만 합니다. 그래야 사람이 더욱 많이 모여들고, 그들은 우리가 운영하는 주루와 객점에서 돈을 쓰게 될 것입니다. 작은 푼돈으로 고생

하는 것보다 그게 더 유리합니다."

그 말에 모든 사람들이 찬탄을 하면서 무릎을 쳤다.

여광이 관표를 보면서 물었다.

"문주님은 대체 언제부터 이런 생각을 하고 계셨던 겁니까? 참으로 대단하시단 말밖에 할 말이 없습니다."

여광의 한마디를 기점으로 수장들이 저마다 감탄의 말을 하자 관표가 웃으면서 말했다.

"대략적인 것만 생각했을 뿐입니다. 방향을 제시한 것은 나지만 구체적인 것을 생각한 것은 내자인 소소이고, 그 외에 세부 사항은 천기당(天技堂)의 조공 형님과 그의 수하들이, 그리고 장 당주님이 하셨습니다. 그러니 과한 칭찬은 이만 하셔도 될 것 같습니다. 그보다는 조금 더 구체적인 이야기를 해야 할 것 같습니다."

관표가 말을 하면서 장충수를 바라보았다.

장충수가 가볍게 헛기침을 하자, 약간 들떠 있던 수장들이 얼른 침묵을 한 채 그에게 시선을 모았다.

"우리는 장이 설 곳에서 반 시진 정도 떨어진 곳에 새로운 마을을 만들 것입니다. 물론 이곳엔 최고의 기루와 객점, 그리고 도박장이 들어설 것입니다. 또한 이곳에다 수많은 상단과 표국들의 지점을 들어서게 할 작정입니다. 단, 이 마을은 우리가 관리를 합니다. 그리고 최고급 주루와 객잔뿐 아니라 일반 무사들도 편하게 먹고 마시고 잘 수 있는 보통의 주루와 객점도 함께 운영할 생각입니다. 그리고 이곳은 바로 우리가 만들려는 운하가 시작되는 곳이기도 합니다. 그래서 교통수단도 배와 육로 어느 것으로도 접근이 용이하게 할 작정입니다. 이상으로 천문의 사업 계획과 앞으로의 일정을 끝내겠습니다. 혹시 더 물어

보고 싶은 것이 있으십니까?"

기다렸다는 듯이 이호란이 관표를 보고 물었다.

"그렇다면 앞으로 농사는 짓지 않을 생각입니까?"

"안 지을 생각입니다. 무공을 익히지 않은 녹림도원의 사람들은 새로 생긴 마을에서 상업 활동을 하거나 천문의 자잘한 일들을 하게 할 생각입니다. 그리고 일부는 강시들과 함께 농사나 난공사의 원정을 갈 것입니다."

이호란의 눈이 동그랗게 변했다.

"원정이오?"

"그렇습니다. 강시들을 이용해서 농사를 지어주고 일정량의 곡식이나 돈을 받거나 아주 난공사 같은 것을 맡아서 강시들을 투입해 공사를 완공하는 사업입니다. 이미 녹림도원의 공사를 하면서 보았겠지만, 그들의 능력은 아무리 적게 잡아도 장정 열 명 이상의 힘을 냅니다. 어떤 일에는 상상할 수 없을 만큼의 위력을 발휘하기도 합니다. 마을 사람들 중 무공을 모르는 사람들을 골라 이들을 감독하고 부리는 일을 하게 할 생각입니다. 물론 호위대로 일부 무인들이 함께 활동할 수 있게 할 생각입니다."

들을수록 기가 막힌 방법들이 쏟아져 나온다.

모두 감탄한 표정들을 하고 있을 때 관표가 장충수를 보고 고개를 끄덕였다.

"조금 더 자세한 이야기는 두고두고 하는 것으로 하겠습니다. 오늘은 이만 여기서 끝내기로 하겠습니다."

장충수의 말이 끝나자 수장들의 박수 소리가 반 각 동안이나 끊어지지 않았다.

모든 수장들은 약간씩 흥분한 표정들이었다.

그들이 생각해도 정말 기가 막힌 방법들이었고, 충분히 실현 가능한 이야기들이었던 것이다.

관표가 일어서며 나직하게 말했다.

"이 모든 상황을 일단은 다른 곳으로 새어나가지 않게 조심하시기 바랍니다."

"충!"

어느 때보다도 큰 소리가 녹림도원을 뒤흔들었다.

"자, 이제 기분 좋게 한잔씩 합시다. 그리고 창고에서 고기와 술을 풀어 천문의 모든 수하들도 마음 놓고 한잔씩 하라고 하십시오."

"와아!"

함성 소리가 다시 한 번 울려 퍼진다.

관표 역시 기꺼운 표정이었다.

'반드시 성공하리라!'

관표의 결심이었다.

第八章

사랑을 지키는 여자, 복수를 꿈꾸는 여자

　술잔치가 가득한 녹림도원을 등지고 관표는 자신의 집으로 향했다.

　수많은 수하들이 그의 손을 잡았지만 그는 조용히 일어서서 술자리를 나왔고, 눈치있는 수하들은 모르는 척해주었다.

　관표가 누구에게 가려 하는지 아는 까닭이었다.

　이미 자정이 다 되어가는 하늘엔 별이 총총하고 초승달이 그 운치를 더해주고 있었다.

　풀벌레 우는 소리가 관표의 귓전을 돌아 호수 위로 사라진다.

　더없이 평화롭고 아름다운 밤이었다.

　관표의 걸음이 문득 멈추어졌다.

　그의 시선이 하늘로 향했다.

　그 자세로 잠시 동안 서 있던 관표의 시선 안으로 하나의 얼굴이 천천히 떠오른다.

'녀석, 어디 있는 것이냐? 아무리 그래도 가끔 집에 연락이라도 하지. 아버님, 어머님이 그렇게 걱정하고 계시는데.'

동생 관이의 생각이 떠오른 것이다.

지금 생각해 보니 동생의 마음을 충분히 이해할 수 있을 것 같았다. 그래서 더욱 마음이 아프다.

혹여 자신이 동생 문제로 신경 쓸까 봐 자신 앞에서는 동생 이야기를 하지도 못하시는 부모님을 생각하면 더욱 안타까웠다.

관표는 그렇게 반 각 정도 서 있다가 다시 걸음을 옮겼다.

집으로 들어가는 큰 돌다리 앞에 도착하자 초번을 서고 있던 두 명의 수하가 차려 자세로 인사를 해온다.

관표는 그들에게 작은 미소로 인사를 대신하고 돌다리를 건넜다.

돌다리를 지나자 인공 호수의 제법 큰 섬 위에 집이 한 채 있었다. 섬은 생각보다 상당히 넓었는데, 그곳에 세워진 집은 운치가 있었다.

관표의 집은 모두 몇 개의 부분으로 나누어져 있었는데, 관표는 가장 큰 건물로 들어가 부모님께 인사를 드리고 작은 별채로 향했다.

"들어가도 되겠소?"

관표의 물음에 안에서 소소의 목소리가 들려온다.

"야심한 시각이옵니다. 쉬시지 않고요."

관표가 웃으면서 대답하였다.

"나야 소소 옆이 곧 쉼터 아니겠소."

"말솜씨가 많이 느셨습니다."

"내 밑으로 수하가 많다 보니 어쩔 수 없는 일이오. 능력이 안 되니 말이라도 잘해야 견딜 수 있을 것 아니오."

"호호. 불쌍하신 양반, 어여 들어오세요."

"허허. 이거 참, 그래도 고맙소."

관표가 문을 열고 들어서자 소소는 이미 일어서서 기다리고 있었다.

은은한 불빛 속에 흰옷을 입고 있는 모습은 천사가 따로 없었다.

관표는 잔신도 모르게 감탄하면서 말했다.

"참으로 아름답소!"

그 말에 소소가 얼굴을 붉히면서 말했다.

"입에 꿀을 바르셨군요. 어서 자리에 앉으십시오."

관표가 한번 가볍게 웃은 다음 자리에 앉았다.

"허허, 누구든 좋아하는 사람 앞에 앉으면 입술에 저절로 꿀이 흐르게 마련인가 보오."

소소는 관표를 보고 살포시 웃었다.

처음 보았을 땐 상당히 투박해 보였던 사람이었다. 하지만 시간이 갈수록 달라지고 있었다.

"조금 심란하신 모양입니다."

"그렇게 보이오? 사실 조금 심란하긴 하다오. 많은 사람들이 나를 보고 있다는 것은 적지 않은 부담이니 그 정도의 심란함은 당연한 짐이라고 할 수 있지 않겠소."

관표는 차분하게 말을 하면서 웃고 있었다.

소소는 그 웃음 속에서 어떤 자신감을 읽었다. 그리고 그 자신감 속에 숨어 있는 불안감도.

"무엇인가 불안한 모양입니다."

관표는 잠시 동안 소소를 바라보다가 말했다.

"꿈이 이루어지기까지 적지 않은 피가 흐를 것 같소."

"피라니요?"

"나에겐 은원이 있소. 그 은원으로 인한 것이 있을 것이고, 커가는 천문의 힘에 질투를 느낀 타 방파들이 또한 가만있지 않을 것이오. 그리고 그들은 함께 움직일 수도 있소. 그렇게 되면 우리의 힘만으로는 많이 부족할지도 모르오. 그뿐이 아니오. 언제 어떻게 터질지 모르는 전륜살가림도 큰 문제요. 그들 또한 나와 적잖은 은원이 있는 상황이니 말이오. 그리고 우리가 철기보를 멸문시키면서 백호궁과도 은원이 생겼소. 그들 중 어느 한 곳도 우리보다 약한 곳이 없구려. 그리고 세상 밖으로 나간 관이가 어떻게 지내는지 몹시 궁금하구려. 하지만 내 책무가 막중해서 찾아 나서지 못하니 그것 또한 어려운 문제구려."

관이에 대해서는 이미 들어서 잘 알고 있었다.

시부모님에게 유일한 걱정거리가 있다면 소소에게 큰도련님이라고 할 수 있는 관이의 문제였다.

그것을 생각하면 소소의 가슴도 아프다.

당장에라도 찾아 나서고 싶으리라. 그러나 지금 상황이 관표의 발을 붙잡고 있는 것이다.

시부모님들은 그것을 알기에 관표의 앞에서 관이의 이야기를 꺼내지 않으셨다.

때가 되면 관표가 찾아 나설 것을 알기 때문이었고, 괜한 말로 그의 심기를 불편하게 하고 싶지 않은 때문일 것이다.

가족과 책임져야 할 사람들과의 사이에서 갈등할 수밖에 없는 지아비의 모습이 안타까웠다.

소소는 관표를 묵묵히 쳐다보았다.

마치 별처럼 아름다운 시선이 관표를 살며시 쓸어 담는다.

관표는 마음이 편안해지고 포근해지는 것을 느꼈다.

소소가 두 손으로 관표의 머리를 안아 살며시 자신의 가슴에 묻었다.

관표는 마치 말 잘 듣는 아이처럼 소소의 품 안에 안겨들었다.

소소는 천천히 관표의 머리를 아래로 내려 자신의 무릎 위에 올렸다. 관표는 자연스럽게 소소의 무릎을 베고 누운 상태가 되었다.

그 모습은 너무도 편안해 보여서 누가 본다면 둘이 항상 그런 자세로 있었을 것이라고 오해할 만한 광경이었다. 그러나 실제로 관표와 소소가 다시 만나서 이런 광경을 연출한 것은 이번이 처음이었다.

관표가 항상 정도를 지켰기 때문이다.

소소의 작은 목소리가 관표의 귓전을 울렸다.

"오늘만큼은 편안하게 주무세요. 골치 아픈 걱정들은 모두 내일 생각하세요. 그리고 큰도련님은 잘 계실 것입니다. 동생을 믿고 기다려주는 것도 좋은 일이라 생각합니다."

소소의 말에 관표가 고개를 끄덕였다.

소소의 무릎은 관표를 편안하게 해주었고, 그녀의 체향은 관표의 모든 근심을 덜어가고 있었다.

소소는 관표의 목을 앉고 더욱 바싹 자신의 품 안에 끌어안은 다음, 나직하게 노래를 부르기 시작했다.

남자는 호미를 들고 밭을 일구었죠.

그날 여자는 솜이불 아래서 꿈을 꾸었답니다.

바람이 불다 초승달에 걸리고

별이 울다 잠이 드는 이른 초저녁에,

지아비를 기다리는 소녀는 어느새 여자가 되어갑니다.

먼길을 가다 지치고 지치면 내 품에서 쉬어 가라고,

어둠의 둔덕에 사랑을 걸치고 기다립니다. 당신이 그렇게 잠이 들면 나는 밤새워 새벽을 지킵니다.

백리소소가 아주 오래전 관표를 그리며 만들었던 노래였다.

언제고 관표를 만나면 불러주고 싶었던 노래 중 하나였다.

그 노래를 들으며 관표는 잠이 들었다.

근래 들어서 가장 편안하게 잠이 들었던 것이다.

백리소소는 아침에 관표가 깰 때까지 그 자세로 그렇게 앉아 있었다.

자신의 무릎에서 잠이 든 연인의 단잠을 지키면서.

다음날부터 관표의 무공 지도는 더욱 혹독해졌다.

살아남기 위해서는 강해져야 한다는 것이 그의 생각이었다.

관표는 새로 가입한 오대곤, 진천, 유대순에게도 새로운 무공을 전수하기 시작했고, 그들의 수하들에게도 무공을 전수하기 시작했으며, 관이의 문제는 조금 더 시간을 두고 풀기로 하였다.

걱정되지 않는 것은 아니지만 관표는 관이를 믿었다. 그리고 자신의 소문이 강호에 퍼지면 반드시 찾아올 것이라 믿은 것이다.

관표는 또한 자신의 동생들에게 남녀 불문하고 무공을 가르치고 있었는데, 그 수련 강도를 더욱 높이고 있었다.

마침 그 시기에 그동안 조금씩 준비를 해오던 맹룡십팔관이 마을 뒷산 동굴 속에 완공되었다.

이번에 만들어진 맹룡십팔관은 투귀가 맹룡십팔투를 위해 만들어놓았던 것을 이곳으로 옮겨 다시 복원한 것으로, 원래의 그것에 비해 상당히 완화시켜 완공시켰다. 하지만 그 안에 강시들을 배치함으로써 비록 위험도와 난이도는 낮아졌지만, 무공을 수련하기에는 더욱 알맞은 장소로 탈바꿈되었다.

새로운 무공.

그것도 정석의 무공을 접한 오대곤과 진천, 유대순의 기쁨이란 것은 쉽게 말로 표현하기 힘든 것이었다.

그들은 천문을 알고부터 지금까지 수시로 놀라고 감탄하고 있는 중이었다.

정말로 관표를 따르길 잘했다고 백 번 이상은 마음속으로 중얼거렸다.

문제라면 세 사람 모두 나이가 많아 새로운 무공을 수련하기가 쉽지 않다는 것이었지만, 그것을 해결한 것은 관표의 건곤태극신공이었다.

관표는 건곤태극신공의 태극개정대법으로 그들의 단전 틀을 다시 잡아주었고, 전수하는 무공을 현재 그들이 지닌 내공과 충돌하지 않게 조금씩 변형하여 쉽게 배울 수 있게 해준 것이다.

그 다음 관표가 지시한 것은 전 수하들에게 말을 능숙하게 다루도록 한 것이다. 그리고 자신 또한 말 타는 법을 배우기 시작했다.

말은 앞으로 관표가 하는 일에 꼭 필요한 수단 중 하나라고 할 수 있었다.

다행이라면 무인들치고 말 타는 법을 모르는 사람이 거의 없어 실제 승마를 배워야 할 사람들은 전체의 오분의 일도 되지 않았다는 사실이었다.

관표는 모과산의 밋밋함 봉우리를 풀밭으로 개간해서 말을 방목하는 방법도 개발하도록 지시하였다.

천여 명이 넘는 천문의 제자들은 공사하랴, 무공 배우랴, 말 타는 법을 배우랴 정신없이 시간을 보내고 있었다. 그러나 누구 하나 불평불만을 터뜨리는 사람은 없었다.

새로운 무공을 배우고 자신들이 사는 터전을 만드는 일에 불만을 가진다면 그것이 오히려 이상한 일이라고 하겠다.

관표는 수하들뿐이 아니라 자신의 무공에 대해서도 심혈을 기울였다.

우선 자신이 터득하고 있는 신공들에 대해서도 더욱 정진을 하였고, 자신이 아는 모든 초식을 모아서 하나의 무공으로 만들고 있었다.

그것은 녹림맹에서 가져온 만년한철을 천기당의 대장간에 맡긴 후 자신이 원하는 무기를 만들도록 준비시키면서 그 무기에 맞는 무공이 필요하다고 생각했기 때문이었다.

다행히 그 무기는 관표에게 어느 정도 익숙한 병기였다.

하지만 관표가 사용할 수 있는 무기술은 함부로 사용할 수 없는 무공이라 대처 방안으로 사용할 수 있는 무공을 가지려는 것이다.

우선 그가 만들려는 무공의 근본은 삼절황에서도 가장 강한 무공인 광룡삼절부법(光龍三絶斧法)이었다. 그리고 그가 새로 만들려는 무기도 도끼였다.

삼절황 중에서도 이 광룡삼절부법은 가장 어렵고 난해했다.

또한 가장 무서운 위력을 지니고 있기도 했다.

관표가 아무리 노력하고 시간이 흘러도 별다른 발전이 없는 무공은 바로 광룡삼절부법뿐이었다.

단순히 무공이 모자라서가 아니었다. 초식의 흐름을 이어가는 공부가 워낙 난해하고, 어떤 깨달음이 없다면 더 이상 진전을 이어가기 어려운 공부였던 것이다.

그 때문에라도 관표는 부법에 대해서 기초부터 다시 시작하기로 한 것이다. 그리고 어차피 한 가지 정도의 무기 사용법은 있어야 했다. 그래서 선택한 것이 바로 도끼였고, 그가 지니고 있는 열두 개의 무공 중의 하나가 바로 붕산월광부법(崩山月光斧法)이었다.

붕산월광부법은 그가 오대곤에게 가르쳐 준 부법이기도 했다.

관표는 광룡부법에서 쉬운 부분을 따서 근간으로 한 다음, 붕산월광부법과 오대곤의 벽력철환부법(霹靂鐵幻斧法), 그리고 자신이 아는 무공들을 조합해서 자신에게 적합한 도끼 쓰는 법을 만들어갈 생각이었다.

다행히 그것은 그다지 어렵진 않을 것 같았다.

광룡삼절부법 때문에 어차피 붕산월광부법을 연구한 상태라 거의 완벽하게 이해하고 있는 상황이었다.

단지 실제로 익히지만 않았을 뿐이었다.

그에게 있는 열두 개의 무공도 수하들에게 가르치기 위해서 이미 연구한 상태라 부법을 만들어가는 데 큰 도움이 될 것 같았다.

문제는 만년한철을 녹여서 도끼를 만드는 데 걸리는 시간이었다.

중원에서 최고의 화로를 구해주고 가장 뛰어난 장인 중 한 명을 직접 데려왔지만, 재료가 재료인만큼 육 개월은 걸려야 완성할 것이란 말을 들었다.

큰 문제는 없었다. 무기가 완성되기 전까진 평범한 도끼로 수련하면 되기 때문이었다.

그렇게 시간이 흐르고 있었다.

칠월이 되자 관도로부터 마을 어귀까지 이어진 도로 공사와 녹림도 원 앞의 거대한 시장터를 비롯해, 물건을 사고팔 수 있는 건물들을 짓기 시작하였고, 다시 시장터에서 반 시진 거리에 마을을 건설하기 시작하였다.

관표는 시장터나 새로운 마을이나 주변 환경과의 조화와 경치에 큰 중점을 두었다.

마을에서 시장까지 오는 길가엔 꽃나무를 삼중으로 심어 봄, 여름, 가을이 서로 다른 풍치를 자아내게 만들었다. 도로 바닥엔 편편한 돌을 깔고 물 빠짐 수로를 만들어서 아무리 비가 와도 진흙탕이 되지 않도록 하였다.

그와 동시에 새로 만드는 마을 입구 근처로 거대한 운하를 만들기 시작하였다.

녹림맹에서 가져온 금은보화를 전부 동원하여 만여 명의 일꾼들을 일차로 사들였다. 그리고 강시들과 강시마가 투입된 운하 건설 사업이 시작된 것은 칠월 초였다.

처음 운하를 건설할 때 가장 문제가 된 것은 관이었지만, 그 문제는 황궁의 실력자에게 상당한 금품을 살포하고 무마시킬 수 있었다.

황궁 쪽 또한 무림 단체와 충돌하는 것을 꺼려하였고, 운하라고 하는 것이 기껏해야 기존의 강물을 오십 리 정도 안쪽으로 끌어들이는 것이라 큰 문제가 아니라고 생각한 것이다.

관표가 많은 인원을 한꺼번에 투입한 것은 빠르고 신속하게 운하 사업을 끝내려는 욕심 때문이었다.

어차피 전 무림의 시선이 천문에게 쏠려 있는 상황이라 들키지 않을 순 없을 것이다.

그럴 바엔 아주 대놓고 가장 빠르게 처리하는 것이 좋다고 생각한 것이다.

그 외, 조공의 천기당과 이호란의 천기당이 힘을 합해 냉동 마차를 만들어내고 있었다.

두 개의 나무판 사이에 작은 틈을 주어 마차의 몸체를 만들고 겉을 쇠로 감싼 이 마차는 말 네 마리가 끌 수 있게끔 설계되었다.

일단 제조된 마차는 나무와 나무 사이의 틈으로 특수 가공한 소청빙한수를 흘려 넣으면 된다.

수십여 차례의 실험 끝에 만들어진 이 빙한수 마차는 생각 이상의 결과를 가져왔다.

마차 안에 육류나 과일 등을 넣고 실험한 결과 보름 이상이 지나도 안의 물건이 싱싱함을 그대로 유지했던 것이다. 하지만 육류는 시간이 지나면서 썩기 시작하였다.

그러나 소청빙한수를 탄 물로 얼린 육류를 마차에 넣고 실험한 결과 아무리 시간이 흘러도 언 상태 그대로 보존되었다.

실험이 끝났을 때 두 천기당의 수하들은 환호를 하였다.

이제 과일 종류뿐만 아니라 물고기나 육류까지도 원하는 곳에 신선함을 유지한 채로 운반할 수 있게 된 것이다.

만약 운남 지방에서만 나는 과일을 북경에 가져다 판다면 얼마나 이문이 남을까? 그건 부르는 것이 값이라 할 수 있겠다.

그 외에도 어류나 육류 저장 창고와 과일 저장 창고를 건설하기 시작하였고, 그런 작업들은 착착 진행되어 가고 있었다.

'쿵, 쿵' 하는 소리가 작업하는 사람들 귀에 천둥소리처럼 크게 들려왔다.

관표가 돌산을 허무는 작업장에 나타난 것은 칠월의 어느 날이었다.

그는 나무로 만들어진 도끼 몇 자루를 들고 나타났는데, 그 도끼로 바위를 찍기 시작한 것이다.

그리고 그의 도끼질은 하루도 안 빠지고 쉼없이 계속되었다.

그의 도끼질엔 사대신공과 붕산월광부법이 번갈아가며 운용되고 있었지만 다른 사람들은 그것을 알 수 없었다.

평소 관표의 무시무시한 힘에 대해서 아는 수하들이 볼 때 관표의 나무 도끼는 돌을 자르고 있는 것이 아니라 부수고 있다고 느낄 뿐이었다.

관표의 행동은 천문의 제자들에게 큰 화젯거리가 되었다.

한 가지 확실한 것은 관표가 무공을 수련하고 있다는 사실이었다. 그러나 관표가 왜 그런 식으로 무공 수련을 하는지에 대해서는 아무도 이해를 못하고 있었다.

그리고 그것을 감히 묻는 사람은 없었다.

대략 짐작되는 부분이 있기는 했다.

천문의 제자들 역시 노동을 하면서 무공을 깨우치고 배운 점이 적지 않았기 때문이다. 그리고 그 방법을 가르쳐 준 것이 바로 관표였다. 그렇다면 관표의 행동 또한 그 방법하고 관련지어서 생각하면 이해를 못 할 바는 아니었다.

다른 사람들이 궁금한 것은 대체 관표의 무공 실력에서 이런 식의 무공 수련이 왜 필요한가 하는 점이었다.

결국 궁금함을 참지 못한 장충수가 묻자 관표는 웃으면서 말했다.

"나에게 맞는 무기 사용법을 배우는 중입니다."

"문주님의 실력에서 이런 식의 무공 수련이 도움되겠습니까?"

"아무리 무공 실력이 높아도 기초는 항상 중요합니다. 단순히 내려치는 것 한 가지 방법에도 수많은 내공의 운용이 있을 수 있습니다. 한번 보시겠습니까?"

관표의 말이 떨어지자 수많은 제자들이 모여들었다.

관표는 도끼를 들고 직선으로 내려치면서 철마대력신공을 운용하였다.

금자결로 단단해진 도끼.

그 안에 역시 대력철마신공의 신자결.

즉, 대력신기를 운용하여 내려쳤다.

'꽝' 하는 소리가 들리며 돌산 일부가 박살나며 나무 도끼가 돌 사이에 들어가 박혔다.

보던 사람들은 관표의 엄청난 힘에 다시 한 번 놀랐다.

매번이지만 관표의 괴력은 볼 때마다 사람을 놀라게 하곤 하였다. 그리고 나무 도끼가 마치 쇠도끼처럼 단단하게 변해서 바위를 부숴내는 것을 보고 그 역시 감탄을 숨기지 못했다.

'역시 문주님' 하고 모두들 생각할 때 관표는 다시 도끼를 들어올렸다.

나무 도끼가 다시 한 번 돌산을 내리찍었다.

보여지는 위력과 속도는 조금 전과 전혀 달라 보이지 않았다. 그러나 도끼가 돌산을 찍었을 땐 달랐다.

'꽝' 하는 소리와 함께 도끼로 찍은 부분이 벽력탄처럼 터져 나갔다. 그리고 수십 개의 부서진 돌이 사방으로 튕겨져 나갔다.

모두 기겁해서 뒤로 물러선다.

이는 대력철마신공의 탄자결을 운용한 때문이었다.

모두 놀란 가슴을 쓸어 내릴 때 관표의 도끼가 다시 한 번 하늘을 가르고 있었다.

한데 여전히 같은 방법이었다.

속도도, 그리고 보여지는 도끼의 기세도 조금 전과 전혀 다름이 없었다.

모두 두 눈을 크게 뜨고 지켜본다.

도끼가 돌산을 찍었다. 그런데 이번엔 '슈걱' 하는 소리가 들리며 돌산의 일부가 쪼개져 나갔다.

검으로 나무를 자른 것처럼 반듯하게 잘려 나간 바위는 중병기를 사용했다고 믿기 어려울 정도였다.

천문의 수하들이 다시 한 번 놀라서 관표를 볼 때 관표의 입가엔 씁쓸한 미소가 떠올랐다.

모는 사람들은 모두 감탄을 금치 못했지만, 매우 마음에 안 들었던 것이다.

언뜻 보면 반듯하게 잘린 것 같았지만 관표가 보았을 땐 매우 투박했던 것이다.

지금 관표가 쓴 무공이 붕산월광부법의 비월참(飛月斬)이었다.

붕산월광부법은 총 팔 초식으로 되어 있었다. 그래서 팔광월부(八光月斧)라도 불리며, 더 줄여서 팔광월이라고도 하였다.

비월참은 그 여덟 가지 초식 중 제육초식이었다.

보고 있던 사람들 중에 관표의 초식을 알아본 사람은 아무도 없었다. 하물며 팔광월부를 배우고 있는 오대곤조차 알아보지 못했다.

똑같은 속도와 똑같은 힘으로 내려친 도끼가 보여준 위력은 전부 달랐고, 그 결과도 달랐다.

강한가 하면 파괴력이 있었고, 그런가 하면 예리하였다.

보던 천문의 제자들은 모두 놀란 표정들을 감추지 못했다.

도끼의 위력에 놀란 것이 아니었다.

그들이 보았을 땐 똑같은 도끼질인데 나타나는 결과가 완전히 달랐던 것이다.

"처음에 무공을 배울 때 형(形), 즉 투로는 아주 중요한 요소입니다. 그것은 가장 기본이 되는 무공이기도 합니다. 하지만 조금 더 발전하면 더 중요한 것이 있습니다. 바로 진기의 운용입니다. 물론 기본형을 배울 때도 내공의 흐름과 운용은 정말 중요한 요소입니다. 하지만 그것이 조금 더 발전하면 진기는 형의 틀을 넘어서서 자유롭게 통제할 수 있게 됩니다. 물론 그것엔 몇 가지 조건이 있긴 합니다. 그 조건을 떠나서 이렇게 같은 속도와 같은 방법으로 무기를 휘둘러도, 진기를 어떤 식으로 운용하고 어떤 식으로 무기에 주입하느냐에 따라 위력은 달라질 수 있습니다. 그리고 초식 자체를 형이 아니라 진기의 운용만으로도 가능하게 됩니다. 이것을 마음먹은 대로 자유롭게 할 수 있다면 초식의 형이 가진 틀을 벗어나서 마음대로 무기를 휘두르며, 상황에 따라 적절한 초식을 쓸 수 있게 됩니다. 물론 그것 또한 할 수 있는 조합이 있고 그렇지 않은 조합이 있긴 합니다."

그 말을 들은 사람들은 모두 개안을 하는 느낌이었다.

장칠고가 궁금한 표정으로 물었다.

"그렇다면 문주님, 우리도 그것이 가능할 수 있습니까?"

"아직은 아니다. 자칫하면 주화입마에 빠질 수 있다. 그러려면 역시 어느 단계 이상의 무공 실력을 지녀야 한다. 하지만 지금 작업을 하면서 내기를 운용하게 한 것은 내가 지금 보여준 것과 어느 정도 일맥상통한다. 그러니 열심히들 하도록."

"와아!"

관표의 말을 들은 천문의 수하들이 환성을 질렀다. 그리고 그 이후에 더욱 열심히 일을 한 것은 당연하였다.

第九章

풍운(風雲) 맹룡천문

관표가 도끼질을 마치고 집으로 돌아가고 있을 때였다.

청룡단의 부단주인 적황이 말을 타고 달려왔다.

"문주님, 문주님의 의동생이라고 하는 분들이 오셨습니다."

관표의 얼굴에 반가운 표정이 떠올랐다.

헤어진 후 몇 번 서신만 주고받았던 팽완과 종남의 유지문이 직접 그를 찾아온 것이다.

"모두 데려와라!"

관표의 명령이 떨어지자 적황이 다시 마을 밖으로 달려 나갔다.

잠시 후 유지문과 팽완이 녹림도원의 안으로 들어왔다.

마을 안으로 들어온 두 사람은 상당히 놀란 표정들이었다. 설마 이 정도로 대공사를 하고 있을 줄은 상상도 하지 못했던 것이다.

그들은 사방을 두리번거리며 신기한 표정으로 구경하다가 멀리서 관표가 보이자 말에서 내려 단숨에 달려왔다.

성질 급한 팽완이 먼저 고함을 지르며 반가워하였다.

"형님, 오랜만입니다! 이 아우가 이제야 형님을 찾아왔습니다!"

"하하, 왔구나. 어서 오너라! 그래, 그동안 잘 있었느냐?"

"당연히 이 아우는 잘 있었습니다!"

팽완이 기운차게 대답하자 뒤따라오던 유지문이 말했다.

"아이구, 이놈아. 나도 인사 좀 하자. 이 형은 안중에도 없느냐?"

그 말에 팽완이 눈을 부라리며 말했다.

"이 빌어먹을 놈아, 삼 일 일찍 태어난 것 가지고 형이라 우기냐! 밥 먹은 그릇 수는 내가 위다!"

"쯧, 무식하긴. 일각이 여삼추란 말이 달리 있는 줄 아느냐? 삼 일이면 사람이 천 번은 죽었다 살 수 있는 시간이다."

팽완이 기가 막히다는 표정으로 유지문을 보면서 말했다.

"허풍도 참."

"시끄럽다. 형님, 정말 오랜만입니다."

"하하, 지문이도 오랜만이다. 정말 반갑네. 내 집으로 가서 이야기하세."

관표의 말에 두 사람은 반사적으로 섬 위에 있는 집을 보았다.

넓은 정원에 비해서 생각보다 크진 않았지만, 상당히 아름답고 튼튼해 보이는 집이었다.

유지문이 감탄한 표정으로 말했다.

"정말 튼튼하고 좋은 집입니다!"

"하하. 자, 들어가세. 소개해 줄 사람도 있고, 내 부모님께도 인사를 해야 하지 않겠나."

그 말에 팽완이 가슴을 내밀며 호기롭게 말했다.

"당연합니다. 형님의 부모님이면 우리에게도 친부모님과 같으니 당연히 먼저 인사를 해야 합니다."

관표의 입가에 오랜만에 밝은 미소가 걸렸다.

그 모습을 보면서 적황을 비롯한 주변에 있던 천문의 수하들 표정도 덩달아 밝아졌다.

그들은 관표가 밝은 웃음을 짓자 그것만으로도 충분히 기분이 좋았던 것이다.

천문의 수하들은 최고의 직위인 장로들부터 맨 아래 제자들까지 관표를 단순한 문주로만 보고 있지 않았다.

반고충과 관복, 그리고 마을 어른들이야 예외라 하더라도, 그 외의 모든 사람들은 관표를 문주이자 스승 이상으로서 공경하고 있었던 것이다. 그렇기 때문에 그들은 관표의 기분에 일희일비하기도 하였다.

그 분위기를 눈치챈 유지문과 팽완은 속으로 상당히 놀랐다.

이건 누가 시킨다고 억지로 만들어지는 일이 아니었다.

'형님은 벌써 수하들의 마음을 완전히 잡으셨구나. 한 일파의 수장이 수하들에게 저 정도의 존경과 진심 어린 마음을 얻은 사람이 과연 현 무림에 몇이나 될까?'

유지문은 그런 생각을 하면서 자신의 처지를 생각해 보니 의동생으로서 부끄럽기만 하였다.

장문인의 수제자이자 다음 대 종남의 장문인으로서 그가 지닌 자리는 결코 작지 않았다. 그러나 문제는 능력이 모자라는 자신으로 인해 종남이 분열되고 있는 중이라는 것이었다.

유지문은 가볍게 한숨을 내쉬면서 관표의 뒤를 따라 집 안으로 들어섰다.

무려 반 시진에 걸쳐 부모님과 관표의 동생들과 상견례한 유지문과 팽완은 저절로 기분이 좋아졌다.

인자하신 관표의 부모님도 좋았고, 순박한 관표의 동생들도 기분이 좋았다. 특히 어려서 부모를 잃은 유지문은 더욱 감회가 새로울 수밖에 없었다.

아쉽다면 관표의 두 여동생이 소소와 함께 밖에 나가서 아직 안 들어왔다는 사실이었다.

관표는 아직 소소에 대한 이야기를 꺼내지 않았다.

돌아왔을 때 자연스럽게 소개를 하려 한 것이다.

세상에 나가서 관표가 처음으로 사귄 동생들이란 말에 관표의 부모님들은 두 사람을 정말 친아들처럼 잘 대해주었다.

관표의 의동생들이면 자신들에겐 양자와 같다고 생각하신 것이다.

두 사람을 본 관복과 그의 처 심씨는 집을 나간 관이가 생각났고, 그래서 더욱 잘해주었는지도 모른다.

관표 또한 이 자리에 관이가 있었으면 하는 생각이 들었다.

유지문과 팽완이 아이들과 이런 저런 이야기를 하고 있을 때였다. 관표의 어머니가 웃으면서 말했다.

"표야, 이제 네 방으로 들어가서 이야기들 나누거라. 이제 때도 다 되었으니 식사 준비를 하마."

"알겠습니다, 어머니. 자, 모두들 내 방으로 가세."

관표의 어머니 말에 유지문과 팽완은 다시 한 번 관표와 그의 식구들을 보았다.

"형님, 이 정도 출세했으면 집에 하인과 하녀를 두어도 되는 것 아닙니까?"

"그 생각도 해보았지만, 어머님과 동생들이 반대했네. 정정하신데 식구의 밥을 다른 사람 손으로 만들어야 되겠냐는 말씀이시고, 나와 아버님도 같은 생각일세. 대신 심부름을 하는 아이들은 있네."

유지문과 팽완은 아직 납득이 되지 않는 표정이었다.

어쩌면 당연할지도 몰랐다.

그들에게 있어서 하녀와 하인이란 당연히 있어야 하는 전유물이라 생각하고 있었으며, 주인이 직접 밥을 하는 것은 생각해 보지 못했던 일이었다. 그러나 직접 밥을 해주시던 습관 때문이구나, 생각하고 이해하려 하였다.

관표가 앞장서자 두 사람은 모두 관표를 따라 그의 방으로 갔다. 관표와 두 의동생은 다시 셋만 있게 되자 그동안 서로 있었던 이야기들을 주고받기 시작했다.

먼저 팽완이 말했다.

말을 하는 그의 얼굴은 약간 들뜬 기색이었다.

"형님의 이야기는 너무 소문이 자자해서 잘 듣고 있습니다. 녹림맹의 사건은 강호 전체가 들썩할 정도의 일이었습니다. 특히 환제를 이기고 사무심을 단 백오십 보의 걸음으로 누른 이야기는 거의 전설처럼 회자되고 있습니다. 다시 한 번 축하드립니다. 그리고 천문이 정식으로 개파한 것도 함께 축하드립니다."

"저도 축하드립니다, 형님. 정말 대단하십니다. 하지만 개파할 때 우리에게도 연락 안 하신 것은 정말 너무하셨습니다."

관표의 얼굴에 약간 씁쓸한 표정이 떠올랐다.

"천문을 위해 약간의 무리를 한 것일세. 너무 띄우지 말게나. 그리고 개파를 하면서 다른 누구도 부르지 않은 것은 많은 사람들 시선 때문일세. 그 자리에 달랑 자네 둘만 온다면 많은 시선이 자네들을 부담스럽게 했을 것일세. 아직 강호에서는 우리를 녹림으로 보는 자들이 많네. 자네들은 명문정파 아닌가?"

일리가 있는 말이었다.

그 말을 듣고 팽완이 너털웃음을 터뜨리며 말했다.

"그것도 그렇습니다. 체면과 명분이 뭔지, 사람을 옭아매기도 하는군요. 이유가 어떻든 녹림맹의 일은 정말 대단한 일이었습니다. 그 부분은 너무 겸손해하지 않으셔도 될 듯합니다."

"하하, 그렇게 생각한다면 그렇게 넘어가기로 하세. 그보다도 나에게 해줄 말들이 있지 않은가?"

그 말에 팽완과 유지문의 표정이 조금 굳어졌다.

먼저 말을 꺼낸 것은 유지문이었다.

"어떤 말부터 해야 할지 모르겠습니다. 우선 형님이 알고 싶은 전륜살가림부터 말씀드리기로 하겠습니다."

"그래, 우선 알고 있는 것부터 말해 보게. 정파에서는 어떤 방식으로 그들을 상대하려 하는가?"

유지문의 입가에 쓸쓸한 미소가 떠올랐다.

"들으면 형님은 좀 실망스러우실 것입니다. 우선 정파무림에서는 아직까지도 전륜살가림에 대해서 그렇게까지 큰 위협을 느끼진 않고 있는 것 같습니다. 개방의 천리취개 노가구 선배님이 부리나케 뛰어다니면서 그들에 대항할 무림맹을 만들어야 한다고 주장하고 있지만, 몇몇 문파를 제외하고는 어느 문파도 앞장서려 하지 않고 있습니다. 저희 종남만 해도 두 개의 의견으로 갈라진 채 설왕설래하고 있습니다. 사부님께서는 제 말을 듣고 심각함을 아신 듯한데, 유 사숙을 비롯한 몇몇 분들은 변방의 단체 때문에 무림맹을 만든다는 것에 반대를 하고 계십니다."

"허, 답답한 노릇이군. 대체 그들이 모이지 못하는 가장 큰 이유가 무엇인가?"

"우선 무림맹을 만들면 필히 칠종이나 십이대초인 중 한 명에게 맹주 직을 주어야 합니다. 그렇게 되면 그렇지 않아도 그들로 인해 크게 자존심을 상했던 대문파들은 십이대초인들의 영향을 더 많이 받을 수밖에 없을 것입니다. 그것이 싫은 것입니다. 그것이 가장 큰 이유 중 하나지요. 그리고 또 다른 이유라면 십이대초인 중 아무도 이 일에 나서는 사람이 없다는 것도 문제입니다. 만약 그들이 나선다면 또 달라질 것이긴 하지만, 그것도 전통의 명문정파인 구파일방이나 오대세가의 입장에서 보자면 싫은 것은 마찬가지입니다."

관표의 고개가 갸웃거리며 물었다.

"그것참, 신기하군. 십이대초인을 극도로 싫어하면서 그들이 나타나면 또 달라진다니."

"십이대초인을 싫어하면서도 그들에게 경외감을 지니고 있기 때문입니다. 그들이 나선다면 어쩔 수 없이 그들의 말을 대놓고 거역할 순 없지만, 스스로 그자들 밑에 들어가고 싶진 않은 거죠. 그나마 소림의 불종 원각 대사께서 나서신다면 조금 달라지겠지만, 그 어른은 현재 살아 계신지조차 불투명한 상황입니다."

"상황이 어렵군. 그래도 누군가는 구심점이 되어주어야 하는데……. 참, 독종 당진진도 있지 않은가?"

"사천당가는 이 모임에 낄 생각이 전혀 없는 것 같습니다. 그들은 전륜살가림보다는 형님에게 더 관심이 많습니다."

"하긴 당무영이 나에게 호되게 당하긴 했지."

관표의 말에 유지문과 팽완의 입가에 웃음기가 번졌다.

유지문은 웃음을 머금은 채 말했다.

"사실 당가의 독선을 싫어하는 문파들이 많고, 실제 당진진이 구심점이 되는 것을 싫어하는 문파들이 꽤 됩니다. 그중 소림이나 무당의 반대가 가장 심할 것입니다. 그들로선 자신들이 당가의 밑에 들어간다는 자체가 있을 수 없는 일이라 생각하고 있죠. 그러니 큰 문제입니다."

"백호궁이나 백리세가를 축으로 뭉치는 것은 당연히 힘들 테지."

관표의 말에 유지문과 팽완이 손을 흔들었다.

팽완이 이 부분에 대해서 설명하였다.

"형님, 그들은 자신들만의 힘으로도 최고라 생각하는 곳입니다. 전륜살가림 정도는 자신들만으로도 충분하다고 생각할 것입니다. 설혹 그들이 나선다고 해도 문제입니다. 한꺼번에 둘이 움직인다면 둘 중 어느 누구에게 맹주 직을 주어도 한쪽이 크게 반발할 것이고, 어느 하나가 움직여 그에게 맹주 직을 주자니 이 또한 전통의 명문정파들은 달갑지 않은 것입니다. 그렇지 않아도 자신들의 명성을 뛰어넘고 있는 백호궁과 백리세가에 대해서 불만이 많습니다. 그래서 무림맹을 조직하고 있지만, 이들에겐 알리지조차 않고 있습니다. 물론 이들 중 한 군데서 적극 나선다면 어쩔 수 없이 가담은 할 것입니다. 그들의 명성 때문에라도."

"허, 복잡하군."

"그리고 또 다른 문제는 구파일방이나 오대세가 입장에서도 전륜살가림을 우습게 본다는 것입니다. 그까진 변방의 문파 하나쯤이야 십사대고수들 없이도 충분할 거다 하는 마음들이죠. 아무리 그들 중 일부가 십이대초인과 비슷하다고 해도 그걸 믿는 사람은 거의 없습니다. 좀 강한가 보다 하는 정도죠. 그리고 실상 그들이 공격해 온다고 해도 다들 나름대로 자신감이 있기 때문이기도 합니다. 하지만 결국 무림맹은 결성될 것입니다. 비록 구파일방오대세가를 축으로, 그것도 반쪽짜리로 만들어지겠지만."

"흠, 자신감이라… 역시 각 문파들은 십이대초인을 넘기 위해 은밀하게 자신들의 힘을 키우고 있었군."

관표의 말에 유지문은 굳이 새삼스럽지도 않다는 표정으로 말했다.

"맞습니다. 현재 구파일방과 오대세가의 힘이 정확하게 어느 정도인지 아는 사람들은 그리 많지 않습니다. 한 가지 확실한 것은 현재 무림이 사상 최고의 전성기라 할 수 있다는 것이죠. 그렇기 때문에 그들이 뭉치는 것은 더욱 힘들게 되었습니다. 다행이라면 노가구 선배님과 개인적으로 친분이 있는 제갈세가가 움직일 것 같긴 합니다. 신기라 불리는 그들의 머리라면 무엇인가 방책이 나오리라 기대가 되긴 합니다."

유지문의 말에 관표는 그나마 다행이라고 생각하면서도 상태가 더욱 심각하다는 사실을 알았다.

제갈세가의 머리가 얼마나 좋은지는 몰라도 그것을 받쳐 주는 힘이 없다면 큰 효과를 얻지 못할 것이다. 문제는 그들이 전륜살가림을 쉽게 보고 있다는 사실이었다.

관표는 자신도 모르게 중얼거리듯이 말했다.

"십이대초인들은 그들 나름대로 뭉치기 어려울 테고… 실로 어렵구나."

"맞습니다."

"그럼 뜻을 같이하기로 한 문파들은 몇 군데나 되느냐?"

그 말에 유지문의 표정이 어두워졌다.

옆에 있던 팽완이 말했다.

"일단 구파일방에선 소림과 개방, 우리 팽가와 산동 황보세가, 그리고 곤륜파 정도입니다. 그리고 성수곡은 직접 참여를 하지 않더라도 뒤에서 도와주기로 하였습니다. 그 외에 제갈세가가 곧 합류할 것 같고, 그 외에 종남과 무당, 그리고 청성파가 설왕설래하는 중입니다."

그 말을 들은 관표가 가볍게 한숨을 내쉬었다.

어차피 쉽지는 않을 거라 생각하긴 했다. 그래도 설마 구파일방, 오대세가의 절반도 안 될 줄은 생각하지 못했다.

그래도 큰 위안이라면 성수곡이 도와주기로 한 것이라 하겠다.

성수곡은 무림칠종 중 한 명인 의종(醫宗) 백봉화타(白鳳華陀) 소혜령(少慧靈)이 곡주로 있는 곳이었다.

소혜령의 의술은 능히 화타나 편작과 겨룰 수 있다고 하였다. 더군다나 명리에 초연한 그녀는 누가 맹주가 되었든 무리없이 큰 힘이 되어줄 여자였다.

그런 그녀의 가세는 분명 큰 힘일 것이다. 그리고 그녀가 합세하였다면 다른 문파들에게도 좋은 영향을 줄 것이 분명했다.

"할 수 없는 일이지. 그래도 성수곡의 합세는 다행일세. 이제 그들만이라도 잘 뭉칠 수 있다면 좋을 텐데."

관표의 말을 들으면서 유지문이 얼굴을 붉히며 고개를 숙이고 말했다.

"참 송구스럽습니다, 형님."

종남파가 아직 참여하지 못한 것에 대한 말일 것이다.

"자네가 송구할 것이 무언가? 자네가 최선을 다했다는 사실을 내가 잘 알고 있네."

유지문의 눈가에 습기가 찬다.

"제가 조금만 더 힘이 있었어도 이런 일은 일어나지 않았을 것입니다. 제가 못나서 스승님의 입지가 좁아지셨고, 이번 일의 경우에도 강경하게 나서지 못하신 것입니다."

유지문의 말에 관표는 자신이 모르는 또 다른 사연이 있다는 것을 알았다.

표정으로 보아 팽완은 이미 그 사정을 알고 있는 듯하였다.

관표는 잠시 동안 묵묵히 유지문을 보다가 물었다.

"말해 보게, 무슨 일인가?"

유지문은 한숨을 내쉰 후 말했다.

"제가 형님에게 무엇을 숨기겠습니까? 사부님인 장문인께서는 모두 다섯 명의 제자를 두셨습니다. 그리고 그중 제가 첫 제자이기도 합니다."

"자네의 나이를 생각하면 좀 늦게 제자를 두신 것 아닌가?"

"그게 그럴 만한 사정이 있었습니다. 사부님은 동문의 사형제들 사이에 무공이 중간 정도에 불과했었습니다. 그래서 한동안은 장문 직을 수행하면서 무공에만 정진하셨습니다. 부끄럽지 않은 실력을 갖추고 제자를 맞이하려 하셨던 것입니다. 그리고 첫 제자로 저를 선택하셨습니다."

"그런데 그것이 문제가 되었단 말인가?"

"명색이 제가 종남의 차기 장문입니다. 한데 제 무공은 사형제들을 비롯해서 일대 제자들 가운데 겨우 중급 정도입니다. 특히 다섯 명의 사형제 중 무공이 낮은 편에 속합니다. 그러다 보니……."

유지문은 말끝을 흐렸다.

관표는 그 다음 말은 안 들어도 알 것 같았다.

무림이란 무가 가장 우선시되는 곳이었다. 그런데 일파의 수제자가 무공에 문제가 있다면 무시당할 수밖에 없는 것이다.

"저는 무공도 낮지만, 무공에 대한 자질도 정말 평범합니다. 그럼에도 사부님께서는 많은 기대를 하고 이 못난 제자를 차기 장문인에 임명하셨습니다. 하지만 당시 많은 반대가 있었습니다. 특히 대사숙인 유광 어른의 반대가 가장 심했습니다. 그리고 그 일로 인해 원래부터 사이가 좋지 못하던 사부님과 사숙님은 더욱 좋지 않은 사이가 되셨습니다. 그리고 사제들과 저 사이도 약간의 문제가 있습니다. 다는 아니지만, 저 외에 가장 강력한 장문인 후보였던 바로 아래 사제 금원과는 상당히 꺼림칙합니다."

관표는 유지문의 말을 듣고 상황을 충분히 알 수 있었다.

분광마검(分光魔劍) 유광은 현 종남의 장문인인 종남대협 주청군의 사형이었다.

그건 무림의 인물이라면 누구나 다 아는 사실이었다. 그리고 전대의 장로들을 빼곤 현 종남의 최강자가 바로 분광마검 유광이었다.

이전의 종남 장문인이었던 종남성검 허일청은 모두 네 명의 제자가 있었다. 그중 유광은 제일 제자였고 무공 실력도 발군이었다. 하지만 허일청은 사납고 급한 성격의 유광 대신 사형제들 중에 무공은 가장 약하지만 인자하고 대협의 기질이 강한 둘째 제자 주청군을 차기 장문인에 지명하였다.

당시 유광이 받은 충격은 굉장히 컸다고 전해진다.

관표는 유지문의 말을 듣고 묵묵히 그를 바라보았다.

한동안 유지문을 바라보던 관표가 말했다.

"이상하군."

둘은 관표를 바라보았다.

유지문은 관표가 자신을 보고 말하자 궁금한 표정으로 물었다.

"무엇이 말입니까?"

"너의 자질은 절대 평범하지 않다. 내가 보기엔 그렇다. 그런데 스스로 평범하다고 생각하다니, 좀 이상하군."

"사실이 그렇습니다."

"글쎄다. 그건 그렇다 치고, 자네의 사부가 괜히 자네를 차기 장문인에 앉힌 것은 아닐 것일세."

"휴… 형님, 저도 한때는 꽤 기재 소리를 들었습니다. 그런데 언제부터인가 갑자기 더 이상 무공이 발전하지 않는 것입니다. 검초를 머리로 이해했어도 몸이 안 따르고, 내공이 늘 정체되어 있으니 별 도리가 없습니다. 그래서 논검이라면 제가 둘째보다 오히려 더 강합니다. 하지만 실전은 언제나 평범한 수준이죠."

관표는 그 말을 들은 다음 무엇인가 석연치 않다는 느낌을 받았다.

"손을 이리 줘보게."

유지문은 얼떨떨한 표정으로 손을 내밀었다.

관표는 유지문의 맥을 잡고 한동안 살펴보았다.

별다른 이상을 발견할 수는 없었다. 그러나 관표는 그렇게 간단하게 포기하지 않았다.

건곤태극신공을 끌어올려 유지문의 몸에 흘려 넣었다.

건곤태극신공은 부드럽게 유지문의 몸에 흘러들어 간 다음, 그의 몸을 한 바퀴 돌고서 다시 관표의 몸으로 돌아왔다.

관표가 유지문의 손을 놓자 유지문과 팽완의 시선이 그를 향했다.

"이상하군."

유지문이 성급하게 물었다.

"무엇이 말입니까?"

"무엇인가가 자네의 진기 흐름을 아주 자연스럽게 방해하고 있네. 즉, 자네는 지금 정상이 아니란 말일세."

"그게 무슨 말입니까? 그렇다면 제가 만성독약에라도 중독되었다는 말입니까?"

"그건 나도 잘 모르겠다. 하지만 너의 몸에 흐르는 기의 흐름이 순조롭지 못한 것은 사실이다. 아주 미세한 부분이라 나도 쉽게 알아채지 못했다."

관표의 말에 유지문의 안색이 변했다.

"인위적인 것입니까?"

"나도 확실히는 잘 모르겠구나. 추후에 조금 더 자세히 검사해 볼 필요가 있을 듯하다."

유지문은 굳어진 안색이 고개를 끄덕였다.

그동안 쌓여왔던 한과 자신에 대한 자괴감이 조금은 가실 것도 같았다. 하지만 만약 자신의 몸에 이상이 인위적인 것이라면? 그건 생각하기도 싫었다.

잠시 이런 저런 생각에 잠겨 있던 유지문이 고개를 들고 관표를 보면서 말했다.

"경황 중이라 아직 할 말을 다 못했습니다."

"말해 보아라."

"아무래도 사천당가와 화산이 손을 잡은 것 같습니다."

관표의 안색이 조금 굳어졌다. 하지만 놀랄 일은 아니었다.

"나를 상대하기 위해서냐?"

"그렇습니다. 그리고 천문을 녹림으로 규정하고 토벌해야 한다고 주장하는 것 같습니다. 문제는 그 뒤에 독종 당진진이 있다는 것입니다."

"두렵지 않다. 어차피 한 번은 넘어야 할 일이다."

"참으로 아쉬울 뿐입니다. 뒤에서 맹호가 노리고 있는데 집안 싸움하는 것 같은 기분입니다."

관표도 그 말엔 가볍게 한숨을 내쉬었다.

지금까지 조용하던 팽완이 그런 관표를 바라보면서 말했다.

"그런데 형님, 투괴 하후금 어른께서 이곳에 있다는 소문이던데, 그게 사실입니까?"

그 말에 관표가 고개를 흔들며 말했다.

"그 소문은 나도 들었네. 하지만 천문엔 그분이 없다. 나도 그분 얼굴을 본 적이 없는데, 그 소문이 왜 났는지 이유를 모르겠다."

유지문과 팽완의 표정이 오히려 멀뚱해졌다.

관표가 거짓말할 리는 없고, 역시 소문은 소문일 뿐이구나 싶었다.

이때 밖에서 관표의 막내 동생인 관위가 들어오면서 말했다.

"형님들, 형수님과 누나들이 돌아왔습니다."

관위의 말에 유지문과 팽완이 놀라서 관표를 보았다.

"아니, 형님, 언제 결혼을 하셨습니까? 아우들에겐 기별도 없이! 이거 섭섭합니다."

팽완의 말에 관표가 웃으면서 말했다.

"아직 결혼까지 한 상태는 아니다."

관표의 말에 유지문과 팽완은 무척이나 궁금한 표정을 지었다.

"여러 가지 사연이 있다. 그건 나중에 말하기로 하지."

마침 관표의 말이 끝나기가 무섭게 문이 열리면서 소소가 안으로 들어오며 말했다.

"이제야 다녀왔습니다. 중요한 손님들이 오셨다고 들었습니다."

관표는 소소를 보자 일어서서 웃으면서 대답하였다.

"마침 잘 왔소. 내가 소개하리다. 이전에 강호에서 사귄 동생들이오."

관표가 팽완과 유지문을 돌아보며 소개를 하곤 웃고 말았다.

두 사람의 표정이 가관이었던 것이다.

그들은 멍한 시선으로 소소를 보고 있었는데, 얼굴 근육까지 마비되어 버린 듯하였다.

소탈한 무명옷을 입었지만 소소는 보는 사람의 눈을 멀게 할 정도로 눈부시게 아름다웠다.

소소가 한 발 앞으로 나서며 말했다.

"소소가 두 분 도련님께 인사드립니다."

두 사람은 그제야 정신이 번쩍 든 듯 허겁지겁 포권지례를 하면서 허리를 숙였다.

"소생 팽완입니다. 형수님을 처음 뵙습니다."

"종남의 유지문입니다. 처음으로 형수님을 뵙습니다. 그런데 형수님의 미모가 실로 눈이 부셔 큰 결례를 하였습니다."

"호호, 과분한 칭찬입니다."

소소가 맑게 웃었다.

그녀는 이 두 사람을 잘 안다.

'가가께서 참으로 좋은 사람들을 동생으로 두었구나. 두 분 다 눈이 맑고 깊으니, 심지가 굳고 의를 아는 분들일 것이다.'

소소도 두 사람이 마음에 들었다.

팽완과 유지문은 소소를 보고 한동안 정신이 없을 정도였다.

유지문이 새삼스럽게 관표를 보면서 물었다.

"아니, 형님은 어디서 형수님 같은 분을 만나신 것입니까? 소생은 정말 부러워 죽겠습니다."

"아까도 말했다시피 여러 가지 사연이 있네. 그 부분은 차후에 말해 주기로 하겠네. 그보다도 관소와 관요는 어디 있느냐? 오늘 새 오빠들을 소개해 줄 테니 이리들 들어오너라!"

관표의 말에 마침 밖에서 안의 동정을 엿보던 관소와 관요가 얼굴을 붉히며 안으로 들어왔다.

하얀 피부의 관소나 피부가 약간 검은 관요는 이제 막 물오른 나이였다.

두 여자를 본 유지문과 팽완은 상당히 놀란 표정이었다.

비록 강호오미나 강호상의 절세미인들처럼 세련된 미인은 아니지만 들꽃처럼 순수하고 정갈한 미녀들이었다.

관소가 조금은 화사하다면 관요는 조금 요염한 편에 속했다.

더군다나 일 년 전부터 관표에게 무공을 전수받고 있는 그녀들의 몸매는 고무처럼 탄력이 있었고 날씬했다.

설마 산적 가문에서 이런 꽃이 둘이나 있을 줄은 몰랐다.

문득 유지문은 조금 의아한 생각이 들었다.

그가 본 관표의 아버지 관복도 산골에서 자란 노인이라고 보기엔 조금 무리가 있었고, 관표의 어머니도 나이가 들고 산골의 황진에 가려지긴 했지만 상당히 세련된 미인이었다.

결코 화전민 마을에서 찾을 수 있는 모습이 아니다.

또한 관표를 비롯한 동생들이 모두 반듯하다.

개천에서 용 나왔다는 말은 들었지만, 이렇게 무더기로 나올 수는 없다.

씨와 밭이 함께 좋아야 열매도 좋아진다.

어느 한쪽이 모자라도 힘든 일이었다.

갑자기 관표의 정체가 궁금해졌지만 지금 그것을 물어볼 상황이 아닌지라 일단은 넘어가기로 했다.

"관소가 오빠들을 뵙습니다."

"관요가 두 분 오빠를 뵙습니다."

"으하핫! 내가 팽완이다. 그리고 저기 얼굴만 번지르르한 녀석이 유지문이다."

팽완의 말에 유지문의 표정이 구겨졌다.

그것을 본 관소와 관요가 까르르 웃는다.

그 이후 삼남삼녀는 시간 가는 줄 모르고 담소를 나누었는데, 식사를 하면서도, 그리고 그날 밤이 늦어서도 끝이 날 줄 몰랐다.

그날 팽완과 유지문의 눈빛이 유난히 빛이 나고 있었다.

팽완의 시선은 관요에게, 유지문의 시선은 관소에게서 떨어질 줄을 몰랐다.

그 다음날.

관표와 소소, 그리고 유지문과 팽완이 서로 마주 보고 있었다.

그들은 지금 유지문의 상태와 현 무림에 대해서 다시 한 번 이야기를 나누고 있는 중이었다.

유지문과 팽완, 그리고 관표의 이야기를 다 듣고 난 다음이었다.

소소가 유지문을 보고 말했다.

"혹시 도련님의 상세를 제가 좀 보아도 되겠습니까?"

소소의 말에 모두 놀란 표정으로 소소를 보았다.

"형수님은 의학에 대해서도 많이 아십니까?"

유지문이 놀란 것도 무리가 아니었다.

어제 이야기를 나누면서 소소의 지혜와 학식이 자신과는 비교도 안 될 정도로 뛰어나다는 것을 느낀 것이다.

그렇지 않아도 소소에 대해 궁금했다. 그러나 관표가 말을 하지 않고 아직 소소에게 그 부분을 묻지 않았다는 말을 듣곤 그 역시 아무 말도 물을 수가 없었다.

그런데 그런 소소가 의학까지 잘 아는 것처럼 말하자 다시 한 번 놀랐던 것이다.

"제가 관 가가를 만나기 전까진 아주 병약했답니다. 그래서 의학과 약물에 대해서 조금이지만 공부를 했습니다. 혹시 모르니 잠시만 기다려 주십시오."

소소는 나가서 쟁반과 작은 접시, 그리고 작은 손칼 하나를 들고 왔다.

"이미 몸 상태는 가가께서 보았다고 하니 저는 그것을 참조로 도련님의 피를 검사해 보아야겠습니다. 약지에 작은 상처를 내서 여기에 피를 받아주세요."

소소의 말에 관표가 그녀를 보면서 물었다.

"혹시 짚이는 것이라도 있소?"

"아직은 확실하지 않습니다. 잠시만 기다려 주십시오."

유지문은 약지에 상처를 내어 접시에 떨어뜨리며 말했다.

"잘 부탁드립니다, 형수님."

"그럼 이각 정도만 기다려 보세요."

소소가 접시가 올려진 쟁반을 들고 밖으로 나갔다.

이각 후.

소소가 돌아오자, 모든 시선이 그녀를 향했다.

그녀가 자리에 앉자 성질 급한 팽완이 참지 못하고 물었다.

"형수님, 뭘 좀 알아내셨습니까?"

소소는 고개를 끄덕이며 말했다.

"정음산수(精陰酸水)란 말을 들어본 적이 있습니까?"

모두 멀뚱한 표정이 되었다.

처음 듣는 말이었다.

소소의 설명이 이어졌다.

"정음산수는 설산의 오지에서만 나는 만년빙정의 결정체예요. 이 정음산수는 보통 사람들에겐 몸에 좋은 영약일 수 있습니다. 그러나 무공을 배운 사람들이 먹으면 더 이상 내공이 늘지 않고 항상 답보를 면치 못하게 하는 부작용이 있습니다. 단, 반드시 남자에게만, 그것도 양강의 무공을 익힌 사람에게만 작용을 합니다. 그리고 이것을 마신 사람은 자신이 그것을 먹은 것도 알기 어렵고 그 부작용을 찾아내기도 거의 불가능합니다."

"하!"

관표의 입에서 자신도 모르게 튀어나온 한탄이었다.

소소가 유지문을 보면서 말했다.

"도련님은 바로 정음산수에 중독되었습니다."

설마 했던 유지문의 안색이 창백해졌다.

그리고 자신이 익히고 있는 내공 역시 양강의 무공이었다.

잠시 동안 분위기가 숙연해졌다.

관표가 소소를 보면서 말했다.

"고칠 수 있는 방법은 없소?"

"제가 알기로 거의 없는 걸로 알아요. 있다면 누군가가 개정대법으로 임맥과 양맥을 강제로 뚫은 다음 내공으로 태워 버리는 방법뿐입니다. 그렇게 되면 그야말로 전화위복이라 할 수 있죠. 하지만 개정대법이란 비결은 불문과 도가의 비전이고, 그것을 시전할 수 있는 고수도 거의 드문 편이라……!'

말을 하던 소소가 말을 멈추었다. 그러고 보니 이 자리에 그것을 시전할 수 있는 고수가 있긴 있었다.

"흠, 그렇다면 다행이군. 나한테 개정대법의 비결도 있고 그만한 힘도 있다. 지문이와 완이는 당분간 천문에 머물도록 해라. 그리고 잠시 후에 보자."

유지문이 감격한 표정으로 관표를 보면서 말했다.

그의 목소리가 떨려 나온다.

"형님, 하지만……."

"더 이상은 말하지 말아라. 내가 해줄 수 있는 일이라 해주는 것이다."

유지문이 고개를 숙이며 말했다.

"감사합니다, 형님."

"그런데 형님, 저는 왜?"

팽완의 말에 관표가 웃으면서 말했다.

"이왕 하는 것 너도 함께해라. 마침 나에겐 그 정도의 여력이 있다."

관표는 그 말을 하고 휭 하니 밖으로 나가 버렸다.

팽완의 몸이 부르르 떨렸다.

개정대법의 효과에 대해서는 그도 잘 알고 있었다. 그렇지 않아도 팽완은 자신의 능력에 한이 많은 편이었다.

약물에 당해서 평범하게 변한 유지문과는 달리 팽완은 선천적인 힘은 좋았지만 혈맥이 거칠어 무공 진전이 더딘 편이었기 때문이다. 그런 면이 서로 비슷해서 유지문과 팽완은 유난히 친했다.

오대세가 중에서도 말석을 차지한 팽가의 소가주가 그다.

그러다 보니 그 역시 유지문과 마찬가지로 자신이 가주가 되었을 때를 걱정하곤 했다.

개정대법으로 자신의 체질을 바꿀 수 있다는 사실을 누구보다도 잘 안다.

그는 선천적으로 대력신맥을 타고났다.

대력신맥은 신력을 지니고 태어났지만, 혈맥이 혼탁해서 기가 잘 돌지 않는 단점이 있었다. 그래서 외가무공엔 적합한 체질이지만 내가무공엔 적합하지 않은 체질인 것이다. 그러나 개정대법을 받아 혈맥이 굳건해지고 임맥과 독맥이 뚫리면 달라진다. 오히려 일반인보다 훨씬 더 강한 체질로 인해 누구보다도 무공에 적합한 신체가 되는 것이다.

팽완이 대력신맥을 타고난 것은 그다지 비밀도 아니었다.

이전에 관표도 그것을 알아보았고, 언제고 고쳐 주려던 참이었다.

이때 옆에 있던 소소가 유지문과 팽완을 보면서 말했다.

"도련님들, 축하드려요. 그리고 완 도련님의 대력신맥도 이 기회에 완치될 것이라 믿어요."

팽완이 울먹이며 대답하였다.

"감사합니다, 형수님."

유지문 역시 그 이상으로 감격한 듯 소소를 보고 있었다. 그러고 보니 의형과 형수 하나는 정말 잘 둔 것 같았다.

소소가 두 사람을 보면서 밝게 미소를 지었다.

그 모습이 유난히 아름다워 보인다.

그날 이후 관표는 팽완과 유지문에게 건곤태극신공의 개정대법을 펼치면서 동시에 자신의 무공에 대해서 연구를 해가기 시작했다.

이미 몇 번의 결투를 벌이면서 자신이 더욱 강해져야 한다는 사실을 깨우친 관표였다.

'내가 약하면 나를 믿고 따르는 사람들이 위험하다.'

관표의 생각이었다.

특히 환제나 혈강시와의 결투는 관표로 하여금 자신의 무공에 대해서 다시 한 번 돌아보는 계기를 만들어주었다. 이제 무공뿐이 아니라 효과적으로 혈강시를 막아낼 수 있는 방법도 생각해 내야만 하는 것이다.

한꺼번에 할 수는 없었다.

일단 할 수 있는 것부터 차근차근 해나갈 수밖에 없는 것이다.

어떤 일이든지 경험이 쌓이면 일은 숙달되게 마련이다. 이미 천문의 무수한 제자들과 동생들에게 개정대법을 실시해 왔던 관표는 그 부분에 대해선 나름대로 도통한 경지였다.

팽완과 유지문의 개정대법은 보름 만에 끝이 났다.

두 사람은 이미 무공에 대한 기초가 확실했고, 그동안 자신들의 병을 고치려고 먹은 영약도 적잖았다. 그렇기 때문에 개정대법을 펼치기가 상당히 쉬운 편이었다.

유지문과 팽완은 개정대법이 끝난 이후에도 천문에 머물면서 무공을 수련하기 시작했다. 개정대법이 끝났다고 모든 것이 마무리되는 것은 아니다.

대법 이후의 일은 당사자 하기에 따라서 얼마만큼의 효과를 얻을 수 있을지가 결정된다.

한 달간 유지문과 팽완은 정말 눈물날 정도로 수련에 수련을 거듭하였다. 특히 맹룡십팔관의 수련은 그들의 무공을 빠르게 발전시키는 밑 거름이 되었다.

개정대법으로 인해 그들의 단전에는 일 갑자에 달하는 내공이 만들 어졌다. 그러나 그것을 완전히 자신의 것으로 만드는 것은 노력 여하 에 달렸다고 할 수 있었다.

시간 안에 자신의 것으로 만들지 못하면 그 내공은 흩어져 버리고 마는 것이다.

둘은 그야말로 밥 먹는 시간마저 잊어버리고 무공 수련에 몰두하였 는데, 그런 두 사람을 돌봐준 것은 바로 관표의 두 여동생이었다.

그동안 이해는 했으나 내공이 모자라서 그리고 몸이 따라오지 못해 서 펼칠 수 없었던 초식들이 술술 풀려 나가자 둘은 그 재미에 푹 빠져 들고 있었다.

특히 개정대법의 효과는 내공심법을 펼치면서 확실히 입증되었다. 소주천과 대주천을 수월하게 할 수 있었고, 그 흐름이 막히는 곳이 없 었다.

검을 뻗으면 자신이 생각하는 대로 진기가 흘러 검기나 도기를 뿌리 는 모습엔 감격해서 눈물을 흘리고 말았다.

하지만 어느 정도 시간이 지나고 개정대법의 효과가 완전히 몸에 익 숙해지자 또 다른 무엇인가가 부족하다는 느낌이 들었다.

맹룡십팔관도 십관에서 더 이상 전진을 못하고 있었다. 그리고 그때 관표가 두 사람을 찾아왔다.

"어때, 이제 서서히 대련 한번 해보지 않겠나?"

그 말을 들은 두 사람은 자신들에게 부족한 것이 무엇인지 한 번에 깨우쳤다. 그들에게 부족했던 점이 바로 실전이란 것을.

싫을 리가 없었다.

"나를 따라오게."

관표가 두 사람을 데리고 간 곳은 마을 중앙에 있는 공터였다.

그곳엔 이미 천문의 수하들이 그 주위를 가득 채우고 있었다.

관표가 나타나자 수하들은 모두 조용해졌다.

"자, 오늘은 손님 두 분이 계시다네. 어디, 누가 이들과 한번 대련해 보겠나."

그 말이 떨어지기가 무섭게 일어선 것은 장칠고를 비롯해서 청룡단의 수하 전원이었고, 그 외엔 막사야와 철우 등이 일어섰다.

그들은 누구도 양보할 생각이 없는 것 같았다.

유지문과 팽완은 어이없는 표정을 지었다.

아무리 자신들의 무공이 약하다고 해도 명문정파, 그것도 구파일방이나 오대세가의 울타리 안에서다.

일반 녹림의 인물이었던 자들과 비교할 순 없었던 것이다. 그런데 전혀 듣지도 보지도 못했던 무리들이 서로 자신들과 겨루려고 하자 자존심이 상했다.

관표는 두 사람의 표정을 보고 그들의 생각을 읽었다.

"왕호, 나와서 여기 유 아우과 겨루어보게."

"옛!"

왕호는 신이 나서 튀어나왔다.

유지문이 관표를 보자 관표가 말했다.

"쉽게 보지 말게."

관표의 말 한마디에 유지문의 안색이 굳어졌다.

관표가 그렇게 말했다면 그만한 이유가 있으리라 생각한 것이다.

앞으로 걸어 나가던 유지문은 문득 어떤 생각이 떠올랐다.

'설마 형님은 천문의 수장들에게 전부 개정대법을 시도한 것은 아닐까?'

생각은 그렇게 했지만 그것이 얼마나 말도 안 되는 생각인지 자신도 잘 알고 있었다.

개정대법이란 개정대법을 펼치는 사람도 중요하지만 받는 사람도 중요하다.

개정대법을 받는 사람이 어느 정도 바탕이 되어 있지 않으면 개정대법을 펼쳐 주고 싶어도 불가능한 일이다.

자칫 두 사람 다 크게 상할 수 있으며, 심하면 둘 다 주화입마에 걸릴 수도 있었다. 그러나 유지문이 한 가지 모르는 것이 있었다.

바로 건곤태극신공의 위력이었다.

건곤태극신공의 개정대법은 여타의 개정대법과는 다르다.

상대의 수준에 맞게 발전시켜 주는 것이 바로 관표의 개정대법이었다. 그렇게 상대의 수준을 빠르게 올려 결국 진정한 개정대법으로 발전하는 것이 건곤태극신공의 개정대법 묘결이었다.

또한 건곤태극신공의 개정대법은 절정의 경지에 이르게 되면 절대로 주화입마에 걸리지 않는다.

가장 안전하고 빠르며, 효과 면에서도 탁월한 것이 바로 건곤태극신공의 개정대법이었다. 그래서 건곤태극신공이 도가의 무공 중 최고봉일 수 있었던 것이다.

왕호는 유지문의 앞에 서자 당장에라도 달려들 기세였다.

청룡단의 수하들 중에 서열 사위이고 무공으로 따진다면 현재 적황과 함께 이위를 다투는 왕호였다.

성격이 불같고 지랄 같아서 청룡단의 수하들은 부단주인 적황이나 장삼보다도 왕호를 더 무서워하였다. 실제 청룡단의 군기는 왕호가 잡고 있다고 해도 과언이 아니었다.

물론 청룡단주인 장칠고는 예외였다.

또한 맨 처음 청룡단을 구성했던 몇 안 되는 인물 중 한 명이 바로 왕호였다.

그의 관표에 대한 충성심은 새삼 말할 필요가 없었다. 그런데 관표의 사랑을 받는 두 동생이 나타나자 은근히 질투까지 하던 중이었다.

어디 그게 왕호 혼자만의 생각이랴.

천문의 수장들은 거의가 다 그런 기분이었다.

왕호는 검을 뽑아 들고 유지문을 노려보았다.

그가 익힌 무공은 관표가 반고충의 지하에서 얻은 열두 가지 무공 중 섬광삼절검과 유성검법의 전 육식인 육절연환유성검법이었다.

이는 청룡단원 전원이 같았다. 그리고 신법으로는 섬광영신법을 익히는 것이 청룡단의 근본이었다.

왕호는 검을 수직으로 세웠다.

유지문은 사문의 분광검법(分光劍法) 기수식을 취하고, 왕호를 바라보며 가슴이 서늘해지는 것을 느꼈다.

마주 대하고 보니 상대의 실력을 알 수 있을 것 같았다.

마치 바늘 같은 기운이 자신의 가슴을 노리고 있는데, 함부로 볼 수 있는 기세가 아니었다.

'대단하다. 강호무림엔 삼류무사로도 이름이 올라 있지 않은 자가 틀림없는데, 대체 형님의 저력은 어디가 끝일까?'

감탄하지 않을 수 없었다.

천문이 어떻게 탄생했는지 잘 아는 유지문은 지금 눈앞의 인물이 불과 일이 년 전까지만 해도 녹림에서조차 이름이 없던 자임을 알고 있었다. 그런데 지금은 자신과 당당히 마주 보고 섰으니 놀랄 수밖에 없었다.

그동안 관표가 청룡단과 천문의 수장들에게 쏟은 힘은 상상을 불허한다. 한 달에 절반 정도는 쉬지 않고 수장들과 청룡단의 몸을 두드리며 개정대법을 펼쳐 왔던 관표였다.

이는 건곤태극신공이 아니었다면 절대 불가능한 일이었다.

왕호의 발이 천천히 옆으로 움직였다.

유지문은 움직이지 않고 왕호를 보고만 있었다.

그의 손에 잡힌 검끝이 대각선으로 눕는가 싶었을 때였다.

'이엽' 하는 기합과 함께 왕호의 신형이 번개처럼 앞으로 쏘아져 나갔다.

섬광영신법이 펼쳐진 것이다.

동시에 그의 검이 직선으로 찌르며 유지문의 어깨를 겨냥해 왔다.

유지문은 심장이 덜컥 내려앉는 기분이었다.

'빠르다.'

실상은 그렇게 느낄 시간도 없었다.

왕호는 섬광영신법과 섬광삼절검의 추혼발검을 전 힘을 다해 펼쳤는데, 그 속도는 유지문의 상상을 넘어설 만큼 빠르고 신속했다.

'서경' 하는 소리와 함께 유지문과 왕호의 신형이 엇갈렸다.

둘은 서로를 바라보았다.

유지문은 어깨 옷자락이 찢어져 있었고, 왕호는 가슴에 가로로 옷이

베어져 있었다.

왕호의 얼굴이 조금 일그러졌다.

엄격하게 말하면 약간의 손해를 본 것이다.

왕호의 검이 다시 유지문을 향해 겨누어졌다.

"이엽!"

기합 소리와 함께 왕호의 검이 무서운 속도로 유지문의 어깨를 향해 다시 한 번 쏟아져 나갔다.

유지문 역시 마주 고함을 지르며 공격해 들어갔다.

섬광삼절검법과 마찬가지로 분광검법 역시 쾌검이다.

두 개의 검이 눈부신 햇살을 가르며 엇갈렸다가 다시 한 번 엇갈린다.

십여 번의 검질을 하고 두 사람이 뒤로 물러섰다.

왕호의 옷은 무려 다섯 개의 검상이 난 채 너덜너덜해져 있었고, 유지문은 세 개의 아주 작은 검상이 나 있었다.

왕호는 쓴웃음을 머금고 검을 자신의 검집에 넣었다.

그는 포권지례를 하면서 말했다.

"졌습니다."

유지문은 황급하게 포권을 하고 대답하였다.

"운이 좋았습니다. 정말 많이 배웠습니다."

유지문의 말에 왕호는 몹시 분한 표정으로 관표에게 가 인사를 하였다. 그것을 보고 유지문은 이들이 여기서 겨루기를 한 것은 하루 이틀이 아니고, 그들에겐 겨루기의 규칙이 나름대로 정해져 있다는 것을 알았다.

'앞으로 몇 년만 지나면 천문의 이름은 강호를 진동시키겠구나.'

그러나 유지문의 짐작은 몇 년까지 가지도 않았다.

왕호가 인사를 하자 관표는 그를 보고 웃으면서 말했다.

"겨루어보니 어떠냐?"

"확실히 저보다 한 수 위셨습니다. 그러나 몇 년 후엔 좀 달라질 것입니다."

그 말을 들은 관표가 빙긋이 웃으면서 말했다.

"넌 이번 결투에서 큰 실수를 하였다. 그것이 무엇인지 알고는 있느냐?"

관표의 말에 좌중은 조용해졌다.

잠시 생각에 잠겨 있던 왕호가 말했다.

"아직 생각이 짧아 확실하게 저의 실수를 모르겠습니다. 문주님이 가르침을 주십시오."

왕호의 말에 관표가 말했다.

"처음 기습은 그런대로 쓸 만했다. 그러나 상대에게 조심하라고 경고까지 할 필요는 없었다."

그 말에 왕호는 관표가 무엇을 말하는지 알 수 있었다.

처음부터 잔뜩 기를 끌어올리고 상대에게 경각심을 주었으니 쾌검으로 기습할 때 가장 효과적인 섬광검법의 효능을 저하시키고 만 것이다.

"제가 부족했습니다."

"하지만 두 번째 공격은 더욱 문제가 컸다."

왕호를 비롯해 전 수하들의 귀가 관표에게 모아졌다.

특히 섬광검법을 익힌 청룡단의 수하들은 숨까지 멈춘 것 같았다. 유지문과 팽완 역시 귀를 기울였다.

관표와 같은 절대고수의 가르침은 작은 거라도 소홀하게 넘어갈 수 없다는 것을 알기 때문이었다.

"내가 섬광검법을 익히면서 왜 육절연환유성검법을 익히게 했는지 아는가? 그것은 기습이 실패했을 때 육절연환유성검법으로 상대의 눈을 현혹하고 섬광검법으로 승부를 결정지으라는 뜻이었다. 아무리 섬광검법이 절기라고 하지만 처음 실패한 초식을 연이어 두 번이나 사용한다면 바보가 아닌 다음에야 그 검초에 당하지 않는다."

왕호의 고개가 숙여졌다.

성질 급한 왕호답게 단번에 승부를 보려다가 낭패를 당한 것이다. 그러나 금방 자신의 잘못을 인정하는 장점도 가진 왕호였다.

"명심하겠습니다, 문주님."

"귀중한 경험이니, 오늘 일을 절대 잊지 마라."

"명!"

왕호가 자리로 돌아가자 관표가 다시 한 번 자신의 수하들을 돌아보며 말했다.

"천문에서 검을 사용하는 자들이라면 누구든지 육절연환유성검법을 터득하게 하였다. 거기엔 이유가 있기 때문이다. 우선 육절연환유성검법은 누구든지 자신의 틀에 맞추어 변형시키기가 쉽고, 검을 배우는 사람에게 기초검법으로 가장 적합하기 때문이다. 변과 쾌, 환, 첨, 등의 검법에 필요한 기본적인 틀이 육절연환유성검법 안에는 전부 들어가 있다. 그래서 이 검법이 숙달될수록 상승검법을 배우는 데 큰 도움이 될 것이다. 잊지 말고 자신의 장기로 쓰는 검법 이외에 이 검법을 쉬지 말고 연습하도록!"

"명!"

천문의 수하들이 일제히 대답하였다.

관표가 자리에 앉자 기다렸다는 듯이 장칠고가 일어섰다.

"이번엔 내가 겨루어보겠소."

자신의 수하가 졌으니 반드시 자신이 하겠다는 의지가 가득했다.

"그만둬라. 이번엔 팽완과 겨루어볼 사람이 있는가?"

관표의 말에 장칠고는 어떤 불만의 표정도 보이지 않고 바로 뒤로 물러섰다.

"제가 하겠습니다."

풍운대 대주인 대풍산 철우가 자신의 도를 어깨에 걸치고 앞으로 나왔다.

관표는 고개를 끄덕이며 만족한 표정으로 말했다.

"좋아, 그럼 이번엔 대풍산 철우와 팽완이군. 잘해봐라!"

"걱정 마십시오, 주군."

"너도 조심해라 철 대주의 실력은 결코 너보다 아래가 아니다."

관표의 말을 듣고 팽완과 유지문은 다시 한 번 놀랐다.

팽완의 얼굴이 조금 굳어졌다.

"알겠습니다, 형님."

두 사람은 서로 마주 보고 자신의 도를 들었다.

철우는 대풍산 도법을 터득하고 아직까지 단 한 번도 마음껏 펼쳐보질 못했다.

그것이 언제나 아쉬웠다.

이제야 그 기회가 왔다고 생각하자, 가슴이 두근거리는 것을 느꼈다.

도의 조종이라고 볼 수 있는 가문이 바로 하북팽가였다.

자전십팔풍 도법에서부터 오호단문도에 이르기까지, 팽가의 도법은 세상에서 가장 실용적이고 패도적인 도법으로 이름이 높았다.

그런 팽가의 소가주라고 하니 철우의 가슴이 두근거리지 않을 수 없었다.

"풍운대를 맡고 있는 철우입니다. 잘 부탁드립니다."

철우란 말을 들은 팽완의 표정이 변했다.

"혹시 능현철가의 그 철우이십니까?"

"맞습니다. 제가 바로 폐인이 되었다가 문주님을 만나 기사회생한 철우입니다."

팽완은 새삼스럽게 철우를 바라보았다.

녹림의 기재로 알려졌던 인물.

화산의 공격에 잿더미가 되었고, 화산의 기재인 곡무진에게 걸려 폐인이 되었거나 죽었다고 소문이 났던 인물이었다.

과거 그의 명성을 알고 있는 팽완은 긴장하지 않을 수 없었다.

"팽가의 완입니다. 오히려 제가 부탁드려야 할 듯합니다. 우리 멋지게 한번 겨뤄봅시다."

"흐흐, 마음에 듭니다. 참으로 멋진 말입니다."

철우는 팽완의 나이가 어리지만 감히 하대하지 못했다.

팽완은 자신이 하늘로 섬기는 관표의 의동생인 것이다.

철우가 웃으며 말하자 팽완 역시 씨익 웃었다. 그리고 그 웃음이 채 가라앉기도 전에 두 사람은 움직이고 있었다.

덩치도 성격도 비슷한 두 사람이 만났으니 서로 탐색전도 없었다.

"참!"

고함과 함께 팽완의 도가 섬전처럼 푸른 기운을 내뿜으며 철우의 가슴을 파고들었다.

그것을 본 천문의 수장들은 모두 아, 하는 감탄사를 발했다.

도가 지나가는 선이 그렇게 아름다울 수도 있다는 것을 처음 알았다.

보통 팽가를 말할 때 최고의 도법으로 오호단문도를 말한다. 그리고 중급의 도법으로 자전십팔풍을 말하는 경우가 많다. 그러나 팽가의 인물들은 언제나 최고의 도법은 자전십팔풍이었다.

단, 후팔식을 완전히 터득한 경우에 한해서다.

역대로 팽가의 가주들 중에 자전십팔식의 후팔식을 완전히 터득한 사람은 모두 세 명밖에 없었다. 그렇기에 자전십팔풍의 진정한 위력을 아는 강호의 인물들이 거의 없는 것이다.

팽완은 처음 도법을 익히면서 지금까지 오로지 자전십팔풍만을 배워왔다.

그에게 다른 뜻이 있어서가 아니었다.

그의 성격과 이 도법이 가장 잘 어울렸던 것이다.

지금 팽완이 펼친 도법은 자전십팔풍 도법의 전십초 중 마지막 초식이었다.

"으하하, 참으로 멋진 도법이오!"

철우가 호탕하게 웃으면서 대풍산도법을 펼치기 시작했다.

날카로운 도풍이 거악의 힘을 지닌 채 팽완의 도와 충돌하여 갔다. '꽝' 하는 소리가 들리며 두 개의 도가 정면으로 충돌하였다.

탄력에 의해서 팽완과 철우는 각자 뒤로 다섯 발자국 정도씩 물러섰다.

둘은 중심을 잡음과 동시에 상대방과 자신의 거리, 그리고 상대가 물러난 거리와 자신이 물러난 거리를 계산하였다.

무승부.

누가 보아도 첫 공격에서는 누구도 이득을 보지 못했다.

"으하하! 좋습니다. 그럼 이제 다시 공격합니다!"

고함과 함께 팽완의 도가 자전십팔풍의 전 십초식을 연환으로 펼치기 시작했다.

철우 역시 조금도 물러서지 않고 달려들었다.

'우웅' 하는 소리가 들리며 두 개의 도가 허공에서 춤을 춘다.

둘은 순식간에 사십여 초를 겨루었지만 승부는 나지 않았다.

팽완이 고리눈을 부릅뜨며 고함을 외쳤다.

"조심하십시오! 이것이 자전십팔풍의 정수 중 하나입니다!"

고함이 끝나기도 전에 팽완의 도가 수직으로 돌아갔다.

지금까지 뿜어지던 자색의 서기가 더욱 짙어지면서 아름다운 사선을 그렸다.

보던 사람들은 자신들도 모르게 주먹을 불끈 쥐었다.

지금 팽완이 펼친 것은 자전십팔풍 도법의 후팔식인 광혼자하풍(光魂紫河風)이었다.

그동안 머리로만 익히고 있다가 개정대법 후 몸으로 취득한 무공 중 하나가 바로 광혼자하풍이었다.

철우의 안색이 딱딱하게 굳었다.

이제 팽완이 승부를 걸어왔다는 사실을 안 것이다.

"이엽!"

그의 도가 아래서 위로 대각선을 그리며 쳐 올라갔다. 순간 철우의 도에서 수십 가닥의 도기가 우산처럼 퍼지며 팽완을 공격해 들어갔다.

대풍산도법의 열 가지 초식 중 제육초인 팔풍산룡(八風傘龍).

자신의 도기가 우산처럼 펴진 도기 속에 부서지며 사라지는 것을 본 팽완은 기겁하였다.

팽완은 급히 도를 거두면서 후팔식 중 제오초인 자룡천추(紫龍千秋)로 변환하였다. 아직 완전하게 펼칠 수 있는 초식이 아니었지만 워낙 다급했던 것이다.

'파르릉' 하는 소리가 들리면서 둘의 신형이 엉켰다가 떨어졌다. 둘 다 비틀거리며 삼 보씩 물러서서 서로 마주 보았다.

둘 다 머리와 옷차림이 엉망이었다.

"무승부."

관표의 단호한 말에 두 사람은 아무 말도 하지 못했다.

한동안 서로 바라보던 두 사람은 갑자기 웃기 시작했다.

실로 오랜만에 통쾌하게 자신들의 무공을 펼쳐 볼 수 있었던 것이다.

"정말 대단합니다! 과연 팽가의 도법은 일절이었습니다."

"별말씀을. 그런데 대주님이 사용한 도법이 어떤 것입니까? 제가 보기엔 팽가의 도법과 비교해서 조금도 뒤처지지 않는 도법이었습니다."

"대풍산도법이라고 합니다."

철우의 말을 들은 팽완이 놀란 표정을 지었다.

"대풍산도법이라니. 혹시 풍산 진인의 그 대풍산도법이란 말입니까?"

"맞습니다. 문주님의 선처로 제가 그것과 인연을 맺었습니다."

팽완은 새삼 놀란 표정으로 철우를 바라보았다.

대풍산도법이라면 강호십대도법 중 하나였다.

말이 십대도법이지, 강호의 유구한 역사 속에 이름이 알려진 도법만도 수천 종일 것이다.

그중 십위권에 들어가는 도법이라면 그 값어치를 쉽게 따질 수 있는 일이 아니었다.

유지문과 왕호, 팽완과 철우의 대결은 시작에 불과했다.

그날의 대결은 수장들끼리의 대결에서부터 수하들에 이르기까지 다양한 대결들이 이루어졌는데, 보는 사람들은 보는 사람들대로 하는 사람들은 하는 사람들대로 즐거웠다.

第十一章
관표의 무기

그날 유지문과 팽완은 천문의 수뇌들과 무려 다섯 번이나 더 겨루어
야만 했다.

그 속에서 두 사람의 놀라움은 시간이 지날수록 더해졌다. 천문의
부단주급 이상의 무공이나 청룡단의 무공은 그들이 짐작한 것 이상이
었다.

둘은 다섯 번씩을 겨루어서 유지문이 이승 이무 일패를, 팽완은 일
승 삼무 일패를 기록했는데, 그들이 패한 사람은 여광과 장충수였다.

그들은 그렇게 자신의 무공을 마음껏 펼치면서 새롭게 무공의 깊이
를 깨우쳐 갔다.

그날 이후 유지문을 비롯해 팽완, 그리고 천문의 수하들은 틈만 나
면 겨루기를 하였고, 어느덧 시간이 지나면서 친해진 수장들과는 하루
도 빠지지 않고 거의 실전에 가까운 대결을 하기 시작했다.

그러다 보니 하루도 안 빼고 부상자가 속출하였다.

대결에서 엄격한 규칙이 적용되었지만, 겨루다 보면 부상은 어쩔 수 없는 상황이었다.

나중엔 크고 작은 부상들로 인한 약값도 무시 못할 지경이었다.

보다 못한 관표가 오 일 간격으로 겨루기 시합을 하기로 함으로써 매일 다치는 일이 줄어들었다.

이 일 대 일 겨루기는 많은 사람들에게 경쟁심을 유도하면서 갈수록 활기가 넘쳤고, 천문의 수장들이나 수하들은 물론이고 팽완과 유지문, 그리고 무공을 배우기 시작한 관표의 두 동생까지도 지지 않기 위해서 죽어라 무공 수련을 하게 되었다.

이러다 보니 일하는 조를 빼곤 단 일각도 쉬는 틈이 없이 무공 수련에 박차를 가하게 되었고, 일을 하면서도 일상을 무공에 연계하는 일에 조금도 소홀하지 않게 되었다.

그 와중에 천문의 수하들은 물론이고 팽완과 유지문의 무공은 비약적인 발전을 하고 있었다.

특히 관표가 틈틈이 지도하는 무공의 이론은 천문의 수하들이나 유지문, 팽완에겐 언제나 신선한 충격을 주었다.

관표는 그런 일정 속에서도 돌산에서 도끼질하는 것을 멈추지 않았으며, 관표의 식구들과 두 의동생은 정말 친가족처럼 친해져 있었다.

팽완과 유지문은 삼 개월이나 지난 다음 자신의 사문으로 돌아갔다. 유지문은 당분간 자신의 무공을 숨기기로 하였다.

사문의 누군가가 자신에게 하독했다면 진범을 알아내야 했고, 왜 그랬는지 이유도 밝혀내야 했던 것이다. 그러자면 당분간 자신의 무공을 숨길 수밖에 없었다.

두 사람이 천문을 떠난 후에도 천문의 수련은 조금도 멈춰지지 않았으며, 벌여놓은 사업들도 점차 그 틀을 잡아가고 있었다.

두 의동생이 돌아간 다음 관표는 조를 나누어 집단전에 대한 연습을 하도록 하였다. 조는 그날그날 상황에 따라 바뀌었으며, 진 조는 혹독한 벌칙과 함께 이긴 조는 상금까지 주었기에 그들의 집단전은 갈수록 치열해졌다.

항상 같은 조가 아니었기에 처음엔 서로 손발을 맞추기가 어려웠지만, 시간이 지날수록 상대가 누구든지 바로바로 손발을 맞출 수 있게 되었고 집단전에 대한 작전도 갈수록 다양해졌다.

또한 세 명 단위로 열 명 단위로 오십 명과 백 명 단위로 나누어 간단하면서도 효과적인 진법을 구축하고 싸우는 방법에 대해서도 집중적으로 수련을 시켰다.

그렇게 일 년의 시간이 빠르게 지나가고 있었다.

관표의 나이 스물여섯.

그동안 무림은 폭풍 전야처럼 고요했고, 천문의 수하들 실력은 비약적으로 발전해 있었다.

특히 수장들의 무공은 과거와 비교할 수 없을 만큼 발전에 발전을 거듭하고 있는 중이었다.

관표 또한 자신이 원하는 부법을 어느 정도 만들어놓을 수 있었으며 사대신공은 더욱 정순해졌다.

이제 관표는 나무 도끼를 휘두를 때 순간적으로 자신이 원하는 신공이나 초식을 불어넣을 수 있게 되었고, 자기가 만든 초식에 사대신공을 가미해서 사용할 수 있게 되었다. 또한 맹룡십팔투의 일부 무공을 도끼로 사용할 수 있게 된 것이다.

관표는 자신이 새로 만든 부법을 광월참마부법(光月斬魔斧法)이라고 이름 지었다.

이제야 관표도 자신에게 맞는 무기를 사용 할 수 있게 된 것이다. 아직은 다듬어야 할 부분이 있었지만, 최소한 사대신공을 도끼에 응용하는 기술은 거의 완전해진 상태였다.

실제 그것만으로도 능히 대적할 자가 없을 것이다.

어쩌면 그가 다듬고 있는 광월참마부법도 사대신공이 응용된 부법보다 그 위력이 아래일 수 있었다. 그러나 사대신공만을 응용해서 사용하는 도끼질은 세밀함이 없었다.

즉, 사대신공을 응용한 도끼질을 보완하기 위한 것이 광월참마부법이었다.

관표는 자신의 사대신공과 맹룡십팔투의 무공이면 무기가 전혀 필요없을 것이라 생각했다. 그리고 그 말은 아주 틀린 말도 아니었다. 그러나 다시 생각해 보면 자신의 사대신공이나 맹룡십팔투를 무기에 잘 응용하면 또 다른 위력이 나올 수 있다는 생각을 하게 된 것이다.

무엇보다도 다른 무인들이 자신만의 무기가 있는 것이 부러웠다. 무인이라면 응당 자신의 무기가 있어야 한다고 생각한 것이다. 그러나 관표가 부법에 매달린 가장 중요한 이유는 삼절황의 최고 무공인 광룡삼절부법 때문이었다.

관표는 자신이 익힌 무공 중 가장 무서운 무공인 관룡삼절부법을 완전히 터득하기 위해서는 부법에 대해서 기초부터 쌓아야 한다고 생각했던 것이다.

그래서 사대신공을 도끼에 응용해서 쓸 수 있는 방법을 연구하였고, 그것을 보안하기 위해 좀 더 자신에게 맞는 부법을 만든 것이다. 그리고 새로운 부법을 만들고 그 부법을 연구하면서 자신의 생각이 옳다는 것을 새삼 깨우친 관표였다.

광월참마부법을 연구하면서 이해하기 어려웠던 광룡삼절부법의 상당 부분을 이해할 수 있었던 것이다.

그것은 큰 성과였다.

육 개월이면 된다던 무기는 거의 일 년이 다 되어서야 완성이 되었는데, 작은 손도끼 두 개와 제법 큼직한 도끼 한 자루였다.

작은 도끼와 큰 도끼 모양은 비슷했고 크기만 달랐다.

큰 도끼라고 해봤자 일반 전투 도끼보다 큰 것은 아니었다.

단지 작은 도끼는 상당히 작아서 허리에 차고 있다가 손으로 꺼내 던지기 좋은 정도의 크기였기에 그 용도가 확실했다.

도끼는 자루까지 통으로 만년한철로 만들어졌고, 생각보다 상당히 가벼웠다.

만년한철 자체가 일반 쇠보다 가벼운 특성이 있기 때문이었다. 반대로 만년묵철은 일반 강철보다 무겁다.

큰 도끼는 광룡천부와 크기가 거의 비슷했다. 그러나 무게에서는 많은 차이가 있었다.

만년한철로 만들어진 도끼가 아무리 가볍다고 해도 쇠로 만들어진 무기다.

그에 반해서 강기의 응집인 광룡천부는 무게감이 전혀 없었던 것이다.

관표는 새로운 무기를 들고 어린아이처럼 만족해하였다.

도끼는 그가 처음 녹림행을 하였을 때 들고 나갔던 무기이기도 해서 상당히 친숙했다.

당시 관표는 조공이 만들어준 나무 도끼를 들고 녹림행을 하였었다.

일 년의 시간이 흐르면서 운하는 거의 절반 정도가 완공되었으며, 녹림도원은 모든 공사가 완전히 끝을 맺었다. 그리고 관도로부터 마을 어귀까지의 도로도 완전히 공사가 끝나 있었다.

시장터와 새로운 마을 터도 거의 완성되어 가고 있었으며, 미리 선점하여 쓸 천문의 건물들이 새롭게 들어서고 있었다.

하지만 관표에게도 더 이상 발전하지 않는 것이 있다면 그것은 소소와의 관계였다.

결코 소소가 피해서가 아니라, 이는 관표가 아직은 마음의 준비가 되지 않았기 때문이었다.

앞으로 닥쳐올 위험 속에서 자신이 어떻게 될지 모르는데 소소를 자신의 아내로 맞이하고 싶지 않았던 것이다.

그 위험 속에서 최소한의 안전을 확보한 다음 소소를 맞이하고 싶은 것이 관표의 생각이라면 소소와 그의 부모 마음은 전혀 달랐다.

관복과 그의 처 심씨의 입장에선 단 일각이라도 빨리 관표를 결혼시켜 손주를 보고 싶은 마음이 굴뚝이었고, 소소 또한 어차피 자신의 모든 것을 버리고 온 입장이었다.

관표의 마음을 모르는 것은 아니지만, 참으로 야속하기만 했다. 그래도 그 마음이 자신을 아끼고 사랑하기 때문이란 것을 알기에 어쩔 수 없이 참고 기다리는 중이었다. 그러나 그 와중에도 소소의 시부모에 대한 효성은 지극했다.

어려서부터 부모 형제의 정에 굶주려 있던 소소로선 관표의 식구들이 곧 부모요, 형제였다.

유난히 형제들 간에 우애가 좋은 것도 소소를 기쁘게 하는 요건 중하나였다.

관복의 처는 그런 소소가 귀엽고 사랑스럽기만 하였다.

그들은 누가 뭐라고 해도 소소를 자신의 며느리로 생각하고 있었으며, 실제로도 그렇게 대하고 있었다.

관표를 남몰래 사랑했던 이호란은 소소와 관표의 마음을 알고 자신의 마음을 접어야 했다.

도저히 자신이 끼어들 틈이 없었던 것이다. 하지만 그녀의 마음을 알고 있는 사람은 아주 극소수에 지나지 않았다.

그 외에 관표의 의동생인 유지문과 팽완은 가끔 서신으로 연락을 주고받았다.

백리청은 검을 들었다.

단 일 검에 죽이고 싶었다. 그러나 그것은 불가능한 일이었다.

악귀처럼 변한 백리소소가 그녀의 목을 움켜쥐고 있었다.

시뻘건 입을 벌린 채 자신의 목줄기를 물려고 하였다.

"으아악!"

비명과 함께 백리청은 자리에서 벌떡 일어섰다.

비단 이불이 흘러내리면서 그녀의 탐스런 가슴이 그대로 드러났지만, 그녀는 식은땀으로 범벅된 채 거친 숨을 몰아쉬고 있을 뿐 전혀 개의치 않았다.

"또 악몽을 꾸었군. 청 매, 괜찮은 거요?"

묵직한 목소리와 함께 그의 곁에서 한 명의 청년이 일어섰다.

역시 몸에 아무것도 걸치지 않은 청년은 제법 준수한 얼굴에 탄탄한 몸매를 지니고 있었다.

"괜찮아요. 어차피 나의 저주는 백리소소 그 계집을 죽이지 않으면 끝나지 않아요. 반드시 무슨 수를 써서라도 그 계집을 죽이고, 백리세가의 씨를 말리고 말겠어요."

"하지만 청 매, 백리장천은 청 매의 조부님이 아니오."

"내 어머니를 죽인 원수예요. 절대 용서할 수가 없어요!'

청년은 가볍게 한숨을 내쉬면서 말했다.

"청 매, 걱정 마시오. 나와 아버지가 도와줄 것이오. 청 매의 염원은 반드시 이루어질 것이라 믿소."

"고마워요, 엽 오라버니. 그런 의미에서 지금 당장 나를 도와줄 일이 있어요. 이젠 더 이상 기다리지 못하겠어요."

"무엇이오? 내가 도와줄 수 있는 것이라면 무엇이든 도와주겠소."

"그보다도 오라버니의 백옥무연신공(白瑩武連神功)은 몇 성에 도달하였나요?"

"며칠 전에 육성의 경지에 들어섰소."

"정말 대단해요! 벌써 육성이라니."

"모두 청 매 덕분이오. 그 귀중한 영약까지 구해주지 않았소. 그런데 내가 신공 수련을 게을리 할 수 있겠소."

"그래도 대단하세요. 그리고 앞으로도 조심하세요. 엽 오라버니가 백리가의 비전인 백옥무연신공을 터득하고 있다는 것을 혹여 백리세가의 사람이 알게 된다면 절대로 살아남지 못할 거예요."

"알고 있소. 하지만 내가 당신의 혈육들 앞에 나타날 일이 무에 있겠소. 절대 들킬 일은 없을 테니 걱정하지 마시오."

백리청이 배시시 웃으면서 청년을 바라보았다.

축축하게 젖은 그녀의 눈동자에 색기가 끈적하게 흘러나와 청년의 몸을 휘감았다.

"이제 저를 좀 도와주세요. 어서요. 어서 이리 오세요."

백리청의 말에 청년은 홀린 듯이 그녀를 안아갔다.

부드러운 가슴살이 청년의 손 안에 가득 들어섬과 동시에 남성의 상징이 뿌듯해진다.

청년의 입술이 가슴으로 가려 할 때 백리청이 고개를 흔들며 말했다.

"급해요. 더 이상 기다릴 수 없으니 어서……."

청년은 성급하게 백리청을 끌어안으며 안으로 돌격하였다.

허리가 이불 속에서 뱀처럼 꿈틀거리며 백리청을 공략해 간다.

달착지근한 신음 소리 속에 일각 정도의 시간 동안 청년의 운동은 끊임없이 이어지고 있었다.

시간이 지날수록 오히려 더욱 강렬해진 청년의 몸부림은 백리청의 신음 소리와 함께 방 안을 후끈한 열기 속으로 몰고 갔다.

"으으."

청년은 멈추고 싶었다. 그러나 멈출 수가 없었다.

아무리 멈추려고 해도 그의 의지와는 상관없이 그의 몸은 끊임없이 그녀를 요구하고 있었던 것이다.

문제는 거기서 끝난 것이 아니었다.

청년의 단전에 있던 백옥무연신공의 내공이 아래로 흘러 백리청의 몸으로 빠져나가기 시작했다.

어떻게 해서든지 멈추고 싶었지만, 그것은 불가능한 일이었다.

"이이이이……."

청년은 이를 악물었다.

그는 무서운 눈으로 백리청을 바라보았지만, 백리청은 사악하게 웃으면서 그의 머리를 가슴으로 감싸안으며 작은 목소리로 말했다.

"가가께서 지금 내게 해줘야 하는 일은 바로 백옥무연신공을 내게 주는 거랍니다. 그런 다음 깨끗하게 죽어주면 되지요. 호호호."

그녀의 웃음소리와 함께 청년의 몸은 점차 늘어지고 있었다.

잠시 후 백리청은 일어나서 길게 기지개를 켰다.

온몸의 근육과 뼈가 서로 이완하면서 맑은 기운이 온몸에 가득 들어서는 느낌이었다.

단전에 묵직하게 들어선 내공의 힘이 느껴진다.

그녀는 천천히 운기를 해보았다.

아직은 자신의 백옥무연신공과 청년의 몸에서 훔친 백옥무연신공이 완벽하게 조화를 이루지 못하고 있었다. 그러나 그것은 조금도 문제가 될 것이 없었다.

어차피 두 무공의 성질은 같다. 그리고 그전에 자신이 지니고 있던 무공보다 발달되어 있지 않았고 양도 적었다.

그것을 자신의 내공 속에 합치는 것은 삼사 일 정도면 충분하다고 할 수 있었다.

얻는 것에 비한다면 그것은 결코 많은 시간이 아니었다. 그리고 그 시간 안에 청년의 아버지가 자신이 한 일을 알 수 있기란 불가능할 것이다.

"이제 시작이다. 지금 받은 내공만 완전히 내 것으로 만들면 된다. 그러면 흡정무한신공(吸精無限神功)이 십성에 달할 것이고, 백옥무연신공도 충분한 경지에 달하게 된다. 늙은이, 조금만 기다려라. 내 어머님을 죽인 것을 뼈저리게 후회하게 해주마!"

백리청의 눈가에 살기가 돈다.

그녀의 한이 드디어 풀어질 시간이 된 것이다.

두 마리의 말이 거칠게 관도를 달리고 있었다.

말 위에 탄 두 명의 청년은 몸이 아래위로 크게 흔들리고 있었지만 조금도 개의치 않는 모습이었다.

그들이 달리는 방향은 바로 모과산이었다.

유지문과 팽완은 지체하지 않고 말을 몰아 천문이 있는 녹림도원으로 향했다.

관도에서부터 마차 네 대가 나란히 달릴 수 있을 정도로 넓게 만들어진 대로는 보기만 하여도 시원하였다.

특히 바닥에 깔린 네모 반듯한 돌들은 길의 운치를 더해주었지만, 두 청년에겐 그것을 감상할 수 있는 여유가 없는 것 같았다.

두 사람이 천문의 제자들이 만든 길로 들어서자, 그 앞을 십여 명의 장정이 막아섰다가 말 위에 인물들을 알아보고 놀란 표정을 지었다.

조장인 장정이 급하게 달려와 인사하였다.

"나를 당장 안으로 안내하게. 급한 일일세!"

팽완의 성급한 말에 조장이었던 장정은 근처 숲에 세워놓았던 말을 끌고 나왔다.

"빨리 뒤를 따르십시오."

유지문과 팽완이 조장의 뒤를 좇아 달린 지 한참 후에야 그들은 새롭게 만든 마을 터에 도달할 수 있었다.

마을에 건물을 세우는 일을 감독하고 있던 외순찰당의 당주인 소천성검(小天聖劍) 시전은 급하게 달려온 두 사람을 반갑게 맞이하였다.

"두 분 소협께선 어인 일로 이렇게 급하신 것입니까?"

"형님을 만나야 합니다."

두 사람의 표정을 보고 시전은 무엇인가 일이 터졌다는 것을 알았다.

관표는 유지문과 팽완을 마주 보고 있었다.

"무슨 일인데 그리 급하게 달려온 것이냐?"

"형님, 화산과 당가, 그리고 연화사가 연합하여 이곳을 공격한다고 합니다. 그것을 알리려고 여기까지 달려왔습니다."

그 말을 들은 천문의 수장들 얼굴이 굳어졌다. 그러나 관표의 표정은 크게 변하지 않았다.

이미 짐작하고 있던 바가 있었다.

"고맙다. 이미 짐작은 하고 있었지만 연화사까지 합세했다니, 불괴도 이 일에 개입을 한다는 말인가?"

관표의 말에 유지문이 고개를 흔들었다.

"불괴는 이 일에 개입하지 않고 그녀의 제자들만 참여한다고 합니다. 하수연이 불괴의 제자인지라 그녀의 사저들이 돕는 모양입니다. 그리고 그 외에 상당수의 문파가 합세를 했는데 자세한 것은 저도 모르겠습니다."

관표의 표정이 딱딱하게 굳어졌다.

불괴가 직접 나서지 않는다고 해도 그의 제자들이 가세한다면 이것은 보통 심각한 일이 아니었다.

"여긴 우리가 알아서 할 테니 자네들은 어서 돌아가게."

유지문이 눈을 빛내며 말했다.

"형님, 저희도 돕겠습니다."

관표의 얼굴이 더욱 굳어졌다.

"이런 바보 같은 놈들! 사문에서 쫓겨나고 싶은 게냐? 아니면 너희들로 인해 사문이 몰락하길 바라는 것이냐? 당장 돌아가라! 돌아가서 너희들이 해야 할 일을 찾아라! 여긴 나에게 맡겨라! 내가 알아서 한다. 이 우형이 그렇게 허약해 보이던가? 그리고 알아야 할 것이다. 천문과 그들이 정면으로 충돌하게 된다면 살가림에겐 기회가 될 것이다. 빨리 모여서 그것에 대한 대비나 하라고 전해라!"

관표의 호통에 유지문과 팽완은 고개를 숙였다. 미처 생각하지 못한 부분이었다.

"형님, 저희 생각이 짧았습니다."

"지금 당장 돌아가게. 그렇지 않아도 많은 눈들이 이곳을 지켜보고 있다는 것을 알고 있네. 자네들이 이곳에 오래 머물수록 많은 오해를 받을 것일세."

"알겠습니다, 형님. 그런 저희는 돌아가겠습니다. 하지만 저희도 이젠 적잖은 힘을 모으고 있습니다. 종남도 무림맹에 합세를 하였습니다. 그리고 제갈가에서 적극적으로 돕기로 하였습니다. 이제 모임에 두뇌가 생긴 이상 이쪽도 만만치 않을 것입니다."

유지문과 팽완은 그 말을 남기고 돌아갔다.

'신기 제갈세가라면 큰 힘이 될 것이다.'

관표는 유지문이 남긴 말을 되새기며 제갈세가에게 일말의 기대를 걸었다. 그렇지만 그에게도 걸리는 부분이 있었다.

근래 들어 몇몇 복면인들이 나타나 관표의 수하들에게 도전을 하여 겨루다가 도망가곤 하였다.

그것이 벌써 십여 차례였다.

상대가 정식으로 도전하였기에 이쪽에서도 수령들 중에 적당한 인물들이 나가서 그들과 겨루곤 하였다.

'이쪽의 전력을 탐색하는 것 같다. 정파의 오만한 자들이 그 정도로 신중했단 말인가? 만약 그들을 보낸 자가 이번 공격과 관련이 있는 자라면 이번 일은 결코 쉽지 않을 것이다.'

물론 관표 또한 나름대로 전력을 숨겼다. 그러나 상대 또한 그것을 짐작하고 있을 것이다.

관표는 천문 전체에 비상령을 내렸다.

거대한 평원에 검을 꽂아놓은 것처럼 생긴 산.

이곳이 바로 화산이었다.

기암절벽이 사방을 에워싸고 하늘로 솟은 산.

주변의 환경을 지배하며 우뚝 솟은 화산의 모습은 한 자루의 잘 벼린 검과 비슷했다.

화산의 검수이자 시인으로 유명했던 청운검(靑雲劍) 여지운은 다음과 같은 시를 남겨 화산의 모습을 말했다.

한번 검을 들어 바다에 꽂으니,
사막을 달려온 바람이 검봉이 걸리더라.
장부의 꿈이 구름을 타고 올라,
능라의 땅에 젖어 지난 세월.

산봉은 하늘에 닿았는데,
사내의 꿈은 매화 향에 취하더라.

　그 화산엔 바로 화산파가 있었고, 화산파는 구파일방에서도 수위를 다투는 대문파였다.

　그 안에 얼마나 많은 고수가 숨어 있고, 방계 제자들의 수가 얼마나 되는지 아는 사람은 많지 않았다.

　산을 올라가면서 첩첩으로 들어선 건물들은 모두 화산의 것이라 할 수 있었다.

　도가의 무공에 뿌리를 둔 화산이었지만 그 제자들은 결혼이 자유롭다. 그렇다고 장문인의 아들이 대를 이어 화산의 장문인이 되는 것은 아니었다.

　그것이 세가와 문파의 차이점이라 하겠다.

　그 화산문파의 취의청 안에 약 삼십여 명의 사람들이 모여 있었다. 그들 중에는 화산파의 장문인인 화산용검 하불범과 사천당가의 가주인 칠기자 당무염도 있었다.

　그 외에 무림십준 중의 한 명인 당무영은 물론이고 하수연과 두 명의 여승도 눈에 띈다.

　모여 있는 사람들 앞에는 한 명의 여자가 서 있었다.

　이제 이십대 후반으로 보이는 여자의 미모는 보는 사람들을 빨아들이는 듯한 마력이 있었다.

　그녀의 이름은 제갈소였다.

　신산(神算)이라 불리는 그녀는 제갈세가의 장녀였다.

　오대세가의 하나인 신기 제갈세가의 장녀가 이 자리에 나와 있다는 사실을 다른 무인들이 안다면 놀랄 일이었다. 그리고 관표 또한 이것은 전혀 상상하지 못한 일이었다.

제갈세가가 전륜살가림을 상대하기 위한 무림맹의 중추로 참석해 있다는 사실을 알고 있었기 때문이다.

무림맹이 결성되면 항상 군사 직을 맡는 곳은 바로 제갈세가 출신들이었다.

그만큼 제갈가의 머리는 뛰어났다.

특히 현 제갈세가에는 뛰어난 인재들이 한꺼번에 몇 명씩이나 나타나 제갈세가는 전성기를 구가하고 있었다.

현 제갈가의 가주인 지룡(智龍) 제갈천문은 모두 이남이녀의 자식을 두었는데, 그들의 자질이 모두 뛰어나 강호에서 이름이 드높았다.

특히 그중에서도 장남인 제갈기는 무림십준에 속에 있었으며 두 여식은 모두 무림오미에 속해 있었다. 그리고 두 여식의 재지는 백리세가의 백리소소와 함께 강호에서 일, 이위를 다툴 정도로 뛰어난 것이었다.

제갈소는 모여 있는 사람들을 보면서 어느 때보다도 자신감을 가질 수 있었다.

그녀에게는 남들이 모르는 한이 있었다.

머리로 따지면 천하에 당할 자가 없다고 자신하는 그녀였지만, 자신의 동생인 제갈령에게만은 숨길 수 없는 열등감을 가지고 있었다.

물론 또 한 명인 백리소소가 있었지만, 그녀는 자신이 본 적도 없고 강호 활동도 잘 안 하니 비교 대상이 아니었다.

그녀는 백리소소에 대해서는 별로 신경 쓰지 않았다.

백리소소의 이름이 높은 것은, 그녀 가문의 명성과 신비한 미모 때문에 지혜라는 부분에 있어서도 과장되게 알려진 것이라 생각했기에 염두에 두지 않았던 것이다.

언제부터인가 제갈가의 모든 관심은 장남인 제길기와 동생인 제갈령에게 모아져 있었다.

제갈기야 장남이기 때문에 어쩔 수 없다고 쳐도, 동생인 제갈령이 공공연한 장소에서 자신보다 더욱 뛰어나다는 말을 듣고 모든 관심을 받을 때 그녀의 가슴엔 보이지 않는 상처가 쌓여갔었다.

그녀가 세상에서 제일 듣기 싫은 말은 바로 자신과 동생을 비교하는 말이었다.

특히 삼 년 전 제갈가의 상징인 '지다' 라는 아호가 동생인 제갈령에게 돌아갔을 때 그녀는 숨어서 한없이 울었다.

그 이후 강호에서는 동생 제갈령을 신녀라 불리는 백리세가의 백리소소와 함께 쌍지, 또는 쌍지선이라고 불렀다.

그 이후 아버지의 시선은 언제나 동생을 향해 있었다. 그리고 전륜살가림을 막기 위한 모임에 동생인 제갈령을 군사로 추천하였다, 자신보다 딸이 한 수 위라는 이유를 들어.

나이가 많은 자신이 군사로 선택될 것이라 믿었던 제갈소에겐 또 다른 충격이었다.

제갈소는 어떻게 하든지 자신의 능력이 동생보다 아래가 아님을 보여주고 싶었다.

그녀는 차분하게 준비를 시작하였다.

마침 천문을 치기 위해 무림의 문파들이 모인다고 했을 때 그녀는 자진해서 나섰다.

제갈세가의 그 누구도 모르게.

자신의 능력을 세상에 보여주고 싶었다.

동생보다 자신이 뛰어나다는 것을 보여주고 싶었던 것이다.

화산이나 당가로선 제갈가의 인재가 나서준다면 그것보다 더 좋을 것이 없었기에 당연히 쌍수를 들고 환영했다.

비록 제갈소가 동생보다 명성에서는 뒤지지만, 그녀의 지모 또한 동생에 못지않다는 평판을 듣고 있었던 참이다.

과연 그녀는 나타나자마자 구파일방 중에서도 가장 움직이기 어렵다는 남해의 해남검파를 끌어들였다. 뿐만 아니라 안휘성의 남궁세가마저 끌어들이면서 필승의 의지를 다졌다.

구파일방 중에서도 강호와는 가장 멀리 떨어져 있다는 해남검파.

남해의 끝에 있는 해남도에 존재하는 문파로 그들의 무공은 괴이하고 그 수준을 쉽게 짐작하는 사람들이 별로 없었다.

한 가지 그들의 실력이 구파일방의 한자리를 차지해도 부족함이 없다는 사실만은 모두 인정하고 있었다.

그러면서도 중원에서는 해남파를 조금 낮게 보는 경향이 있었다. 그러나 해남파를 잘 아는 몇몇 고수들은 말하기를, 해남파의 검법이 결코 무당이나 화산보다 뒤지지 않는다고 하였다.

여기에 검법으로 강호를 호령하는 남궁세가가 가세함으로 인해 검으로 유명한 명문이 세 곳이나 연합을 하게 된 것이다.

그 외에 이 기회를 빌어 강호에 이름을 높이고자 했던 중소방파 중 상당한 실력을 인정받은 십여 곳이 합세함으로서 천문을 타도하기 위해 모인 세력은 물경 삼천에 달했으며, 고수만도 그 수를 헤아릴 수 없을 정도였다.

이 정도라면 천문에 지는 것이 이상할 정도였다.

"이제 우리 연합군의 이름을 만들어야겠습니다. 무엇인가 통일된 이름 아래 모여야 힘의 집결이 쉬워질 것입니다."

제갈소의 말에 하불범이 대답하였다.

"제갈 낭자가 그렇게 말하는 것을 보니 무엇인가 생각해 둔 바가 있는 것 같습니다?"

"제 생각엔 녹림의 무리를 타파하고 강호무림의 도의를 세우는 일이니 무림정의맹이라고 부르는 것이 좋을 것 같습니다. 혹시 이의가 있으신 분 있습니까?"

제갈소의 말에 군웅들의 얼굴에 희미한 미소가 감돌았다.

명분있는 이름.

그리고 명확한 명분.

이것이야말로 그들이 바라던 것이었다.

단숨에 천문을 부수고 이 기회에 이름을 얻고자 하는 자들이나 천문에 복수를 하고자 하는 화산과 당가로선 싫을 리가 없었다.

그리고 중원 진출의 교두보를 마련하기 위해 호시탐탐 기회를 노리고 있던 해남파로선 정파라는 허울은 꼭 필요한 것이었기에 반대할 이유가 없었다.

비록 구대문파 중 하나로서 대접을 받고 있었지만, 그들을 보는 중원의 시선은 그리 곱지 못했다.

이때 한 명이 벌떡 일어서며 말했다.

"제갈 낭자, 좋은 생각입니다. 천문을 없애고 난 후 이 결집을 그대로 유지하여 오랑캐의 무리인 전륜살가림까지 와해시킵시다!"

말을 한 사람은 안휘성 금검문의 문주인 맹호금검(猛虎金劍) 가담휘란 자였다.

이는 제갈소를 비롯해서 누구나 원하던 바였다.

순식간에 환성이 울려 퍼졌다.

제갈소는 어쩔 수 없다는 표정으로 말했다.

"그렇다면 어쩔 수 없지요. 모든 것은 여러분의 뜻에 따르기로 하겠습니다. 그렇다면 정의맹의 맹주가 있어야 합니다. 제 생각엔 아무래도 맹주 자리엔 당진진 선배님이 가장 적합하다고 생각하는데, 여러분의 의견은 어떤지 궁금합니다."

가장 좋은 방법이었다.

실제 이 자리에서 누가 감히 십사대고수 중 한 명인 당진진과 겨룰 수 있겠는가?

이렇게 해서 정의맹은 빠르게 구성이 되었다.

맹주엔 당진진이, 그리고 군사엔 제갈소가, 그 외에 사대무상엔 주축이라 할 수 있는 사대세력의 수장들인 화산용검 하불범, 칠기자(七奇子) 당무염, 전궁비환검(電弓飛幻劍) 남궁일기, 해남파의 장문인인 칠살검(七殺劍) 역소산이 맡기로 하였다.

第十二章
당신은 나의 어머니를 죽였습니다

제갈소는 때가 무르익기 시작하자 이미 준비를 하고 있었던 듯 거침없이 조직을 만들어 나갔다.

각파의 균형과 중소방파들의 수장들, 그리고 이름있는 자들은 빠지지 않고 정의맹의 조직 속에 흡수되어 한자리를 차지할 수 있게 준비되어 있었다.

별도로 당무영이나 유청생 등 젊은 고수들에겐 그에 합당한 자리를 만들어줌으로서 어느 누구도 불만이 없게 했다.

그 모습을 본 사람들 모두가 과연 제갈세가의 신산이라는 감탄사를 연발하지 않을 수 없었다.

그 외에 십대당주들은 중소방파의 수장들과 모인 자들 중 무공이 강한 순으로 뽑아 그 직위를 주었다. 그리고 임시 총타로는 화산파를 사용하기로 정했으며, 천문을 공격하는 데 들어가는 비용은 각 문파의 크기에 비례하여 차출하기로 하였다.

각파에서 지출 문제가 나왔을 때 십대당주 중 한 명이자 대도표국의 국주인 단대웅이 물었다.

"제갈 낭자, 아무래도 많은 비용이 들어갈 텐데 이를 어떤 방법으로 보충할 생각이십니까? 각 문파에서 비용을 차출하는 것도 한계가 있을 것입니다."

그 말에 제갈소는 기다렸다는 듯이 대답하였다.

"우리가 피를 흘리며 녹림의 무리를 소탕하면 가장 이득을 보는 것은 바로 각 표국들과 상단입니다. 그들에게 이번 일의 타당성을 말하고 보조금을 받아내겠습니다. 아무런 행동도 취하지 않고 부당 이익을 취하게 할 순 없습니다."

그 말을 들은 각 문파의 수장들은 박수를 쳤다.

잘하면 자신들의 돈이 안 들어가도 될 것 같았기 때문이다.

힘을 조금만 사용하면 돈이야 얼마든지 뜯어낼 수 있는 거 아닌가? 자신들이야 체면치레로 얼마 정도씩 내면 되는 것이다.

그런 면에서 제갈소의 말이 백 번 지당하다고 생각했다.

하지만 그들은 한 가지 착각한 것이 있었다. 관표가 녹림이 아니라는 것을 아는 사람들은 이미 다 알고 있다는 사실이 그 하나였고, 이번 전투 자체가 화산과 당가의 복수전이라는 것을 세상이 다 안다는 사실이 그 하나였다. 그리고 상단이나 표국의 경우 누가 나서달라고 했던가? 하지만 그들은 힘이 없었다.

결국 착각이 아니라 힘에 대한 자신감이었다.

대문파 네 곳과 제법 강한 문파 십여 곳, 그 외에도 작은 문파들과 각 문파의 방계 고수들만 해도 그 수를 헤아리기 어렵다.

그들의 칼이 바뀌어 자신들을 겨냥한다면 그것을 누가 감당하랴.

상단과 표국들은 어쩔 수 없이 돈을 내놓게 될 것이다.

일단 조직이 정비가 되자 본격적으로 천문을 공격할 작전에 돌입하였다.

그것 역시 제갈소가 이미 준비한 듯하였다.

과연 그녀는 신산이란 말을 들을 만하였다.

"일단 적을 알아야 우리가 쉽게 승리를 할 수 있습니다. 우리가 조사한 정보만으로 보았을 땐, 천문에 있는 고수들 중 우리가 상대할 만한 자는 녹림투왕이라 불리는 관표와 녹림의 도적이었던 여광, 그리고 오대곤과 진천, 장충수 금강마인 대과령 정도입니다. 하지만 그들의 무공이라 해봤자 절정의 수준은 아닙니다. 여기 계신 사대문파의 장문인 어르신들과 상대할 정도는 아닙니다. 문제는 투괴입니다."

투괴라는 이름이 나오자 모든 시선이 당진진을 향했다.

당진진이 웃으면서 말했다.

"투괴, 그 괴물은 내가 상대하지. 몇십 년 전이라면 나와 비슷한 실력이겠지만, 지금은 내 상대가 아닐 것이다."

당진진의 자신감 넘치는 말에 환성이 터져 나왔다.

승리에 대한 자신감이 더욱 커지는 순간이었다.

제갈소는 그 환성이 끝날 때까지 기다렸다. 그리고 환성이 수그러들자 말을 이었다.

"당진진님은 관표를 맡아야 합니다. 관표는 천문의 중심입니다. 그를 죽여야 우리가 완전한 승리를 하게 됩니다. 투괴는 다른 사람에게 맡기고 당진진님이 관표를 맡아주십시오."

관표란 말이 나오자 당무영, 그리고 하수연이 벌떡 일어섰다.

"그 자식은 내가 맡겠소!"

"무슨 소리, 그자는 제가 맡겠습니다!"

제갈소는 이미 그들이 그렇게 나올 줄 알았다는 듯 말했다.

"서로 다투실 것 없습니다. 두 분과 연화사의 분들, 그리고 그 외에 몇 분 정도의 고수 분들께서는 따로 하실 일이 있습니다. 이 일은 우리가 천문을 치는 데 가장 중요한 역할이기도 하고 관표의 심장을 무는 것과 같이 중요한 일입니다. 관표는 어차피 당진진님께서 사로잡아 심판을 받을 것입니다. 그에 대한 것은 그때 처리하셔도 됩니다."

제갈소의 말에 하수연과 당무영은 서로 수긍하였다.

당진진이 잡은 다음에도 복수의 기회는 얼마든지 있을 것이다.

더군다나 자신들이 할 일이 관표의 심장을 무는 일이라니 구미가 당겼던 것이다.

당무영은 자리에 앉으며 회심의 미소를 짓고 있었다.

하수연은 여전히 아름답다. 그리고 그의 시선은 제갈소를 보며 그녀를 비교하고 있었다.

둘 다 놓치기 아까운 계집들이다.

단지 하수연에게는 치명적인 약점이 있었다. 그래도 그녀는 절대로 놓칠 수 없는 대어였다.

화산의 딸에 연화사의 제자라는 배경만으로도 충분한 값어치가 있는 여자였다. 그리고 그의 시선은 제갈소를 향했다.

'하수연을 내 아내로, 그리고 제갈소 저 계집을 내 첩으로 맞이하면 딱 좋은데. 흐흐.'

당무영의 생각이었다.

어차피 하수연과 함께 행동하면서 기회를 보면 된다. 그리고 제갈소는 알게 될 것이다, 이번 관표와의 전투에서 자신의 무공이 얼마나 무섭고, 세상에 자신만한 남자가 없다는 사실을.

당무영이 천독신공을 터득하고 있다는 사실을 아는 사람은 당가의 식솔들 몇을 빼곤 없었다. 그리고 천문을 상대하기 위해서 당가가 어떤 준비를 했는지도 모른다.

당무영의 생각으론 당가만으로도 천문을 상대하고도 남음이 있었다. 단지 그들과의 싸움으로 인해 피해 정도를 줄이기 위해 이런 거추장스러움을 감수하고 있을 뿐이었다.

그런 중에도 제갈소는 천문의 공략에 대해서 설명을 하고 있었다.

"만약 투괴가 나타난다면 절대로 대적할 생각을 말고 있단 시간을 끄는 것이 좋다고 생각합니다. 그리고 우리 쪽에서 그를 상대할 수 있는 고수들 몇이 있어야겠습니다. 물론 혼자서는 힘들고 몇 분의 선배 고인들이 합세해야 할 것입니다. 투괴에 대한 대책은 나중에 따로 이야기하겠습니다. 그 외엔 우린 모두 두 개의 조, 정확하게는 세 개의 조로 나누어서 천문을 공격할 것입니다. 제일조는 전면으로 치고 가서 관표의 패거리를 상대합니다. 그리고 두 번째 조는 일조가 관표와 싸우는 틈에 돌아 들어가 자칭 천문이라고 부르짖는 그들의 본거지를 공격할 것입니다."

제갈소의 말을 들은 금검문의 가담휘가 의문스런 표정으로 물었다.

"돌아간다고 했습니까? 그렇다면 그들이 숨어서 우리를 상대하는 것이 아니라, 나와서 싸울 거란 말입니까? 그렇게 한다면 그들은 더욱 불리할 텐데, 그들이 그렇게 하겠습니까?"

"그들은 그럴 수밖에 없습니다. 그동안 조사한 바에 따르면 그들은 모과산을 중심으로 대단위 공사를 하고 있었습니다. 생각보다 많은 돈이 들어간 것으로 압니다. 관표는 그곳을 포기하지 않을 것입니다. 그래서 그들은 우리가 모과산에 도착하기 전에 싸우려 할 것입니다."

가담휘는 고개를 끄덕이고 말았다.

관표가 모과산으로 들어가는 곳에 큰 도로를 닦는 등 많은 공사를 하고 있다는 사실은 이미 중원에서 모르는 사람이 없을 정도로 유명한 일이었다. 특히 원래 본거지에서 떨어진 곳에 많은 건물을 짓고 있다는 것도 이미 다 아는 사실이었다.

천문에서 아무리 그것을 숨기려 해도 쉬운 일은 아니었던 것이다. 제갈소가 말한 것은 새롭게 건물들이 들어서는 마을을 말하는 것으로 강호의 사람들 대부분은 천문의 사람들이 그곳에 옮겨가 살려고 하는 것이라 짐작하고 있을 뿐이었다.

"관표는 그 마을에 우리가 들어서기 전에 공격해 올 것입니다, 그곳을 지키기 위해서라도. 그럴 때 이조는 숲을 돌아서 그들의 본거지를 공격하는 것입니다. 그리고 제삼조는 일종의 별동대 형식으로 운용될 것입니다. 이들은 은밀히 모과산 뒤쪽으로 돌아가 산을 넘어서 관표의 본거지로 들어갈 것입니다."

제갈소의 작전에 모든 사람들은 고개를 끄덕였다.

이쪽은 고수도 많고 숫자도 많다.

그것을 감안해도 제갈소는 최소한의 피해로 가장 빠르고 안전하게 천문을 제압할 수 방법을 제시한 것이다.

제갈소의 눈은 끝없이 빛나고 있었다.

가장 빠르고 확실히 상대를 제압해야만 했다.

무력이 아니라 자신의 작전으로 이겼다는 말이 나와줘야 한다.

그녀는 몇 명의 첩자를 보내 천문의 실력을 면밀하게 알아내고 있었다.

그녀가 사람을 시켜 알아낸 천문의 실력은 상상 이상이었다.

어떻게 된 것인지 무명에 불과했던 녹림의 인물들이나 소방파의 인물들이 천문에 들어간 이후 무서운 고수로 변모되어 있었다.

제갈소는 그것을 여기에서 공개하지 않았다.

지금 많은 사람들은 이 정도의 힘이라면 그냥 밀어붙여도 충분할 것이라고 생각할 것이다. 그러나 그렇게 했다면 그 피해는 상상 이상으로 클지도 몰랐다.

적당한 피해라면 있어야 한다. 하지만 그 피해가 너무 커도 안 된다. 이들의 힘은 그녀에게도 필요한 것이다.

적당한 피해는 그녀의 입지상 반드시 필요한 부분이었다.

지금만 해도 필히 제일조나 이조는 많은 곤란을 겪을 것이다.

그러나 제삼조와 자신이 준비한 또 하나의 힘에 의해서 승부는 날 것이고, 이날 군사가 철저하게 준비하지 않았다면 큰 피해를 입었다고 말할 것이다.

그래야만 했다.

그래야 그녀의 힘이 커지고, 이후 전륜살가림과 결전을 할 때 그녀의 입지가 커진다.

중원에서 전륜살가림의 힘을 제대로 아는 사람 중 한 명이 바로 그녀였다. 그래서 살가림과의 전투가 진짜라는 것을 그녀는 염두에 두고 있었다.

천문은 자신의 입지를 만들기 위한 교두보였다.

'정의맹과 천문의 전투가 살가림에겐 좋은 기회일 것이다. 그들도 더 이상은 기다리지 못할 것. 이제 세상은 난세가 될 것이고, 난세는

바로 나의 세상이 될 것이다.'

그녀의 입가에 차가운 미소가 감돌았다.

그녀가 아는 한 제갈령이 이끄는 무림 연합 세력의 힘으로는 절대로 전륜살가림을 이길 수 없다는 것이 그녀의 판단이었다.

반대로 천문은 만만하다.

그래서 자신은 천문을 이기고, 그녀는 전륜살가림에 패할 것이다.

그렇게 되면 힘의 저울추는 그녀에게, 그리고 지금 정의맹에게 기울어질 것이다.

잘하면 제갈령이 있는 연합 세력을 정의맹에 흡수할 수 있을 것이다.

그렇다면 그것은 그녀의 완벽한 승리였다.

지금쯤 전륜살가림은 천문과 정의맹의 전투를 미리 알고 있을 것이다. 그리고 그것을 자신들이 유리한 방향으로 이끌기 위해 힘쓰고 있을 것이다.

그 정보는 제갈령이 알려준 것이다.

어차피 올 수밖에 없는 난세였다.

그녀는 그것을 자신에게 유리한 방향으로 틀고 있는 것이다.

산의 등성을 타고 달리는 이십여 명의 여승이 있었다.

앞장서서 달리던 여승이 걸음을 멈추며 뒤를 돌아보고 말했다.

"잠시 쉬어간다."

일행들이 모두 자리를 잡자 제이탕마대주인 요인이 제일탕마대주인 철진에게 다가갔다.

그녀는 몇 번을 망설이다가 말했다.

"아미타불. 사숙, 정말 이렇게밖에 할 수 없는 것입니까? 굳이 우리

가 천문이랑 싸울 필요가 있는 것입니까? 반드시 관 시주를 죽여야만 하는 것입니까?'

철진이 조금 험한 표정으로 요인을 보며 말했다.

"무슨 말을 하는 것이냐? 그자는 우리의 치부를 아는 자다. 반드시 제거해야 한다."

"그자는 우리의 이야기를 세상에 알리지 않았습니다. 약속을 지킬 만한 사람 같았습니다."

'그리고 더 이상 우리도 부처님의 뜻에 어긋나는 짓을 해서는 안 됩니다.'

뒷말은 차마 입 밖으로 나오지 못한 채 안에서만 맴돌고 있었다.

철진은 요인의 얼굴에 떠오른 불만을 읽고 있었다.

"세상에 믿을 수 있는 자는 없다. 그리고 너는 아직 어려서 모른다, 무림에서 약자가 얼마나 서러운지. 나의 사조님과 사부님, 그리고 두 사숙께서는 그것 때문에 모든 생을 다 바치셨다. 그 결과가 우리와 너희들이다. 그분들의 염원이고 바로 우리의 염원이다. 우리는 반드시 아미의 힘을 구파일방의 최고로 만들어야 한다, 반드시. 그것도 명예스럽게 강해져야 한다. 그러기 위해선 관표가 죽어야 한다."

철진의 강경한 말에 요인의 고개가 떨구어졌다.

'사숙, 그것은 욕심 때문입니다. 우리보다 약한 자들도 무림에서 얼마든지 잘살고 있습니다. 그리고 지금 이렇게 강해지는 것은 명예로운 것이 아닙니다. 다른 사람의 피를 밟고 강해지는 것이 어째 명예로운 것입니까? 세상이 몰라도 우리는 알고 있지 않습니까? 다른 사람들이 우러러보아도 스스로 명예롭지 못한데 그것이 무슨 소용이란 말입니까?'

그 말 역시 가슴에서만 맴돈다.

제이탕마대의 젊은 여승들은 안타까운 시선으로 요인을 보고 있었고, 제일탕마대의 여승들은 언제 철들래, 하는 표정으로 요인을 보고 있었다.

그녀들 사이의 불협한 마음은 쉽게 풀어질 것 같지 않았다.

철진은 조금 더 쉰 다음에 말했다.

"서둘러야 한다. 자칭 정의맹이란 것들이 천문과 싸울 때 우리에겐 좋은 기회가 된다. 명분도 충분하다. 이 기회에 아미의 이름을 드높이고 우리에게 가시 같은 관표도 세상에서 없애야 한다. 그래야 후대에도 아미의 명예가 손상되지 않을 것이다."

그녀의 말에 제일탕마대의 몸에서 살기가 뿜어져 나왔다. 반대로 제이탕마대의 여승들 표정은 더욱 어두워졌다.

문득 자신들을 항상 올바른 방향으로 이끌고자 했던 유진 사숙의 모습이 떠오른다.

그녀의 목소리가 생생하게 들려오는 듯하였다.

"요인아, 너는 절대로 너의 사숙들을 닮지 말거라. 그녀들은 힘의 미약에 중독되어 정도를 벗어난 듯하구나. 나는 능력이 없어서 그것을 막지 못했다. 지금 걱정되는 것은 너희들마저 그렇게 될까 봐, 그래서 아미의 정기가 땅에 떨어질까 봐 걱정되는구나. 너희들만이 아미의 희망이다. 잊지 말거라, 너와 제이탕마대가 바로 아미의 미래임을. 그리고 세상에 비밀이란 없다는 것을. 참으로 두렵구나. 언제고 아미의 이름이 땅에 떨어져 수많은 사람들에게 두고두고 욕을 먹을까 봐 두렵구나."

그렇게 말하며 유진은 탄식을 하였다. 그때 요인은 유진 사숙의 눈에 고여 있는 물기를 보았었다.

요인의 눈가에도 물기가 어린다.

유난히 존경하고 따랐던 사숙이었다.

아미에서 유배되어 버린 사숙.

'사숙, 저도 힘이 없답니다. 키워주고 가르쳐 주신 사부와 사숙님들의 말을 거역하기 어렵습니다.'

요인의 절규였다.

백리장천은 약간 화난 표정으로 환우를 보면서 물었다.

"아직도 찾지 못했는가?"

"죄송합니다."

환우가 고개를 숙였다.

"대체 어디로 사라졌단 말인가? 단 한 번의 연락도 없이."

"잘살아 계실 것입니다."

"그거야 믿고 있지만, 세상이 너무 험해서 걱정이다."

백리장천의 말에 환우는 고개를 흔들며 말했다.

"때가 되면 연락이 오실 것이라 생각합니다."

백리장천은 대답 대신 눈을 내리 감았다.

당장이라도 백리소소가 손을 흔들며 돌아올 것 같았다.

한동안 침묵을 지키던 백리장천이 환우를 보면서 물었다.

"다른 아이들은 무엇을 하고 지내는가?"

"다들 자신의 일에 열심들이십니다. 대공자님께선 이런 저런 학문에도 힘을 쓰시는 것 같습니다. 그리고 큰아가씨는 무엇을 하시는지 항상 바쁘십니다. 그리고 둘째 공자님은 여전히 무공광이십니다. 막내

아가씨는 방 안에서 잘 안 나오시는 것 같습니다. 특히 둘째 아가씨가 사라지고 나서 더욱 그런 것 같습니다."

"음, 막내 화는 유난히 소소랑 친했지. 어떻게 보면 형제들 중에 유일하게 소소랑 친했던 것 같군. 그런 소소가 갑자기 사라졌으니 많이 낙심하고 있겠지. 그러고 보니 화를 비롯해서 아이들을 못 본 지도 오래되었군. 그동안 너무 무공에만 집착한 것인가?"

백리장천은 갑자기 실종되어 버린 아들이 생각났다.

유난히 보고 싶어진다.

끝까지 자신을 원망했던 아들이다.

생각해 보면 무엇인가 깊은 오해가 있었던 것도 같았는데, 그 오해를 풀지도 못하고 아들은 어느 날 갑자기 사라졌다.

그때 시비가 찻잔을 가지고 나타났다.

향긋한 향이 백리장천의 기분을 들뜨게 하고 있었다.

"좋은 차향이군."

"이번에 들어온 선물 중에 설연용정차가 있었습니다."

백리장천의 눈이 커졌다.

"설연용정차라고? 그 귀한 것을 선물 받다니. 대체 누가 보낸 선물인가?"

백리장천이 놀랄 만하였다.

용정차 중에서도 가장 귀한 게 바로 설연용정차였다.

구하기도 어렵지만 쉬이 상해서 보관하기도 어려운 것이 바로 설연용정차였다.

설연용정차는 북해빙궁의 특산물이었다.

용정차라고 하지만 실제 용정차와는 전혀 다른 차였다. 그리고 북해

빙궁의 특산물이라고 하지만, 이 차가 빙궁에서 나는 것은 아니었다.

운남 지역의 동굴 지대에서 나는 이끼가 있다고 한다.

빙궁에서는 이 이끼를 따다가 북극까지 운반해서 차가운 얼음 속에 그들만의 비법으로 말린다고 한다.

그렇게 만든 것이 바로 설연용정차였다.

문제는 운남에서 북해까지 이동하는 중에 십의 구 이상이 상해서 쓸 수 없고, 아주 미량의 양만이 북해에 도착한다고 했다.

이렇게 만들어진 미량의 설연용정차는 사람이 마시면 피가 맑아지고 머리가 상쾌해질 뿐 아니라, 그 향이 진미 중의 진미라고 알려져 있었다.

실제 백리세가의 가주인 백리장천조처 지금까지 설연용정차를 마신 것은 불과 몇 번에 불과했다.

돈이 있어도 살 수 없는 물건이 바로 설연용정차였던 것이다.

"북궁의 묵 공자가 보냈습니다. 아직도 둘째 아가씨를 잊지 못하고 있는 것 같습니다."

"으음."

백리장천의 표정에 안타까운 빛이 어렸다.

"나도 참으로 애석해하고 있네."

백리장천은 눈앞에 놓인 찻잔을 응시하면서 다시 한 번 아들과 백리소소를 떠올렸다.

유난히 아버지와 지어미를 닮은 백리소소였다.

이상하게 그 외의 자식들은 아버지를 닮지 않았다.

자식에 대한 그리움을 지우기라도 하려는 듯 백리장천은 차를 들고 천천히 들이켰다.

그 소중한 차향을 제대로 음미하지도 못한 채.

그러나 그 맛이 어디로 가는 것은 아니었다.

백리장천은 차 한 잔에 기분이 좋아지는 것을 느끼며 말했다.

"휴우, 역시 상쾌하군. 여름에는 시원한 맛을, 겨울에는 따뜻한 기분을 느끼게 해주는 차는 이 설연용정차뿐인 듯하구나. 정말 좋은 차다."

"그것뿐이 아닙니다."

환우의 말에 백리장천이 뜻밖이라는 표정으로 그를 바라보았다.

"또 무슨 맛이 있는가, 이 차에?"

"있습니다."

"흠. 그것이 무엇인가?"

"설연용정차뿐이 아니라 그 안에 다른 것도 함께 있었습니다. 그러니 그 차는 다른 설연용정차와는 또 다를 것입니다."

"그것이 무언인가?"

"단혼명고(鵬魂鳴蠱)라는 것입니다."

"단혼명고? 그것이 무엇인가?"

백리장천의 안색이 굳어졌다.

"단혼명고는 운남 지역에 사는 산박쥐의 침과 신조라는 새의 몸에 기생하는 기생충을 배합해서 만든 독입니다. 무색무취하고 천하에 세상없는 고수라도 그 독을 이겨내지 못한다고 합니다. 물론 저는 그 말을 믿지 않습니다. 가주님 정도면 충분히 그 독을 이겨낼 수 있으실 것입니다. 그러나 그러기 위해선 최소 두 시진 이상 운기를 해야 가능할 것입니다. 그리고 그 시간 동안은 아무리 노력해도 내공을 사용하시기 어려울 것입니다."

백리장천의 눈에서 불이 뿜어져 나왔다.

운기를 해보았다.

환우가 거짓말을 하고 있지 않다는 것을 알았다. 그러나 그는 침착했다.

한동안 눈가를 실룩거리던 백리장천이 물었다.

"왜 인가?"

"세상은 변하고 있습니다. 이제 젊은 영웅이 필요한 시기고, 그 젊은 영웅이 바로 백리현 공자라고 생각했기 때문입니다. 그리고 시녀는 아무것도 모르고 있습니다. 그녀를 혹여나 나무라지 마시기 바랍니다."

"이익!"

백리장천이 이를 악물 때였다.

문이 열리며 세 명의 인물이 안으로 들어왔다.

모두 이남이녀였다.

그들은 백리장천의 손주, 손녀인 백리청, 백리현, 백리광이었다. 백리소소를 뺀 자손들 중 막내 백리화만 빼고 모두 모인 셈이었다.

"너희들은."

백리현이 딱딱하게 굳은 목소리로 말했다.

그의 얼굴엔 감정이란 것은 완전히 지워져 있는 것 같았다.

"조부님, 정말 오랜만에 뵙습니다."

"너희들이 여긴 웬일이냐? 설마……."

"설마가 아니라 사실입니다."

백리장천은 손이 떨리는 것을 느꼈다.

"대체 너희들이 왜?"

그 말에 백리현이 화가 난 듯 말했다.

"왜라니요. 그것을 모르시면 됩니까? 조부님은 아버지가 실종된 후 우리 어머님을 직접 죽이셨습니다. 그것을 잊지 않으셨겠죠?"

백리장천의 얼굴이 백지장처럼 창백해졌다.

아들이 사랑하는 여자와 결혼을 했지만 후사가 없었다. 그래서 반강제로 첩을 맞이하게 되었고, 그녀가 바로 이들의 어미인 여휘였다.

여휘는 장천의 바람대로 내리 아이들을 낳았다. 그리고 그 중간에 아들의 첫째 부인도 딸을 낳고 얼마 후 죽었다.

그 후 여휘는 두 아이를 더 낳았고, 어느 날 아들이 실종되었다.

그런 어느 날 백리장천은 여휘를 만나러 갔다가 이상한 기분이 들어 몰래 안으로 들어갔었다. 그리고 그때 본 광경은 백리장천의 이성을 마비시키고 말았었다.

第十三章
경고,
살고 싶으면 천문의 구역에서 꺼져라!

　백리장천이 안으로 들어선 순간 기척을 느낀 하나의 그림자가 창으로 몸을 날리고 있었는데, 상대는 남자였고, 그 남자는 벌거숭이였다.

　여휘 역시 알몸이었다.

　온몸에 땀이 가득한 모습.

　끈적하게 달아오른 눈빛.

　바보라도 알 수 있는 상황이었다.

　백리장천은 너무 기가 막히고 화가 나서 도망가는 남자를 쫓을 생각조차 하지 못했다.

　백리장천의 고함 소리.

　당당하게 사랑하는 남자라고 말하는 며느리 앞에서 백리장천은 망연자실하고 말았다. 그리고 마침 달려온 아이들 앞에서 참지 못한 백리장천은 단 일 검에 여휘를 죽이고 말았다.

바로 어제 일어난 일처럼 생생하게 떠오른다.

다시 생각해도 몸이 덜덜 떨려온다.

"그년은 다른 남자를 만나고 있었다."

소군자 백리현은 다시 딱딱하게 굳은 얼굴로 대답하였다.

"그건 모릅니다. 제가 아는 것은 바로 제 앞에서 어미가 당신의 검에 죽었다는 사실뿐입니다."

백리청이 눈에 살기를 머금고 백리현의 말을 도왔다.

"그날 이후 우리는 복수만을 꿈꾸며 살아왔다. 나와 현이가 오래전부터, 그리고 삼 년 전에 광이가 합세하였다."

그녀의 목소리는 백리현과 또 달랐다.

백리현과 백리광이 아직은 적응을 못하고 있는 것 같은 데 반해 그녀는 침착하고 능숙했다.

백리장천은 아득해지는 기분이었다.

"그래, 어쩔 셈이냐?"

백리장천이 날카로운 시선으로 백리청을 노려보며 묻자 백리청이 차가운 표정으로 대답하였다.

"당신이 조부라는 이유 하나로 죽이진 않을 것이다. 그러나 금제는 가해야겠지. 모두 나가 있어라. 환우도 한 시진만 나가 있으세요. 내가 조부님과 일 대 일로 할 이야기가 있습니다."

"알았습니다, 아가씨."

환우를 비롯해서 일행이 나가려 하자 백리장천이 환우를 보고 물었다.

"너는? 너는 왜냐? 아까 말한 이유로는 내가 이해할 수 없다. 무슨 이유로 나를 배신한 것이냐?"

환우는 잠시 머뭇거리다가 말했다.

"그것은 청 아가씨에게 들으십시오."

일행이 다 나가고 나자 백리청과 백리장천만 남았다.

백리청이 파랗게 빛나는 눈으로 백리장천을 노려보면서 말했다.

"그 이유는 나중에 알기로 하고, 조부님이 저를 위해서 하실 일이 있습니다."

말투는 경어로 바뀌었지만, 그 말속엔 비웃음과 한이 담겨 있었다.

말과 동시에 백리청의 손이 번쩍였고, 백리장천은 마혈이 점혈당했다. 그리고 그 순간 백리청의 손이 백리장천의 머리를 짚었다.

잠시 후 백리장천은 자신의 내공이 백리청의 몸으로 쏟아져 들어가는 것을 느끼고 기겁하였다.

"이이……."

"반항하지 마세요. 그러면 정말 힘들어진답니다."

백리장천의 얼굴이 일그러졌다.

반항하는 백리장천의 백옥무연신공과 백리청의 흡정무한신공이 팽팽하게 힘 겨루기를 하고 있었다.

"네, 네가 사공까지 익혔구나."

"호호, 내가 사공을 익힌 것은 사실입니다. 그리고 이 무공은 사공 중의 사공인 흡정무한신공입니다."

그 말을 들은 백리장천은 다시 한 번 놀라고 말았다.

흡정무한신공은 사술과 다르다.

이 무공은 다른 자의 내공을 흡수할 수 있지만, 반드시 같은 무공을 익힌 자라야 가능하고, 그 효율성은 여타 사공이랑은 전혀 달랐다. 특히 자신보다 강한 고수의 무공을 흡수하고 조금만 노력하면 그 무공을 고스란히 자신의 무공으로 만들 수 있게 된다.

바로 사교의 무공 중에서도 가장 지독한 무공이 바로 흡정무한신공인 것이다. 그러나 이 무공의 문제점도 있다.

상대가 자신보다 무공이 강하고 반항을 한다면 역으로 내공을 빼앗길 수 있었다.

또한 무공을 시전하며 말을 할 수 있는 장점도 있었다.

지금 백리장천은 자신의 내공을 제대로 쓸 수 없는 상황이었다. 그런데도 불구하고 백리청의 흡정무한신공과 대등하게 대항하고 있었던 것이다.

'정말 대단한 늙은이다. 결국 그 방법을 쓸 수밖에 없겠구나.'

그녀는 결심을 굳히고 백리장천을 보면서 말했다.

"왜 환우가 아무 말도 안 했는지 아시나요? 그분은 바로 나의 아버지시랍니다."

"뭐, 뭐라고?!"

백리장천은 백리청의 말에 내공이 엉키는 것을 느끼고 입과 코에서 피를 흘리고 말았다.

동시에 그의 내공은 무서운 속도로 빨려 나갔다.

"당신이 본 그 남자가 바로 나의 아버지였답니다. 호호, 흡정무한신공도 아버지가 구해준 것이죠. 이 무공은 십 세 이전에 배우기 시작해야만 완전히 익힐 수 있는 무공이구요."

"으으."

백리장천이 이를 악물었다.

"그리고 당신의 아들도 바로 나의 아버지에게 죽었답니다. 너무 슬퍼 마세요, 잘 묻어두었으니. 그리고 동생들은 그 사실을 영원히 모를 것입니다."

백리장천의 얼굴이 시커멓게 죽어갔다.

"당신이 강제로 어머니를 당신의 아들에게 시집오게 하기 전부터 아버지와 어머니는 서로 사랑하는 사이였죠. 당신은 어머니의 집안에 압력을 넣어 어쩔 수 없이 어머니는 당신의 아들과 강제로 결혼할 수밖에 없었죠. 어머니는 당신의 힘이 무서워 아무 말도 못하고 당신의 아들과 결혼을 하였죠. 내가 아홉 달 만에 태어난 것은 바로 그 때문이랍니다. 어머니가 이곳에 시집왔을 때 나는 이미 뱃속에 있었답니다."

백리청은 무표정한 표정으로 책을 읽듯이 말했다. 그러나 대답하는 백리장천의 정신은 무너지고 있었다.

어느새 그의 내공은 백리청의 단전에 차곡차곡 쌓이고 있었다.

"당신을 죽이진 않겠어요. 백치가 되어서 내가 당신의 가문을 천하 제일로 만드는 것을 지켜보십시오."

백리청의 젖은 눈에 광기가 어린다.

하나의 마을과 천문이 함께 들어선 녹림도원은 아름다웠다.

돌과 나무로 만들어진 마을과 잘 정비된 도로, 그리고 인공호에 이르기까지 완벽한 조화를 이루고 있었다. 그리고 마을의 생필품과 여러 가지 물건을 파는 가게에 이르기까지 하나의 마을로서 완성되어 가고 있었다.

비록 기루는 없지만, 간단하게 술을 마실 수 있는 곳도 세 곳이나 있었고, 그곳은 다루와 음식도 같이 팔게끔 만들어 마을 안에서 하나의 완전한 사회를 구성하고 있었다.

천문의 취의청 건물은 벽과 지붕까지 돌로 되어 있는 독특한 건물이었다.

그 안에서는 지금 한창 회의가 진행 중이었다.

표풍검 장충수가 좌중을 둘러보면서 말했다.

"현재까지 들어온 정보를 종합해 보면 자칭 정의맹의 세력은 화산과 남궁세가, 사천당가인 것으로 알려져 있습니다. 그 외 중소방파들이 상당수 있고, 인원은 거의 삼천 정도인 것 같습니다. 하지만 우리가 전혀 모르고 있는 세력도 포함되어 있을 수 있습니다."

장충수의 말을 들은 좌중은 조용해졌다.

장충수는 좌중을 한 번 더 둘러보고 말을 이었다.

"현재 맹주는 독종 당진진이, 그리고 그 외에 군사와 사대무상, 그리고 십대당주 등이 있다고 합니다. 사대무상은 화산용검 하불범, 칠기자 당무염, 전궁비환검 남궁일기 등이며 마지막 한 명은 누구인지 밝혀내지 못했습니다."

맹주가 당진진이라는 말을 듣자 모두의 얼굴이 굳어졌다.

당진진에 대한 수많은 전설들이 떠오른 것이다. 하지만 그 누구도 두려워하는 표정은 아니었다.

그들은 누구라도 이길 자신이 있었던 것이다.

새로 무공을 배우고 그동안 꿈에서조차 무기를 휘두른 그들이었다.

배부른 자가 밥을 먹는 것과 굶었던 자들이 밥을 먹는 것은 다르다. 배고파 보았던 자만이 밥의 소중함을 제대로 알게 마련이다.

바로 이들이 그랬다.

강호의 중심에서 벗어나 있던 자들.

그토록 배우고 싶어도 배울 수 없었던 무공.

그런 그들이 그토록 원하던 무공을 익힐 때 그들의 기분은 누가 감히 짐작할 수 있으랴.

어려서부터 모든 혜택을 받고 자란 대문파의 제자들이 알 수 있을까?

그건 불가능한 일이었다.

이제 그들에게 있어서 녹림도원과 천문은 앞으로 살아가야 할 터전이었고, 꿈이었으며, 희망이었다.

누구라도 그것을 망치려 하면 용서하지 않을 것이다.

관표가 그들의 기분을 느낀 듯 말했다.

"당진진은 내가 상대할 것이다."

간단한 말이었지만 관표의 말에는 자신감이 어려 있었다.

모두들 얼굴이 밝아졌다.

자신들에게도 당진진 못지않은 문주가 있다는 사실을 상기한 것이다.

"지금 그들은 정면으로 천문을 향해 오는 중입니다. 아마도 정면 대결로 결판을 내려는 것 같습니다."

그 말을 들은 반고충이 고개를 흔들었다.

"그건 아닐 걸세."

모든 시선이 반고충을 향했다.

"얼마 전에 복면인들이 공공연하게 도전해 왔었다는 이야기를 들었네. 그들은 아마도 우리 천문의 힘을 가늠하기 위해 왔겠지. 그렇다면 정의맹에서도 이쪽의 힘을 어느 정도 알고 있다 할 수 있겠지. 그렇다면 말일세, 그쪽에도 그 정도로 신중한 누군가가 있다고 봐야 하네. 즉, 복면인들을 보낸 자는 아직 베일에 가려 있는 현 정의맹의 군사가 아닌가 싶네. 그리고 수백 년을 이어온 정파의 저력은 그렇게 만만한 것이 아닐세. 무작정 쳐들어올 정도로 바보들은 아니란 것이지."

반고충의 말을 들은 관표가 물었다.

"사부님은 어떤 생각이십니까?"

"그러니까 그들은 말일세, 나라면 이렇게 하겠네. 일부가 정면으로 공격해 오면 우리는 새로 만들고 있는 마을을 위해서도 마중 가서 싸워야만 하네. 그렇다면 그들 중 일부가 우회해서 곧장 이곳을 칠 것이네. 그렇다면 정면에서 오는 자들은 시간을 끌고 우회한 자들은 텅 빈 이곳을 유린하겠지. 그러면 우리는 당황할 것이고, 자칫 아주 쉽게 무너질 수도 있네. 저들은 숫자적으로나 고수 면에서나 우리보다 훨씬 많고 강하다 생각할 것일세. 그렇기 때문에 두 개 조로 나누어도 우리 측이 전력을 다한 것에 밀리지 않는다고 자신할 것일세. 물론 그 말도 일리는 있네. 그들이 우리보다 강한 것은 사실이니까. 하지만 아무리 우리에 대해 조사를 했다고 해도 우리의 힘을 완전히 추측하기는 불가능할 것일세. 그게 약간의 변수가 되겠지. 강시란 존재도 생각하지 못했을 것이고."

운하를 파고 마을 쪽에 공사를 할 때도 상당히 많은 강시들이 투입되었지만, 공사를 하기 위해 일꾼으로 산 사람들과는 따로 공사를 하였고, 일반 강시와 달리 그들의 행동이 유연했기에 그 누구도 강시의 존재를 알아보지 못했다.

반고충의 말을 들은 사람들은 모두 숙연해졌다.

"그럼 어떻게 하면 되겠습니까?"

"우리도 반으로 나누어야겠지. 그리고 이곳을 수성하는 조는 시간을 끌고 있고, 반대로 저들의 주력을 정면으로 공격하는 조는 단숨에 상대를 무찌르고 이쪽을 도와주면 되네. 아니면 이곳에서 모든 적을 상대하든지. 그럴 경우엔 마을과 우리가 지금까지 만들어놓은 것들은 포기해야겠지."

반고충의 말에 관표는 간단하게 대답하였다.

"두 개 조로 나눕니다. 제가 마중을 나가는 조를 맡겠습니다. 이곳은 반 사부님이 맡으시고 장로님들을 비롯한 몇몇 분들, 그리고 강시들이면 충분히 수성이 가능하리라 생각합니다. 잠시 후에 조를 나누겠습니다. 그리고 조공 당주님."

"말씀하십시오, 문주님."

"제가 준비해 달라던 것들은 준비가 되었습니까?"

"다행히도 준비를 마쳤습니다."

"그렇다면 그 물건을 먹지로 싸서 수하들이 들고 나갈 수 있게 해주십시오."

"준비해 놓겠습니다."

"이 장로님."

"예, 문주님."

관표의 부름에 백골노조가 대답을 하였다.

"저수지 둑은 전에 저와 이야기한 대로 설계되어 있는 것이 맞습니까?"

"틀림없이 그렇게 했습니다. 걱정하지 마십시오."

"좋습니다. 그렇다면 해볼 만합니다. 여러분, 이곳은 우리의 터전입니다. 그리고 우리는 적이 쳐들어올 것을 대비해서 일 년 이상을 준비해 왔습니다. 비록 저들은 강하지만 우리도 강합니다. 그리고 우리는 지리의 이점이 있습니다. 저들이 생각하지도 못했던 대반전이 있을 것입니다. 즉, 우리는 이길 것입니다!"

관표의 말에는 자신감에 가득 차 있었다.

그의 말이 떨어지자 천문의 수뇌들 역시 이길 수 있다는 자신감이 드는 것을 느꼈다.

"충!"

천문의 전 수하들이 단 한 마디로 대답하였지만, 그들의 눈에는 절대 지지 않겠다는 의지가 가득하였다.

그 후로도 회의는 상당 시간 더 이어졌다.

그렇게 정의맹의 침략에 대한 작전이 수립되고 있었다.

관도에서 모과산 녹림도원으로 이어지는 길로 이천여 명의 무인들이 줄을 지어 들어서고 있었다.

그들의 선두에는 하불범과 남궁일기를 비롯해서 정의맹 십대당주 중 다섯 명이 당당하게 말을 타고 있었다.

후미에는 당진진과 몇 명의 고수들, 그리고 군사인 제갈소가 역시 말을 타고 있었는데, 나란히 말을 몰아가는 당진진과 제갈소는 함께 걸으면서 여러 가지 이야기를 나누고 있었다.

제갈소가 새로 만들어진 길을 보면서 말했다.

"참으로 잘 만들어진 길입니다. 그들이 새로 만들려 했던 마을이 궁금합니다."

"이 정도로 넓은 길이라곤 생각하지 못했는데, 침입자에게 너무 유리한 것 아닌가?"

"이 길에 함정이 설치되어 있을 수도 있습니다. 혹여 모르니 조심하는 것이 좋을 것 같습니다."

"그거야 앞에 있는 사람들이 할 일이지. 염이가 비록 자네만은 못할지 모르지만 기관진에 대해서도 상당한 지식이 있는 아이일세. 쉽게 당할 아이는 아니지."

중년으로 보이는 당진진이 당가의 노고수인 당무염을 아이 부르듯하는 것은 듣기에 따라 민망스러울 수 있었다. 그러나 이곳까지 오면서 이미 단련이 된 제갈소는 가볍게 웃을 수 있었다.

"이제 그들이 나타날 때가 된 듯합니다."

"그들은 이미 우리를 기다리고 있네."

당진진의 말에 제갈소가 앞쪽을 바라보았다.

약 삼십 장 정도 앞에 길은 작은 산을 중심으로 굽어져 있었다.

제갈소가 웃으면서 말했다.

"저 길을 돌면 그들이 나타나겠군요."

이미 그들의 기운을 감지하고 있던 당진진이 고개를 끄덕였다.

"그렇다. 그래도 산에 숨어서 기습할 생각은 아니고, 정면으로 싸우려 하는 것 같다."

"그들이 숨어서 습격하려 해도 이쪽에 고수들이 많아 금방 알아챌 것을 알기 때문일 것입니다."

"그럼 정면으로 싸우면 우릴 이길 것으로 생각하는 건가?"

제갈소가 웃으면서 대답하였다.

"그들로서는 그것밖에 방법이 없을 것입니다."

당진진도 그 말에 고개를 끄덕였다.

선두의 하불범 등이 길을 돌아가자 과연 길 저편에 나타난 천문의 인물들을 볼 수 있었다.

무림정의맹 고수들이 나타나자 천문의 무리들 중에 한 명이 말을 달려 나왔다.

마른 몸에 얼굴에 칼자국이 난 자로 그의 인상은 참으로 고약하게 생겼다. 독사눈에서 예리한 눈빛이 번쩍일 땐 보는 사람들을 섬뜩하게 만들곤 하였다.

"나는 천문 청룡단의 단주인 장칠고다! 오는 자들은 누구인가? 그리고 무슨 뜻에서 우리의 구역을 침범하였는가?"

장칠고의 말에 정의맹 쪽에서도 한 명의 대한이 앞으로 달려 나갔다. 그는 바로 금검문의 문주인 맹호금검 가담휘였다.

"나는 금검문의 가담휘다. 지금부터 무림정의맹의 뜻을 전하겠다."

그 말을 들은 장칠고가 코웃음을 치면서 말했다.

"무림정의맹? 그건 누구 맘대로 갖다 붙인 것인지 모르겠지만, 어디 말해 보아라!"

"우리는 녹림의 도적들인 관표와 그 일당을 치러 온 정파연합이다. 관 표는 무기를 버리고 나와서 항복한다면 목숨만은 살려줄 것이다! 그렇지 않다면 오늘 이후 천문과 관련한 모든 자들은 살아남지 못할 것이다!"

그 말을 들은 장칠고가 어이없다는 표정으로 말했다.

"정파에 인재가 그렇게 없나? 이왕이면 좀 그럴듯하게 말해 보아라! 네놈들이 정의맹이면 우린 천의맹이다. 그럼 지금부터 천문의 문주님 이신 투왕께서 너희들에게 보낸 말을 그대로 전한다. 일, 살고 싶으면 천문의 구역에서 꺼져라! 이, 항복하는 놈은 살려줄 것이다. 삼, 덤비 면 죽는다. 이상이다."

장칠고는 그 말을 하곤 돌아서 버렸다.

대답을 하든 말든 신경도 안 쓰겠다는 뜻이었다.

이 어이없는 광경에 정의맹 측은 모두 얼떨떨한 기분이었다.

이런 무지막지한 경고도 처음이었지만, 설마 타협조차 안 할 줄은 생각지 못한 것이다.

보통 세가 불리하면 어떻게 하든지 타협으로 위기를 극복하려 하는 것이 당연했다. 그런데 자칭 천문이라 하는 자들은 정면으로 경고를 한 것이다.

실제 상대가 녹림의 도적들로 생각하고 이곳에 온 자들이 대부분인

정의맹 입장에서는 어이없는 일이었다.

이때까지 녹림의 무리들은 대문파가 나선 자리에 감히 나타나지도 못하는 것이 관례였다. 그리고 나타난다고 해도 잔뜩 웅크리고 감히 고개조차 들지 못했다.

아무리 관표가 있다 해도 이쪽엔 당진진이 있었다.

정의맹으로선 장칠고의 말에 화가 났다.

모두 흉흉한 눈빛을 하고 앞으로 전진하였다. 그리고 가까이서 본 천문의 괴이한 진세를 보고 모두 희한하다는 눈빛으로 그들을 보았다.

천문은 거대한 방패를 든 자들을 앞줄에 세우고 있었는데, 그들 중 맨 앞에 선 자들의 방패는 직사각형으로 사람 하나를 완전히 가리고도 남을 만큼 컸다. 그리고 그 뒤에는 작은 방패를 든 수하들이 오 열로 도열해 있었다.

그들의 숫자는 모두 오십여 명이었는데, 그들이 든 방패는 검은 종이로 싸여져 있었다.

어떻게 보면 무슨 비밀 무기라도 들고 나온 듯한 분위기였다.

그것을 본 당진진이 제갈소를 보고 물었다.

"저들이 들고 있는 것은 방패 아닌가? 그런데 왜 검은 종이로 앞으로 가렸지?"

제갈소가 웃으면서 말했다.

"우선 방패는 태양을 가리기 위해서입니다. 우리가 이 시간에 맞추어 여기까지 온 것은 태양을 등지고 싸우기 위해서입니다. 그리고 저들이 든 방패는 쇠로 만든 방패일 것입니다. 그렇다면 햇볕을 받을 경우 굉장히 뜨거워지죠. 검은 종이로 가린 것은 그 때문일 것입니다. 그리고 저 방패를 든 자들 곁에 또 한 명의 사람들이 창을 들고 서 있는 것이 보일 것입니다."

당진진이 살펴보니 과연 그랬다.

방패수들 옆에는 정확하게 한 명씩의 천문 수하들이 더 서 있었는데, 그들은 모두 창을 들고 있었다. 그리고 방패수들은 검을 허리에 차고 있었다.

당진진이 고개를 끄덕이며 말했다.

"흠, 저것은 간단한 양의진이군."

"맞습니다. 둘이 한 조가 되어 공격해 오는 자의 검을 방패로 막고 창을 든 자가 상대를 공격하는 전법입니다. 그래도 제법 위협적일 수 있습니다. 결코 쉽게 보아서는 안 될 것입니다."

당진진 역시 고개를 끄덕이며 그 말에 동의를 하였다.

그리고 그들이 하는 말은 선두의 수뇌들에게도 전부 알려졌다.

상대의 전법은 충분히 알 만했다. 그러나 확실히 이인 일조로 움직이는 상대방의 전법은 뜻밖이었고, 결코 간단하게 볼 수 있는 문제가 아니었다.

한 명은 방어만 하고 한 명은 공격만 한다면 상대하기가 여간 까다롭지 않을 것이다. 더군다나 이쪽은 무공 면에서 상대방보다 앞도 적으로 강하지만, 협공이나 합격전에는 약한 편이었다.

천문은 그것을 꿰뚫어 보고 준비를 한 것이다.

관표란 자에 대해서 은근히 감탄하는 순간이었다.

第十四章
나는 너 이외의 맏며느리를 두지 않을 것이다

정의맹은 천문이 진을 친 곳 삼십 장 앞에서 전진을 멈추었다.

상대가 그런 전법으로 나온다면 이쪽은 그에 맞대응할 방법이 있었다. 우선 일 대 일 대결로 상대방의 기를 죽여놓을 생각을 한 것이다.

아무래도 일 대 일 대결이라면 정의맹 쪽이 훨씬 유리할 수밖에 없었다.

선봉에 있던 하불범이 뒤를 돌아보며 말했다.

"누가 나가서 저들에게 정의맹의 무서움을 알려주겠는가?"

그 말이 끝나자 기다렸다는 듯이 한 명의 무사가 신형을 날렸다.

"내가 산동의 무적권(無敵拳) 장패다! 누가 나와 겨루어보겠는가?"

그의 쩌렁한 목소리가 모과산을 흔들 것만 같았다.

산동의 무적권이라면 산동성에서 알아주는 권의 고수였다.

무적권의 말에 천문에서도 한 명의 인물이 뛰쳐나왔다.

"네놈이 무적검이면 난 천하제일무적검(天下第一無敵劍)이다!"

고함과 함께 뛰쳐나온 자는 청룡단의 왕호였다.

싸움이라면 밥 먹는 것보다 좋아하고, 시비라면 언제든지 환호하는 것이 바로 왕호다.

그의 별명이 왜 왕깡이겠는가.

무적권 장패가 왕호의 빈정거리는 말에 기분이 상한 듯 말했다.

"이놈, 이름을 밝혀라!"

"난 천문의 청룡단 단원인 왕호다!"

"허."

장패는 한숨을 쉬고 말았다.

청룡단의 단주는 고사하고 부단주도 아닌 일개 단원이라는 놈이 검을 들고 덤비니 그로선 정말 자존심이 상하는 일이었다.

"아이 놈아, 돌아가서 젖이나 더 먹고 오너라!"

그 말을 들은 왕호가 갑자기 섬광신법과 섬광검법의 제일식인 추혼발검을 펼치며 고함을 질렀다.

"네놈을 죽이고 네 마누라 젖을 빨아주마!"

장패는 상대가 일개 단원이란 말에 의욕을 상실해 있다가 갑자기 달려드는 왕호를 보고 당황하였다.

설마 상대의 신법이 이렇게 빠를 줄은 상상도 하지 못했고, 그의 검은 더 빨랐다.

미처 주먹을 들지도 못하고 왕호의 검에 심장을 찔리고 말았다.

단 일 검이었다.

정의맹의 사람들 대부분은 황당하다는 표정들이었다.

설마 무적권 장패가 그렇게 쉽게 죽을 줄은 생각지도 못한 것이다.

"으으........."

장패의 신음에 검을 뽑아 든 왕호가 의기양양한 표정으로 말했다.

"좀 강한 놈 없냐? 어이, 대머리, 그러지 말고 네가 와라! 일검에 목을 따주마!"

한 번 이긴 왕호는 의기양양한 나머지 하불범을 보면서 뻐기고 있었다. 그 모습을 본 천문에서는 환호를 하였지만 정의맹 입장에서 보자면 실로 어이없는 일이었다.

우선 무적권 장패가 단 일 검에 죽었다는 사실부터 그렇지만, 상대가 이름도 들어보지 못한 인물이란 점에서 더욱 그랬다.

왕호가 하불범에게 대놓고 덤비라고 하자 하불범은 귀에서 연기가 나올 지경이었다.

당장이라도 쫓아가서 쳐죽이고 싶지만, 대화산파의 장문인 체면에 무명소졸과 싸울 순 없는 노릇이었다.

놀란 것은 정의맹의 무사들뿐이 아니었다.

제갈소 역시 예상 못한 상황에 조금 불안해지는 마음이 들었다.

이미 천문 수하들의 무공 수준을 어느 정도 예상하고는 있었지만 이 정도는 아니었다.

"이놈, 어쩌다가 한 번 이긴 것으로 기고만장이구나! 어디 이번에 나의 검을 받아보아라!"

고함을 치면서 뛰쳐나간 것은 화산의 일대제자인 담고였다.

담고는 올해 삼십의 나이로 화산의 장로인 열화문검(烈火刎劍) 도지삼의 제자였다.

도지삼은 화산의 장로들 중 장문인을 뺀 서열 삼위의 인물이었다. 화산의 최고 고수들을 꼽으라면 전대의 고수들을 빼곤 당연히 화산 칠

매(七梅)를 꼽을 것이다.

이들은 모두 화산의 전대 고수들 중에서도 가장 강한 무공의 소유자였던 삼검일수의 제자들로 지금도 화산의 중추로 존재하고 있었다.

그들 중 첫째가 현 화산파 장문인인 화산용검 하불범이고, 넷째가 열화문검 도지산인 것이다.

열화문검이라는 별호에서 볼 수 있듯이 도지산의 성격은 그야말로 불같고 타협을 모르는 자였다.

그의 제자들 또한 그 성격과 비슷한 명이 있는데, 담고가 바로 그의 제자였다.

그는 화산의 일대제자들 중에서도 상위권에 드는 청년 고수였다.

무적권 장패의 실력이 뛰어나지만 명문의 제자로서 어렸을 때부터 차분하게 무공을 익혀온 담고와 같을 순 없었다.

담고는 아직 별호가 없다.

이런 큰 전투에 나선 것도 처음이었다. 그러니 당연하게도 호가 없을 수밖에 없었다.

그는 이번 전투가 자신의 이름을 세상에 알릴 수 있는 기회라 여기고 있었다. 그리고 자신도 있었다.

상대는 겨우 도적의 무리가 아닌가.

왕호의 입가에 흡족한 미소가 감돌았다.

그는 바로 이것을 원했다.

명문파의 제자.

한때 그것을 얼마나 부러워했던가? 하지만 지금은 다르다.

그는 정말 자신의 지금 위치를 화산의 장문인 자리와 바꾸자고 해도 바꾸지 않을 것이다.

그만큼 천문이 좋고 관표가 좋았다.

그가 차별없이 가르친 검법도 그의 마음에 꼭 들었다.

왕호는 그것으로 명문의 제자라는 자를 정식으로 꺾어보고 싶었다. 이제 무공을 제대로 배운 지 불과 이 년이다. 그러나 그동안 그가 흘린 땀은 명가의 제자들보다 수십 배는 더 될 것이다.

"흐흐, 기다리고 있었다. 어서 오너라!"

왕호의 눈이 번들거리고 있었다.

그것을 보는 담고의 안색이 조금 굳어졌다.

겁을 먹거나 질 것이란 생각은 하지 않았지만, 기분이 나빠졌다.

대체 무엇을 믿고 저렇게 자신감을 가질 수 있는 것일까? 그것이 그의 자존심에 상처를 주었다.

"놈! 화산이 왜 구대문파 중 하나인지 알게 해주마!"

"꼬마야, 잔소리 말고 덤비기나 해라! 천문이 왜 천하제일문파인지 알게 해주마!"

역시 청룡단의 단원들은 말싸움엔 모두 신의 경지에 다다라 있었다.

담고는 아예 입을 꾹 다물고 검을 들어 천천히 왕호에게 다가섰다.

모든 시선이 두 사람에게 모아져 있었다.

두 사람의 거리가 가까워졌다.

검과 검이 닿을 듯한 거리.

"차앗!"

소리와 함께 담고의 검이 사선을 그리면서 왕호의 목을 노리고 공격해 왔다. 화산의 정식 제자만이 익힐 수 있다는 이십사수 매화검법이 펼쳐진 것이다.

"흠!"

하는 짧은 기합과 함께 왕호는 육절연환유성검법(六節連環流星劍法)을 펼치기 시작했다.

이는 막사야가 익힌 유성검법십삼식 중 전육식으로, 천문의 수하들 중 검을 익히는 사람은 누구나 익히는 천문의 기본 검법이었다.

검법은 연환으로 펼치기 좋고 중검이나 쾌검, 어느 검법을 익히는 사람도 기본 무공으로 익히기에 딱 좋은 검법이었다. 그리고 기본 무공이긴 하지만 어느 정도 경지에 이르면 이 검법의 위력은 능히 어떤 일류검법보다 아래가 아니었다. 그리고 연환으로 펼치면 더욱 위력이 강해지는 특성이 있었다.

왕호는 육절연환유성검법으로 단고의 검을 막은 것이 아니었다. 그대로 공격해 들어갔다.

상대의 공격을 완전히 무시한 왕호의 검은 단호했다.

단고는 당황하였다.

설마 상대가 이렇게 무식하게 나올 줄은 몰랐던 것이다. 더구나 처음 장패를 죽인 초식이 아니라 엉뚱한 초식이 아닌가?

하루가 멀다 하고 진검 결투를 하는 곳이 바로 천문이다. 그리고 그보다 더 위험한 곳은 바로 맹룡십팔관이었고, 그 안의 강시는 정말 무자비했다.

그 안에서 팔다리가 부러진 천문의 수하들이 부지기수였다.

무공에서는 몰라도 실전에서라면 단고가 왕호의 상대는 아니었다. 왕호는 제일초 교수첨미(較修尖尾)로 시작해서 제이초 유성역행(流星力行), 제육초 월인괴섬(月刃怪閃)에 이르기까지 단숨에 펼치고 있었다. 그리고 왕호의 검법은 육초식에서 이초식으로, 그리고 이초식에서 삼초식 연환수천(連環水喘)으로 변화하는데, 단고는 정신을 차릴 수가 없었다.

그의 매화검법은 왕호의 검법에 막혀 허우적거리고 있었는데, 사실상 실력에서 뒤지는 것이 아니라 기세에서 완전히 밀리고 있었다.

사람들은 숨을 죽이고 지켜본다.

분명히 내공과 무공에 있어서는 담고가 한 수 위인 것 같은데 결과는 반대로 나타나고 있었던 것이다.

이는 패기와 기백, 그리고 경험에서 담고가 밀리고 있었기 때문이다. 당진진이 찬탄하면서 말했다.

"저자는 정말 타고난 싸움꾼이군! 더군다나 저자가 펼치는 검법이 무엇인지 모르지만 결코 매화검의 아래가 아니다. 그런데 아무리 봐도 어디 유파의 무공인지 종잡을 수가 없군."

그 말을 들은 제갈소가 대답하였다.

"어쩌면 사라졌다가 나타난 무공일지도 모릅니다."

"그럴 수도 있겠군."

당진진도 제갈소의 말이 맞다고 생각했다.

그렇지 않으면 자신이 처음 본 검법의 투로를 달리 설명할 길이 없었다. 만약 현존하는 유명한 검파의 투로였다면 자신이 모를 리 없었다.

최소한 매화검법과 견줄 수 있는 검법이라면 말이다.

"그건 그렇고… 안 좋은데."

당진진의 말에 제갈소가 그녀를 보며 물었다.

"무엇이 말인가요?"

"저자는 아직 장패를 이길 때 쓰던 무공을 쓰지 않았어. 아무래도 확실한 틈을 노리고 있는 것 같은데."

그녀의 말이 끝나자마자 마치 약속이라도 한 듯, 왕호의 검이 갑자기 빨라지며 담고의 목을 향해 찔러갔다.

다시 한 번 섬광검법의 추혼발검이 펼쳐진 것이다.

유지문과 겨룬 후 관표가 알려준 방법을 왕호는 지금 적절히 사용하고 있었다.

"위험해!"

하불범의 고함과 함께 담고는 화산의 신법을 극성까지 펼치며 뒤로 물러섰다. 그러나 조금 늦어서 왕호의 검이 그의 뺨을 스치고 지나갔다.

피가 튀면서 담고는 다리가 떨리는 것을 느꼈다.

공포.

그는 공포로 인해 허겁지겁 기어서 도망간다.

그 뒤를 왕호가 쫓으며 검으로 그의 등을 찌르려 할 때였다.

"위험하다, 돌아와라!"

관표의 전음이 그의 귓전을 때렸고, 왕호는 찔러가던 검을 회수하며 몸을 뒤로 굴렀다.

아슬아슬하게 검 하나가 그의 가슴을 스치고 지나갔다.

담고와 왕호의 결투에 끼어든 자는 자신의 기습이 실패하자 노해서 다시 왕호를 공격하려 했다. 그러나 그때는 이미 누군가가 그의 검을 막아서고 있었다.

"정파라는 것들이 일 대 일 대결에 끼어들다니! 대체 넌 누구냐?"

담고가 위기에 처하자 뛰어나온 것은 담고의 대사형인 랑하풍검(狼風劍) 소원의였다.

그의 나이 삼십이 세.

그의 무공은 화산 최고의 후기지수라는 화산삼검 바로 아래라고 할 수 있었다. 그리고 소원의를 막아선 것은 청룡당의 당주인 장칠고였다.

장칠고의 독사눈이 매섭게 빛나면서 소원의를 노려보고 있었다.

소원의는 그의 살벌한 인상에 움찔했지만, 곧바로 정신을 가다듬고 말했다.

"무슨 소리냐? 이미 공격할 의지를 잃은 자를 공격하여 죽이려 하는 것은 파렴치한 짓이다. 그것을 모르는가?"

그 말을 들은 장칠고가 소원의를 비웃으며 말했다.

"이런 멍청한 놈, 여긴 전쟁터다. 완전히 제정신이 아니군."

소원의는 할 말이 없었다.

말로 지고 나니 상당히 민망한 기분이 든다. 그리고 그때 장칠고의 검이 무서운 속도로 소원의를 찔러왔다.

소원의는 민망한 마음에 슬쩍 고개를 돌렸다가 차갑고 예리한 기운을 느끼자 기겁하고 뒤로 물러섰다. 그러나 고수들 싸움에서 뒤로 물러서는 것은 정말 어리석은 짓이었다.

장칠고는 철룡단에서도 무공이 가장 강하지만, 초기에서 지금까지 천문의 수하가 된 자들 중 가장 빠르게 무공이 성장한 인물 중 한 명이었다.

완벽하게 개정대법을 이룬 그의 내공은 거의 일 갑자에 달했고, 임맥과 독맥이 완전히 뚫린 상태였다.

아쉽다면 아직 완벽하게 그 내공을 자신의 것으로 만들지 못했다는 것인데, 그 정도만 해도 능히 일류고수로서 충분한 내공을 지녔다고 할 수 있었다.

특히 섬광삼절검법과 섬광영신법은 그의 신체적인 조건과 완벽한 궁합을 이루고 있었다. 왕호와 적황이 청룡단의 이위에 해당하는 무공을 지니고 있었지만, 그 둘의 무공은 장칠고와 비교할 수 없었다. 적황과 왕호의 개정대법이 비록 구할에 이르러 이제 마지막 단계만 남은 상황이었지만, 그 일 할의 차이는 하늘과 땅 차이였다.

또한 열혈의 왕호와는 달리 장칠고는 냉정하고 말싸움에서 져본 적이 없을 만큼 자신을 잘 다스리는 자였다. 그리고 상대방의 빈틈을 찾는 눈이 누구보다도 날카로웠다.

말로 상대를 무너뜨리고 그 틈을 공격하는 장칠고의 검은 빨랐다. 같은 검법의 같은 초식이지만, 장칠고의 검은 왕호의 검보다 세 배나 빨랐다.

소원의가 아차 싶어서 급히 검을 휘둘렀지만, 그것은 이미 늦은 다음이었다.

이미 구성에 이른 추혼발검은 용서가 없었다.

'쉭' 하는 소리와 함께 장칠고의 검은 정확하게 소원의의 가슴을 관통했다.

실로 어이없는 결과였다.

만약 소원의가 정식으로 제 실력을 발휘했다면 장칠고는 상당히 고전했으리라. 그의 무공이 아무리 장족의 발전을 했다지만 시간의 벽은 그렇게 호락호락한 것이 아니었기 때문이다.

이는 바로 천문의 약점이기도 하였다. 그러나 그 약점을 천문은 실전에 가까운 수련으로 보완해 놓았던 것이다.

"멍청한 놈, 적을 앞에 두고 눈을 돌리다니 죽어도 싸다."

장칠고의 냉정한 말이었다.

이 어이없는 결과에 정의맹 측은 모두 몸이 굳을 정도로 놀랐다.

소원의라면 정의맹에서도 능히 일류고수라 할 수 있었다. 그런데 검한 번 제대로 놀리지 못하고 죽은 것이다.

보고도 믿어지지 않는 광경이었다.

하불범의 분노가 하늘까지 치솟고 있었다.

그렇지 않아도 머리카락이 없는 하불범의 머리가 붉게 물이 들면서 태양 아래 반짝거렸다.

"이노옴, 모두 공격해라! 공격해서 전부 죽여라! 오늘 적을 얼마나 죽이느냐, 적의 수뇌가 누구의 손에 죽느냐에 따라 그 공과가 달라질 것이다!"

하불범의 고함 소리가 천둥보다 더 크게 들렸다.

그 순간 장칠고는 자신의 위치로 돌아가 버렸다. 그리고 자칭 정의 맹의 고수들이 천문의 수하들에게 우르르 달려들었다.

천문의 수하들은 정의맹이 전면 공격을 감행하자, 방패에 붙여놓았던 먹지를 떼어냈다. 순간 천문 수하들의 정면을 비추며 그들에게 불리한 여건을 만들어주었던 태양 빛이 방패에 반사되어 번쩍거렸다.

방패의 앞은 철이 아니라 동경이었던 것이다.

공격해 오던 정의맹의 수하들은 눈이 부셔서 자신들도 모르게 눈을 가리거나 고개를 돌렸다. 그리고 그 순간 방패수들의 옆에 서 있던 장창수들이 창을 놓았다. 그들은 등 뒤에 숨기고 있던 철궁을 꺼내 들어 활의 시위에 화살을 먹였다.

그 속도가 얼마나 빠른지, 그들이 일어섰다 싶은 순간 이미 활은 정의맹의 고수들을 겨냥하고 있었다.

이들이 바로 귀영철궁(鬼影鐵弓) 연자심이 이끄는 귀영천궁대였다.

장창수가 아니라 궁기대였던 것이다.

모든 대원들이 무영철궁기(無影鐵弓氣)를 익혔고, 그들의 경지는 모두 일단공 이상씩을 익히고 있었다.

무영철궁기는 모두 육단공이었는데, 연자심은 현재 사단공까지 익히고 있었다. 그리고 도로의 양옆 큰 나무에서도 귀영천궁대의 수하들은 숨어 있었다.

이미 사전에 약속되어 있던 그들은 들고 있던 철궁으로 정확하게 한 명씩을 겨누고 있었다.

대주인 연자심이 당겼던 시위를 놓았다.

동시에 천궁대 수하들은 전부 시위를 놓았다.

소리도 없다.

그리고 방패수들로 인해 시야가 어지러운 정의맹이었다.

'픽' 하는 소리와 함께 제일 먼저 날아간 연자심의 화살은 상대방 고수들 중 가장 껄끄러운 칠기자 당무염을 향해 날아갔다.

말 위에 올라타고 있던 당무염은 방패를 통해 오는 햇빛 때문에 손을 들어 눈을 가리고 있었다. 그리고 바로 그 순간 소리도 없이 날아오는 화살.

당무염은 살기를 느낀 순간 기겁해서 몸을 틀었지만, 화살은 그의 어깨를 정확하게 쑤시고 들어갔다. 피하는 동작이 조금만 늦었으면 화살은 그의 심장을 뚫고 들어갈 뻔하였다.

하지만 날아온 화살의 힘에 의해 당무염은 말 뒤로 떨어지려 하였다. 다행히도 그 뒤에 있던 당가의 수하가 얼른 등을 받치면서 무사할 수 있었다.

당무염은 가슴이 서늘해지지 않을 수 없었다. 그리고 그것은 시작이었다.

'픽', '퍼픽' 하는 소리가 들리면서 무려 사십여 명의 정의맹 무사들이 화살에 쓰러졌다.

귀영천궁대는 일 수유의 시간 동안 일인당 서너 발의 화살을 쏘아댔다.

그 빠르기도 빠르기지만 날아간 화살은 은밀하였고, 정확하게 상대의 사혈을 노리고 날아갔으며, 방패수들은 계속해서 상대방의 시선을 잡아두고 있었다.

전쟁이 시작되기도 전에 정의맹 수하들은 무려 이백여 명의 사상자가 나오고 말았다.

죽은 자들 중엔 십대당주가 두 명이나 있었으며, 당가의 가주인 당무염은 큰 부상을 당하고 말았다.

하불범과 남궁일기의 눈이 위로 치켜 올라갔다.

"이놈들!"

고함과 함께 두 사람의 신형이 방패수들에게 뛰어들어 갔다. 순간 귀영천궁대의 수하들이 빠르게 뒤로 빠지고 있었으며, 방패수들은 들고 있던 방패를 내렸다.

한데 바로 그 순간이었다.

내린 방패들 사이에서 두 개의 작은 손도끼가 무서운 속도로 하불범과 남궁일기를 향해 날아갔다.

막 방패수들 사이로 뛰어들던 두 사람의 얼굴이 하얗게 질렸다.

너무 빠르고 거리 또한 너무 가까웠다. 그러나 그들은 일파의 장문인이고 가주였다, 그것도 중소문파가 아니라 화산과 남궁세가의.

둘의 검이 횡에서 종으로 돌아섰고, 직선에서 곡선으로 이어지며 날아오는 도끼를 쳐내었다.

깡, 깡!

쇳소리가 연이어 들리면서 두 사람의 신형이 뒤로 주르륵 밀려났다. 두 사람은 겨우 도끼를 쳐냈지만 그 충격으로 검을 놓칠 뻔하였다.

하불범과 남궁일기는 기겁하였다.

순간적으로 그들의 머리를 스치는 생각은 상대가 관표라는 사실이었다.

말만 듣다 직접 상대한 관표의 무공에 두 사람은 가슴이 떨리는 것을 느꼈다.

그리고 그 순간 방패수들 사이에서 관표가 뛰쳐나왔다. 그의 신형이 맹룡칠기신법을 극성으로 펼치면서 두 사람에게 다가갔다.

관표의 손에는 도끼가 들려 있었는데, 그는 손에 든 도끼로 자신이 근래 새로 만들어낸 광월참마부법의 정수 중 하나라고 할 수 있는 신월단참(迅月斷斬)을 펼치고 있었다.

도끼의 엄청난 기세와 섬광검법의 빠르기가 더해진 신월단참은 살수 중의 살수였다.

단 일 격에 두 파의 장문인을 그 자리에서 쳐죽일 기세였다.

'꽝' 하는 소리가 들리며 관표의 신형이 뒤로 다섯 걸음이나 물러섰다.

무리해서라도 관표의 도끼를 막으려던 남궁일기와 하불범은 얼떨떨한 기색으로 자신들 대신 관표의 도끼를 막은 사람을 바라보았다. 그 자리엔 당진진이 서 있었다.

"물러서라! 너희들의 상대할 수 있는 자가 아니다. 녹림투왕이라더니 정말 대단하구나."

두 사람은 분했지만 당진진의 말에 수긍하지 않을 수 없었다.

지금 관표의 도끼를 두 사람 중 한 명이 막았다면 필히 큰 부상을 입었을 것이다.

둘이 합심할 수도 있겠지만, 관표의 공격은 두 사람이 협공할 수 없는 사각 지대를 파고들었다.

하불범은 당장에라도 달려들어 딸의 복수를 하고 싶었지만, 지금은 그럴 상황이 아니었다.

"그럼 이곳은 맹주님께 부탁드립니다."

두 사람은 당진진에게 관표를 맡기고 천문의 수하들이 있는 곳을 향해 몸을 날렸다.

관표는 그들이 자신의 수하들에게 가는 것을 보고만 있어야 했다. 어쩔 수 없는 일이었다.

눈앞의 여자는 그냥 여자가 아니다.

칠종의 한 명인 독종이었다.

문득 반고충이 독종에 대해서 한 말이 떠올랐다.

"칠종 중 누가 가장 강하냐고 묻는다면 여러 사람들 의견이 갈릴 것이다. 그러나 그들 중 누가 가장 무섭냐고 묻는다면 십중팔구 당진진을 말할 것이다."

관표는 두 손을 으스러지게 쥐었다.

그의 오른손에 잡혀 있는 도끼가 묵직하게 잡혀온다.

만년한철로 만들어진 자루의 손잡이 부분에 친친 동여 감은 물소 가죽이 그의 손바닥을 자극하자 관표는 도끼를 들어올렸다.

'시간이 없다. 자칫하면 여기서 천문의 수하들이 몰살당할 수도 있다.'

관표는 마음 한구석이 초조해지는 것을 느꼈다. 여러 가지 경우의 수를 생각하고 준비하였지만, 절대고수들 수에서 너무 열세였다. 상대는 구파일방, 오대세가 중 세 개나 되는 문파가 뭉쳐 있다.

얼마나 많은 고수들이 이번 원정에 끼어 있는지 아무도 모른다.

당진진이 미소를 지었다.

지금 관표의 마음이 어떤지 한눈에 알아보았던 것이다.

"급하겠군."

"그렇습니다."

"미안하지만 나는 그렇게 만만하지 않네."

"그러리라 생각하고 있습니다."

"젊은 나이에 이 정도의 성취라니, 정말 보고도 믿어지지 않을 정도군. 정말 대단하네."

관표가 미미하게 웃으며 말했다.

"생각보다 더 강할 수도 있습니다."

당진진이 살가운 미소를 담고 그 말에 대답하였다.

"그랬으면 하네."

관표가 고개를 끄덕이며 천천히 건곤태극신공을 끌어올렸다.

마음이 진정되면서 평화로워진다.

건곤태극신공이 대력철마신공으로 바뀌었다.

천천히 그의 투지가 끓어오른다.

도끼, 자신이 한월(悍月:사나운 달)이라 이름 붙인 그의 신무기가 가슴 높이만큼 들려졌다.

당진진의 미소가 사라졌다.

관표의 몸에서 뿜어지는 기세가 상상했던 것 이상이었다.

'기껏해야 백호궁의 철권무정(鐵拳無情) 묵뢰 정도 수준이라 생각했는데… 어떻게 저 나이에? 이건 불가사의다.'

당진진은 이해할 수 없다는 표정이었다.

물론 아직까지도 그녀는 관표의 무공이 십이대초인과 겨룰 수 있을 정도라고는 생각하지 않았다.

그녀는 천천히 오독묵영살(五毒墨影殺)을 끌어올렸다.

그녀를 독종의 위치에 올려놓은 절대독공 중 하나.

'더 이상은.'

관표는 자신들의 수하들이 위급해지는 것을 느끼고 더 이상 시간을 끌 수가 없었다.

그의 도끼가 천천히 움직였다.

결.

당진진의 주위에 가득한 기세의 결을 찾고 있었다.

그 결 사이로 초식을 펼쳐야 한다.

어느 순간 관표의 도끼가 멈추었다. 그리고 두 사람의 신형이 동시에 움직였다.

녹림도원은 고요했다.

밖에서 큰 전투가 벌어지고 있었지만 안은 마치 아무 일도 없는 것 같은 분위기였다.

하지만 마을 안에 가득한 긴장감은 대기를 경직시킬 정도였다.

현재 마을 안에 남아 있는 무사는 내순찰당의 당주인 구화기검(九華

奇劍) 예소와 천기당(天奇堂)의 이호란, 그리고 내순찰당의 수하들 백여 명이 전부였다.

그 외에 천기당(天技堂)의 당주인 조공이 있었지만, 천기당의 특수성으로 인해 그의 무공은 그리 강한 것이 아니었고, 그의 수하들도 대부분 무공이 강하지 않았다.

물론 조공의 경우 무시할 수 없을 만한 무공을 지니긴 하였다.

그 외 이호란의 수하들도 무공이 강하지 못했다.

현재 녹림도원의 안전을 책임지고 있는 것은 내순찰당 당주인 예소였다. 예소는 백여 명의 수하들을 사방에 풀어놓고 밖의 전투 상황을 수시로 보고받는 중이었다. 그리고 만약을 위해서 오십여 명의 수하들을 항시 대기 상태로 준비시켜 놓고 있는 중이었다.

녹림도원의 건물들 중에서도 가장 운치있는 건물 중 하나가 바로 관표의 집이었다.

호수 안에 있는 섬 위에 집이 있을 뿐 아니라 그 집들이 참으로 아름답다. 이는 백리소소가 설계를 한 덕분이라고 천문의 모든 수하들은 이구동성으로 말하곤 했던 부분이었다.

"아버님, 어머님, 계십니까?"

"들어오너라."

관복과 그의 부인은 안으로 들어온 백리소소를 보고 상당히 놀란 표정을 지었다.

그녀의 복장이 달랐던 것이다.

그녀는 무명옷 대신 경장 차림이었다.

관복과 그의 부인은 그녀가 입은 옷이 여자 무사들이 입는 옷임을 한눈에 알아보았다.

"무슨 일이 있는 게냐?"

"소녀가 아무리 생각을 하여도, 지금은 천문과 이 녹림도원의 큰 위기인 것 같습니다. 그리고 적은 정면에서뿐만 아니라 산의 뒤쪽으로도 숨어들어 올 것 같습니다. 아무래도 소녀가 나서야 할 것 같습니다. 그래서 두 분께 미리 말씀을 드리는 것입니다."

관표의 어머니가 놀란 눈으로 소소를 바라보았다. 그러나 관복은 놀란 표정이 아니었다.

그것으로 그는 소소가 무공을 익히고 있다는 사실을 아는 것 같았다. 관복은 한동안 소소를 바라보고만 있었다.

소소는 담담하게 그 눈길을 받는다.

"그래, 자신은 있느냐? 그들은 모두 대단한 고수들이라고 들었다."

"저에겐 아주 강하신 외조부님이 계십니다. 그리고 그분만큼이나 강한 사부님을 만나서 다행히도 제 앞가림을 할 정도는 됩니다."

"네 신분이 예사롭지 않을 거라고 생각은 하고 있었다."

"믿어주시고 기다려 주셔서 항상 감사드립니다."

"지금이 네가 나서야만 할 정도로 위급한 상황이더냐? 네가 그동안 감추었던 무공을 드러내야만 할 정도로 말이냐?"

"무공을 숨긴 것은 의도적인 것은 아니었습니다. 제 정체를 다른 사람이 알게 되면 조금 곤란한 점이 있어 숨기고 있었습니다. 하지만 지금은 제 처지만 생각하고 있을 상황은 아닌 것 같습니다."

관복은 다시 한 번 소소를 바라보다가 물었다.

"네 고운 모습이 상하지 않고 돌아오겠다고 약속할 수 있겠느냐?"

"최선을 다할 것입니다."

관복은 다시 한 번 호흡을 조절한다.

잠시 생각을 하던 관복이 소소를 바라보며 강한 어조로 물었다.

"지금 상황이 얼마나 심각한 것이냐?"

"많이 심각합니다. 제가 제때에 가지 않으면 이곳이 위험해질 것 같습니다."

"가보아라! 그리고 조금 전 내 말을 잊지 말거라! 절대로 다쳐서 돌아오지 말거라!"

소소가 일어서서 큰절을 하고 말했다.

"다녀오겠습니다. 너무 큰 걱정은 하지 마십시오."

관복의 처는 눈물을 머금고 소소를 바라보고 있었다.

그녀는 감정이 끓어올라 말을 하면 울 것 같아 그저 바라만 보고 있었다.

소소가 문을 열고 밖으로 나갔다.

막 문을 닫으려 할 때였다.

"나는 너 이외의 맏며느리를 두지 않을 것이다. 네가 죽으면 이 집의 장남은 대가 끊어지느니. 항상 명심하고 있거라! 그리고 무슨 일이 있어도 너를 믿고 있으마!"

소소는 눈물이 왈칵 솟아오르는 것을 참았다.

문이 닫힌다.

자신의 방에 들어온 소소는 항상 들고 다니던 봇짐을 꺼내었다.

그 안에서 꺼낸 물건은 세 가지였다.

처음 꺼낸 것은 사대마병 중 하나인 마겸이었다.

그녀는 그것을 천으로 둘둘 말아서 허리에 찼다. 그리고 그녀는 봇짐 안에서 작은 소궁 하나를 꺼내 한쪽에 놓은 다음, 삼 척 오 촌 정도의 원통을 꺼내었다.

그것을 마지막으로 봇짐에 있는 물건은 전부 꺼낸 것 같았다.

원통은 끈이 달려 있어 등에 멜 수 있게 되어 있었다.

그녀가 원통을 등에 메고 줄을 당기자, 원통은 마치 칼집처럼 등에 착 달라붙었다.

마지막으로 단궁을 든 그녀가 밖으로 나왔다.

마당으로 나온 그녀의 신형이 허공으로 올라가는가 싶더니 사선을 그리며 날아갔다.

천기당(天奇堂)의 당주인 이호란은 갑자기 나타난 소소를 놀란 표정으로 바라본다.

그녀의 복장과 손에 든 단궁이 유난히 그녀의 시선을 끌었다.

마치 서릿발 같은 기운이 그녀의 몸에서 뿜어지고 있었는데, 그녀를 본 이호란은 한없이 위축되는 것을 느꼈다.

"쓸 만한 강시마가 있다고 들었습니다."

그 말에 이호란은 마침 한쪽에 우두커니 서 있는 강시마 하나를 바라보았다.

마치 눈처럼 하얀 설리총이었다.

그 말은 단순한 강시마가 아니었다.

현재 백골노조가 직접 만들어놓은 강시마 중에서도 가장 걸작인 두 마리의 강시마 중 하나였다.

지금 눈앞에 있는 설리총과 관표에게 준 붉은색의 대완구는 막 죽어가는 명마들을 빙한수로 얼려 이곳으로 데려와 강시마로 만든 말이었는데, 죽기 직전에 만들어진 강시마라 활강시마라고 보는 편이 옳았다.

더군다나 이 말들은 강시가 되기 전에도 명마 중의 명마였다.

이 말들은 사람의 말과 뜻을 알아들을 뿐 아니라, 다른 강시마와는 비교도 안 될 만큼 강했다.

단지 지금 있는 설리총은 아직 주인을 정하지 못하고 있던 중이었다. 걸작인만큼 아무나 주인으로 만들 수 없어서 망설이던 것이었다.

"소소님, 무슨 일입니까? 그리고 그 복장은?"

소소가 대답 대신 웃었다.

"제 생각입니다만, 정의맹의 사람들 중 아주 재지가 뛰어난 사람이 있다면 모과산의 뒤쪽을 넘어 이곳으로 들어오려 할 것입니다. 물론 기관진법에 뛰어난 자를 앞세우겠죠."

"문주님도 혹시 몰라서 이곳에 내순찰당주님을 남겨놓으신 것으로 압니다."

"그들이 온다면 내순찰당으로선 어림도 없을 것입니다."

이호란의 얼굴이 백지장처럼 하얗게 변했다.

자신이 생각해 봐도 안 온다면 모르지만 온다면 정말 강한 적들이 올 것이다. 물론 관표도 이 점을 고민 안 한 것은 아니지만, 지금 상황으로선 어쩔 수가 없었다.

"그렇다면……."

"저 말을 제가 타도 되겠습니까?"

"네? 네!"

이호란은 얼결에 대답을 하고 설리총 앞으로 갔다.

그녀의 의지라기보다는 백리소소에게 압도당한 그녀는 마치 최면에 걸린 듯한 분위기였다. 반드시 그녀의 명령을 들어야만 할 것 같은 그런 마음.

그녀는 설리총에 몇 가지 약물을 부으면서 말했다.

"제가 신호를 하면 설리총의 이름을 정해놓고 부르세요. 그러면 강시마가 눈을 뜨면서 소소님을 볼 것입니다. 강시마는 처음 듣는 목소리의 명령에 따르고, 처음 본 사람만을 등에 태운답니다."

이호란의 말대로 소소가 강시마의 주인이 되는 것은 어렵지 않은 일이었다.

소소는 설리총의 이름을 설광(雪光)이라고 지었다.

관표의 말은 적풍(赤風)이었다.

그 외에 이호란은 강시마를 다루는 몇 가지 규칙을 알려주었다.

강시마는 일반 말에 비해서 생각보다 편리한 점이 많았다.

소소는 감탄한 목소리로 말했다.

"고맙습니다, 당주님. 정말 대단한 말들입니다. 당주님이 천문에 있어서 정말 다행이란 생각이 듭니다."

"제가 할 수 있는 일을 했을 뿐입니다."

"한 가지 더 부탁이 있습니다."

"말씀하십시오."

소소가 주머니 하나를 꺼내 그녀에게 주며 말했다.

"제가 나간 후 혹시 천문에 위험이 닥친다면 그 주머니를 열어보세요. 그리고 그 안에 적힌 대로 행동해 주었으면 합니다."

이호란은 홀린 듯한 표정으로 소소를 바라보았다.

도저히 감당할 수 없는 현기가 그녀의 눈 안에 가득했다.

"명심하겠습니다."

"그럼, 믿고 가겠습니다."

소소는 강시마에 올라타고 마을 뒤쪽으로 사라졌다.

그녀의 뒷모습은 아름답고 강해 보였다.

이호란은 처음으로 누군가를 순수하게 동경하는 마음을 가지게 되었다.

그녀의 뒷모습을 멍하니 바라보던 이호란이 눈을 부비며 말했다.

"무공도 할 줄 아셨던 것인가? 그것도 평범한 수준은 아닌 것 같다. 대체 저분은 누구인가? 과연 문주님의 여자로서 조금도 부족하지 않구나."

그녀의 느낌이었다.

그녀는 그때까지만 해도 전혀 생각하지 못했다,

강호무림 사상 가장 강하다고 알려졌던 여고수의 탄생이 바로 눈앞에 있었다는 사실을.

투왕과 무후의 신화와 전설은 이렇게 시작되었다.

〈제5권 끝〉

FANTASTIC
ORIENTAL
HEROES

청 어 람 신 무 협 판 타 지 소 설

제1회 신춘무협 공모전에 『보표무적』으로
금상을 수상한 작가 장영훈의 신작!!

일도양단(一刀兩斷) / 장영훈 지음

한 겹 한 겹 파헤쳐지는
음모의 속살을 엿본다!

『일도양단』
(一刀兩斷)

그의 이름은 기풍한.

천룡맹(天龍盟) 강호 일급 음모(一級陰謀) 진압조(鎭壓組)
질풍육조(疾風六組)의 조장이다.

임무를 위해 출맹한 지 사 년이 지난 어느 겨울날 새벽,
돌아온 그에게 천룡맹 섬서 지단 부단주가 말했다.

"질풍조는 이미 해체되었네."

그리고…
그의 존재를 알던 모든 이들이 죽었다.